Michael Rusch
Der Wegbereiter
Rebellion gegen die Pandemie

Michael Rusch

Der Wegbereiter
Rebellion gegen die Pandemie

Roman

Bibliografische Information der Deutschen Nationalbibliothek: Die Deutsche Nationalbibliothek verzeichnet diese Publikation in der Deutschen Nationalbibliografie; detaillierte bibliografische Daten sind im Internet über dnb.dnb.de abrufbar.

© 2021 Michael Rusch
2. Auflage
Covergestaltung: Michael Rusch
Coverbild: Michael Rusch
Printed in Germany
ISBN: 9783754316597
Herstellung und Verlag: BoD – Books on Demand, Norderstedt
Alle Personen und Namen in diesem Buch sind frei erfunden. Ähnlichkeiten mit lebenden Personen sind zufällig und nicht beabsichtigt.

Für
Lars Peters

Der Autor

 Michael Rusch, 1959 in Rostock geboren, ist von Beruf Rettungsassistent und lebte von 2013 bis 2017 in Hamburg, wo die ersten Bände der Fantasy-Reihe „Die Legende von Wasgo" entstanden. Heute lebt er in Lutterbek, in der Nähe von Kiel. Nach einer kreativen Schreibpause veröffentlichte er 2012 seinen autobiografischen Roman „Ein falsches Leben" beim Selfmade-Verlag Lulu.

Danach wandte sich Rusch dem Genre Fantasy zu. „Die ewige Nacht" aus der Reihe „Die Legende von Wasgo" erschien im Januar 2014. Im September desselben Jahres folgte die Fortsetzung „Luzifers Krieg". Es folgten „Angriff aus dem Himmel" (2015) und „Bossus´ Rache" (2017). Mit dem fünften Band „Wasgos Großvater" endete 2018 „Die Legende von Wasgo".

2014 veröffentlichte Rusch beim AAVAA Verlag eine überarbeitete Version seines Romans „Ein falsches Leben" in zwei Bänden, den er im Juli 2020 nochmals überarbeitet mit BoD unter dem Titel „Das Leben des Thomas Schneider" herausgab.

Im Jahre 2015 gründete er seinen Verlag „Die Blindschleiche" und veröffentlichte mit ihm seinen Roman „Die drei Freunde". Im Sommer 2019 entschloss er sich, aus gesundheitlichen Gründen den Verlag aufzulösen, diesen Roman zu überarbeiten und ihn als Selfmade-Autor mit BoD neu zu veröffentlichen.

Im gleichen Jahr beendete Rusch die Zusammenarbeit mit dem AAVAA Verlag und überarbeitete „Die Legende von Wasgo", die er bereits im Januar 2020 mit BoD in zwei Bänden erneut veröffentlichte. Band 1 enthält die ersten drei und Band 2 den vierten und fünften der ehemaligen 5 Bände.

Nach den Genres Wahre Geschichten und Fantasy wendete sich Rusch einem neuen Bereich der Literatur zu, dem Horror. 2020 veröffentlichte er den ersten Band seines Romans „Das Hochhaus". Zurzeit arbeitet er an dem 2. Band dieses Romans.

Inhalt

Prolog

Jacob Smith verließ sein Büro. Er lebte in Kalifornien in einer Stadt am Pazifischen Ozean. Für heute hatte er einen Kinoabend mit seiner Frau geplant. Ein neuer amerikanischer Film mit Starbesetzung. Doch die Lust war ihm vergangen. Andrew Howard, ein fünfundzwanzig jähriger Kollege war plötzlich gestorben. Gestern noch hatten sie zusammen gearbeitet und heute hinterließ er seine junge Ehefrau, die obendrein schwanger war.

Jacob Smith verstand die Welt nicht mehr. Andrew war ein lebenslustiger und kräftiger junger Mann gewesen, ein Kerl wie ein Baum. In den letzten Tagen hatte er sich einen Schnupfen und einen leichten Husten eingehandelt. Es war nichts Besorgniserregendes. Das nahmen er und seine Kollegen wenigstens an. Trotzdem war er heute tot. Aber niemand starb so einfach an Husten und Schnupfen!

Als er die Bushaltestelle erreichte, hatte er noch fünf Minuten Zeit, bis der Bus, der ihn beinahe vor die Haustür seiner Wohnung brachte, fahrplanmäßig abfahren sollte. Das Wetter war hervorragend, an einem strahlendblauen Himmel schien die Sonne, 28 Grad Wärme ließen ihn leicht schwitzen. Er setzte sich ins Wartehäuschen auf die Bank.

Neben ihm nahm eine junge Frau Platz. Sie hätte seine Tochter sein können. Aus ihrer Handtasche entnahm sie ein Buch und begann darin zu lesen. Plötzlich nieste sie dreimal hintereinander. Dafür entschuldigte sie sich bei ihm und vertiefte sich danach erneut in ihren Roman, bis der Bus vorfuhr.

Sie stiegen beide ein. Fünfzehn Minuten später verließ er den Bus wieder. Noch wusste er nicht, dass die junge Frau, die während der Fahrt noch drei weitere Male nieste, die Mehrheit der Fahrgäste mit ihrem „Schnupfen" angesteckt hatte. Alle diese Menschen starben in den nächsten sechs Tagen. Aber auch das wusste Jacob Smith nicht.

*****

Sieben Tage später. Viele Menschen starben auf den Straßen. Was war nur geschehen. Jacob Smith und seine Frau Isabella saßen beim Abendessen. Jacobs Bruder James war ihr Gast. Die Stimmung am Tisch war sehr bedrückt. Es gab kaum noch einen Menschen, der nicht ein Familienmitglied in der letzten Woche verloren hatte. Wer das große Glück hatte, alle seine Familienmitglieder am Leben und gesund zu wissen, hatte jedoch einen toten Freund oder eine tote Freundin zu beklagen. Die Welt stand auf dem Kopf. Die Menschen starben wie die Fliegen. Und nicht nur in dieser Stadt, sondern im ganzen Land, ja, sogar auf der ganzen Welt.

„James, ich werde mit meiner Familie die Stadt verlassen. Du siehst doch auch, was überall los ist. Endlich geben sie in den Nachrichten zu, dass uns ein Virus bedroht. Eine Epidemie ist ausgebrochen. Es hat schon tausende Tote gegeben. Die Sterblichkeit liegt bei fast hundert Prozent. Ich hoffe, dass du dich mit deiner Familie uns anschließt", sagte Jacob Smith, indem er seinen Bruder eindringlich in die Augen sah.

„Was soll das schon wieder, Jacob", erwiderte James Smith verächtlich, „ein paar Menschen sterben und schon bekommst du es mit der Angst zu tun. Dass du auch immer so sehr übertreiben musst. Epidemie, so ein Quatsch! Ich kann nichts sehen, das uns bedroht. Die Bedrohung findet nur in deinem Kopf statt."

Isabella war entsetzt. „Wie kannst du nur so etwas sagen, James. Hast du denn gar kein Verantwortungsgefühl für deine Familie?"

„Rede du nicht von Verantwortungsgefühl, wenn es um meine Familie geht. Niemand sorgt sich so sehr um seine Familie wie ich. Ich kümmere mich doch wohl um alles, gehe schuften, damit es meiner Frau und meinen Kindern gut geht." James Smith war wütend.

Sein Bruder versuchte, ihn zu beschwichtigen. „James, so hat Isabella das doch gar nicht gemeint. Sie wollte dich nicht angreifen. Natürlich wissen wir, dass du dein letztes Hemd für deine Familie gibst. Aber du regierst sie manchmal wie ein Diktator. Deine Frau hat es mit dir nicht immer leicht, auch wenn du ihr jeden Wunsch von den Augen abliest. Jedenfalls fast jeden. Nur ihren wichtigsten Wunsch willst du nicht erkennen. Nämlich den nach Mitbestimmung. Du entscheidest stets für die gesamte Familie!"

„Ist ja klar, dass du Isabella in Schutz nimmst. Bisher haben sich meine Kinder noch nicht beschwert, wenn ich ihnen etwas aufgetragen habe. Isabella hat sich schon lange nicht mehr beschwert. Also mischt euch nicht in meine Angelegenheiten ein!" Er machte eine kleine Pause. Mit Unverständnis über die Worte seiner Schwägerin und seines Bruders schüttelte er den Kopf. Aber dann fragte er doch noch: „Wo willst du denn überhaupt hin?"

„Harold Mooth hat uns angeboten, mit ihm in die Höhlen am Meer zu den alten Goldminen zu gehen. Sie befinden sich nur eine halbe Stunde von der Stadt entfernt und auch die Regierung hat sich dort bereits niedergelassen", erklärte Jacob Smith.

„Papperlapapp, es gibt keine Epidemie, und ich bleibe mit meiner Familie, wo wir sind. Basta", beschied James Smith seinen Bruder Jacob. Nach dem Abendessen verließ er ihn und seine Familie, die sich am nächsten Tag gemeinsam mit ihrem Freund Harold Mooth und dessen Lieben in die nahegelegenen Höhlen am Meer begaben. Mehrere Tausend Menschen sollten dort für viele Jahre ihr Zuhause finden. Aber James sah seinen Bruder Jacob in seinem restlichen Leben nie wieder.

*****

Genau eine Woche später glich die Stadt einer Geisterstadt. 75 Prozent ihrer Einwohner waren gestorben. Überall spielten sich Dramen ab. Auch James Smith konnte nicht mehr über die Tatsache hinwegsehen, dass es sich nicht nur um eine Epidemie, sondern sogar um eine Pandemie handelte, die überall auf der Welt wütete. Der Gesundheitszustand der infizierten Menschen verschlechterte sich am Ende ihrer Krankheit in nur wenigen Stunden so sehr, dass sie auf dem Weg zur oder von der Arbeit starben. Die Rettungsdienste schafften es nicht mehr, in Not geratene Menschen in die Krankenhäuser zu bringen. Arztpraxen mussten schließen, weil auch die Ärzte der Pandemie zum Opfer fielen. Die Bestattungsunternehmen schafften es nicht mehr, die Toten zu bergen. Leichengestank breitete sich allmählich überall in den Straßen aus. Um weitere Ansteckungen zu vermeiden, blieb den Stadtreinigungsfirmen nichts anderes übrig, als tiefe Gruben zu buddeln, die Leichen hineinzuschieben und dort zu verbrennen.

Medikamente gegen die Pandemie waren noch nicht entwickelt worden. Ohne wirksame Schutzmasken fühlten sich die Menschen verloren.

Endlich musste auch James Smith es einsehen, dass er seine Frau und seine Kinder nicht länger der unsichtbaren Gefahr aussetzen durfte. Gemeinsam mit ihnen packte er die wichtigsten Sachen in einige Koffer und Kartons. Hierbei handelte es sich um Dinge, von denen sie glaubten, dass sie diese in den Höhlen der Goldminen am Meer, die ihr Ziel waren, gebrauchen konnten. Dort würde er sicherlich auf seinen Bruder treffen. Doch als sie dort eintrafen, mussten sie feststellen, dass die Höhlen zugemauert worden waren!

In der Höhle

Der alte Mann war verzweifelt und hatte Hunger. Der Hunger bereitete ihm Schmerzen und riss an seinen Eingeweiden. Leider war er nicht im Stande, sich selbst aus dieser misslichen Lage zu befreien. Schon viel zu lange lebte er unter der Erde in den alten Goldminen. Die meisten Menschen nannten diese Minen Höhlen und ihre Wohnungen Wohngrotten, wenn man überhaupt von einer Wohnung sprechen konnte. Es war heute eben alles anders, als er es aus seinen jungen Jahren kannte. Damals lebte er noch in der Stadt. Heute war das unmöglich. Das jedenfalls behauptete die Regierung. Aber der alte Mann hatte daran deutliche Zweifel. Gerne hätte er dagegen aufbegehrt, aber wie hätte er es allein und ohne Unterstützung tun sollen? Und immer wieder erinnerte er sich daran, dass es ihn in den Höhlen offiziell gar nicht gab.

Diese Wohngrotten waren zwar tatsächlich abgeschlossene Bereiche, in denen Familien lebten, deren Vorfahren hier einen Zufluchtsort fanden, aber mit einer herkömmlichen Wohnung konnte man sie nicht vergleichen. Die Wände waren schief und krumm, der Boden uneben und mit vielen Dellen versehen. Die Räume, die durch den Abbau des Goldes in vielen Jahren entstanden waren, hatte man einfach abgetrennt, sodass die Menschen eine Bleibe für sich gefunden hatten.

Nur der alte Mann hatte keine solche Wohngrotte erhalten. Als er vor über fünfzig Jahren diese Höhlen besuchte, um sie sich anzusehen, waren sie offen. Doch als er sie wieder verlassen wollte, waren die Zugänge bereits zugemauert.

Er hatte sich damals nicht für eine Wohngrotte angemeldet, denn erst wollte er sehen, wie man in ihnen lebte. Dann erst wollte er die Entscheidung treffen, ob er den anderen folgte oder nicht. Als er begriff, dass er die Höhlen nicht mehr verlassen konnte, versteckte er sich. Verzweiflung machte sich in ihm breit, denn ohne Wohngrotte, durfte er nicht in den Höhlen leben.

Nur wer eine Wohngrotte beziehen und eine Arbeit aufnehmen wollte, war willkommen. Seitdem war er von den Aufsehern unentdeckt geblieben, weil er es verstanden hatte, allen Kontrollen zu entgehen.

Um sich ernähren zu können, brauchte er eine Arbeit und eine Wohngrotte. Sonst hätte er betteln müssen, was streng verboten war. Bettler wurden verhaftet und zur Zwangsarbeit verurteilt. Tatsächlich fand er in einem Baubetrieb eine Anstellung, weil er fälschlicherweise angegeben hatte, eine Wohngrotte bezogen zu haben. Bauarbeiter wurden dringend gebraucht, denn in den Höhlen entstand eine richtige Stadt. Deshalb nahm man es in seinem Vorstellungsgespräch mit der Anschrift seiner Wohngrotte nicht sehr genau.

Dann gab es noch einen zweiten Weg, wie er sich Nahrung beschaffen konnte. Wenn die Verkäufer in den Lebensmittelläden unaufmerksam waren, hätte er stehlen können. Aber diese Möglichkeit schied für ihn sofort aus, denn er wollte niemanden etwas wegnehmen. Er war kein Dieb und wollte nicht, dass die unschuldigen Mitarbeiter der Geschäfte dafür bestraft werden.

Wenigstens wurde er mit Lebensmittelmarken entlohnt und konnte sich mit den wenigen Dingen, die er dafür bekam, notdürftig versorgen. Jedoch war damit keine ausgewogene Ernährung möglich. Er hatte nie genug zu essen gehabt, trotzdem hatte er es über mehrere Jahrzehnte geschafft, seine schwere körperliche Arbeit zu verrichten. Doch hatte die Firma ihm vor wenigen Wochen gekündigt, weil er seine Arbeitsaufgaben nicht mehr erfüllen konnte, denn er war schon beinahe achtzig Jahre alt.

Damit wurde ihm seine Nahrungsgrundlage entzogen. Jetzt war er dazu gezwungen, entweder zu stehlen oder zu betteln. Der alte Mann wusste, dass er mit dem Verlust seines Arbeitsplatzes dem Verderben ausgeliefert war. Irgendwann würde man ihn verhaften. Davor fürchtete er sich, denn aus dem Gefängnis hatte er noch nie positive Nachrichten vernommen. Folter und Nahrungsentzug waren dort an der Tagesordnung. Aber was sollte er tun?

Er setzte sich mit seinem knurrendem Magen und seinem ausgemergelten und ungepflegten Körper vor einen Lebensmittelladen, um zu betteln. Eine Frau kam mit ihren Kindern aus dem Laden heraus. Die Kinder waren gut erzogen und grüßten ihn.

„Hallo", erwiderte er ihren Gruß und sah ihnen nacheinander ins Gesicht.

Der Junge blieb stehen und fragte: „Waren Sie schon da drin? Heute gibt es nichts mehr."

„Ich bekomme im Laden sowieso nichts und muss deshalb dort nicht reingehen. Aber ich habe Hunger. Habt ihr nicht etwas zu essen für mich? Es muss nicht viel sein, nur ein kleines Stückchen Brot vielleicht, oder den Rest eines kleinen Wurstzipfels. Egal was", antwortete der alte Mann.

Nun schaltete sich die Frau in das Gespräch ein. „Leider haben wir auch nichts. Wir hatten gehofft, dass wir unsere Lebensmittelmarken gegen etwas zu Essen eintauschen können. Die Kinder müssen heute leider auch hungern."

„Das ist eine Schande, die armen Kinder", antwortete der Alte, „egal ob alt oder jung, die Regierung lässt uns hungern. Wenigstens die Kinder sollten satt zu Essen haben!"

Die Frau drehte sich um und schaute, ob jemand die Worte des Mannes gehört hatte und sagte: „Nicht so laut, wenn das jemand hört, werden Sie verhaftet!"

„Das werde ich sowieso bald", antwortete der alte Mann.

„Warum sagen Sie das?", fragte die junge Frau.

„Weil ich nicht mehr arbeiten kann", sagte der Alte mit einem traurigen Lächeln.

„Oh, Sie Ärmster! Heute kann ich Ihnen leider nicht helfen, aber vielleicht morgen. Wollen Sie morgen auch um diese Zeit hier sein. Dann kann ich Ihnen vielleicht etwas abgeben." Die Frau hatte mit dem Alten Mitleid.

„Vielen Dank, junge Frau, das kann ich nicht annehmen, bitte geben Sie Ihren Kindern Ihr weniges Essen, das Sie haben. Kinder dürfen nicht hungern!" Bei seinen Worten ließ der alte Mann traurig seinen Kopf hängen. Jedoch blickte er der Frau doch noch einmal ins Gesicht und nickte ihr zu. „Sie sind eine gute und liebenswerte Frau. Passen Sie bitte auf ihre Kinder auf!"

*****

„Mama, warst du schon einmal draußen im Freien?", fragte der neunjährige Ian einige Tage später seine Mutter.

„Nein, Ian, du weißt doch, dass wir nur in unseren Tunneln und Höhlen sicher sind. Ich bin genauso wie du hier geboren." Die Familie wohnte in den Stollen der alten Goldminen. Als die Pandemie vor über fünfzig Jahren ausbrach, wurde der Familie Mooth dort eine Wohngrotte zugewiesen. Damals lebten die Großeltern noch. Von denen wurde die Grotte auf die Kinder und danach auf die Enkelkinder übertragen. Die Wohngrotte teilte sich in drei Bereiche auf. Im Wohnbereich wurde gekocht und spielte sich das Familienleben ab. Für die Eltern gab es eine Schlafnische und für die Kinder eine Kindernische, in der Ian mit seiner jüngeren Schwester schlief und in der sie gemeinsam spielten.

„Schade, dann weißt du gar nicht, wie es da oben aussieht!" Mit traurigen Augen sah Ian seine Mutter an, die im Wohnbereich neben ihm auf einem Sofa saß. Diese streichelte ihm über das Haar und sprach: „Weißt du mein Junge, uns geht es doch gut. Wir haben alle ein Dach über dem Kopf, genug zu essen, euer Vater und ich arbeiten, du gehst zur Schule, deine Schwester in den Kindergarten. Ihr lernt alles, was ihr später zum Leben braucht. Was willst du mehr?"

„Aber manchmal könnte es schon etwas mehr zu essen geben. Erst gestern Abend sind wir hungrig ins Bett gegangen. Jessicas Bauch hat noch geknurrt, das habe ich genau gehört!" Ian war aufgebracht.

Die Mutter sah ihn mahnend an, hatte aber Verständnis für ihn. „Nicht so laut, Ian, so etwas solltest du besser für dich behalten. Sage nur nichts außerhalb unserer Grotte davon, sonst können wir Ärger bekommen."

„Aber wenn es doch wahr ist!"

„Ich, weiß, mein Schatz. Aber den anderen geht es auch nicht besser. Es ist eben alles etwas knapp. Wir müssen unserer Regierung dankbar sein, dass sie so gut für uns sorgt. Die Erde ist verseucht. Gefährliche Viren bringen jeden Menschen um, der sich auf der Erdoberfläche aufhält. Wir können froh sein, dass damals die Menschen so klug waren und die ehemaligen Goldminen, in denen wir jetzt leben, abgedichtet haben. So konnten unsere Eltern, also deine und Jessicas Großeltern, überleben. Dein Großvater war es übrigens, der mit einem Spaten und einem Hammer begonnen hatte, die Höhle zu erweitern. So entstand hier eine riesige unterirdische Stadt. Ich kenne die Städte, wie sie früher aussahen auch nicht, aber unsere Stadt hier ist ganz anders aufgebaut. Sie entwickelt sich immer weiter. Angefangen hat es natürlich damit, dass die Wohnräume für die Menschen hergerichtet wurden. Die Menschen wollten ja ihr eigenes Reich haben. So entstanden die Wohngemeinschaften, in denen wir jetzt Leben. Später wurden sie zu Blöcken zusammengefasst. Es wurden Nahrungsmittelgeschäfte eingerichtet und überhaupt Läden mit Bekleidung und allem anderen, was man so im täglichen Leben braucht. Die Wohngemeinschaften mussten miteinander verbunden werden, also wurden einige Tunnel angelegt. Aus den Polizisten wurden Aufseher, weil man glaubte, dass es keine Verbrechen mehr geben würde. Und doch gab es welche. Also baute man kleine Gefängnisse, die mit der Zeit immer größer wurden. Und so entwickelte sich unsere unterirdische Stadt immer weiter."

„Ja, Mama, das weiß ich doch alles schon. Wie oft willst du mir das denn noch erzählen? Jede Woche dreimal?"

„Du sollst nicht immer so frech sein, junger Mann!"

„Ja, ja, Mama. Aber trotzdem weiß ich noch nicht, warum wir den anderen nicht erzählen dürfen, dass wir manchmal Hunger haben."

Emily Mooth legte ihm einen Arm um die Schulter und sah ihm mit ernsten Augen ins Gesicht. „Ich weiß, mein Engel, das alles ist nicht leicht für dich und deine Schwester zu verstehen. Wenn ein Aufseher hört, was du mir eben erzählt hast, glaubt er, wir sind unzufrieden und wollen Unruhe stiften. Du weißt doch, was mit Unruhestiftern passiert?"

In genau diesem Moment platzte Jessica in den Raum. Als sie ihre Mutter und ihren Bruder sah, plapperte sie aufgeregt drauflos: „Mama, Ian, die Aufseher haben den alten Mann weggebracht. Sie haben ihn einfach verhauen und

auf einen Handwagen geworfen und ihn damit weggebracht! Ich habe es gesehen!"

„Scht, Jessica, nicht so laut, wenn dich jemand hört!", versuchte Emily Mooth, ihre Tochter zu beruhigen. Aber neugierig fragte sie: „Welchen alten Mann meinst du denn?"

„Na, den, der immer vor dem Laden sitzt und die Leute
anbettelt. Der hat uns neulich auch gefragt, ob wir etwas zu
essen für ihn haben, aber hatten wir ja nicht. Harry hat be-
hauptet, der alte Mann hat gesagt, dass die Regierung uns
hungern lässt!"

„Siehst du, mein Junge, wie gefährlich solche Reden
sind?", ermahnte Emily Mooth ihren Sohn.

„Ja, Mama, aber was soll ich machen? Manchmal ist es
nämlich so: Ich will gar nichts sagen, und doch ist es mir
dann plötzlich rausgerutscht. Ich kann gar nichts dagegen
machen!" Ian sah seine Mutter mit Schalk in den Augen an.

„Ich werde dir gleich helfen, Ian, und das willst du bestimmt nicht", scherzte die Mutter.

Die Kinder begannen zu lachen. „Und jetzt, Kinder, ab ins
Bett", forderte Emily Mooth ihren Nachwuchs auf.

„Aber wir haben doch noch gar kein Abendbrot gegessen!" Die Entrüstung der Geschwister war echt und ihre
Worte wurden wie aus einem Munde ausgesprochen.

Emily Mooth verspürte einen Stich in ihrem Herzen. Aber
was sollte sie machen. Nahrungsmittel wurden nur auf Lebensmittelmarken ausgegeben. Und die waren oft sehr
knapp, sodass die Vorräte keine Woche reichten. Mit Tränen in den Augen sagte sie: „Ach, meine Lieblinge, wir haben aber leider nichts mehr zu essen. Ich kann euch höchs-
tens die letzte Milch geben und hoffen, dass der Papa uns
etwas mitbringt. Sonst habe ich morgen früh nichts für
euch."

Sie ging zum Küchenschrank und entnahm ihm eine kleine Flasche. Ihren Inhalt teilte sie auf zwei Gläser auf und gab jedem Kind eins. Gierig tranken sie die Milch in einem Zuge aus.

Danach brachte Emily Mooth die Kinder ins Bett. Dabei sagte sie: „Es tut mir wirklich leid, dass ich euch hungrig ins Bett gehen lassen muss, aber die verdammte Regierung lässt sogar euch Kinder hungern!"

Die Kindernische lag etwas abseits vom Wohnbereich. Deshalb hörten sie nicht, dass Oliver Mooth von der Arbeit nach Hause zurückkehrte. Heute war er spät dran.

Als Mikrobiologe arbeitete er in einem Labor in der Forschung. Wie alles andere auch, wurde es in einem eigenen Bereich, dem biologischen Bereich, eingerichtet. Das geschah, als die Menschen in den Höhlen vor der Pandemie einen Zufluchtsort fanden. Es gab verschiedene Fachgebiete. Neben dem Biologischen gab es den Sicherheitsbereich, in dem die Menschen der systemrelevanten Berufe nicht nur ihren Arbeitsplatz hatten, sondern dort auch wohnten. Dann gab es den Bereich der Ernährungsschaffenden. In ihm arbeiteten und wohnten alle Menschen, die Nahrungsmittel produzierten. Es gab weitere Distrikte wie den Handelsdistrikt und andere. Lebten Paare zusammen, die in zwei verschiedenen Bereichen arbeiteten, wohnten sie in einem dieser beiden.

Als Jessica ihren Vater bemerkte, rief sie aufgeregt: „Papi, endlich bist du wieder zuhause." Sie streckte ihre kleinen Ärmchen nach ihm aus.

Oliver Mooth ging zu ihr, hob sie aus ihrem Bett heraus und nahm sie auf seinen Arm. Er drückte das Kind sanft an sich. „Ja, Mäuschen, heute hat es etwas länger gedauert. Aber jetzt bin ich ja da." Er setzte seine Tochter ab, ging zu

Ian, setzte sich auf seine Bettkante und zauste ihm die Haare. „Na, mein Großer, ist alles in Ordnung bei dir?"

„Bei mir schon, aber bei Mama nicht", antwortete der Junge.

Oliver Mooth sah seiner Frau ins Gesicht. „Was ist denn los, mein Schatz? Kann ich dir vielleicht helfen?"

„Ach, wie willst du mir schon helfen?" Wieder stiegen Emily Mooth die Tränen in die Augen.

Oliver nahm sie in seine Arme und flüsterte ihr eindringlich ins Ohr: „Du musst dich zusammenreißen. Vor den Kindern kannst du die Regierung nicht kritisieren. Du weißt, wie lebhaft Jessica ist. Sie soll dich doch nicht unbewusst an einen Aufseher verraten." Danach nahm er ihren Kopf in seine Hände und küsste sie auf den Mund. Von den Kindern unbemerkt wischte er mit seinen Daumen ihre Tränen fort.

Ian warf sich in seinem Bett theatralisch in die Kissen, verdrehte seine Augen und sagte mit Pathos in der Stimme: „Und wenn sie nicht gestorben sind, dann lieben sie sich noch heute!" Sein Mund war dabei zu einem schelmischen Grinsen verzogen.

Die Eltern mussten lachen, aber Oliver Mooth wurde schnell wieder ernst und sah seinem Sohn ins Gesicht. „Ian, ich habe dir schon oft gesagt, dass du nicht immer so frech sein sollst. Du hast erst vor ein paar Tagen gesehen, dass in der Schule ein Junge aus deiner Lerngruppe zur Bestrafung abgeholt wurde. Du weißt, dass ihm der Hintern versohlt wurde."

Der Junge schlug beschämt die Augen nieder und senkte den Kopf. „Entschuldige Papa, ich meinte das doch gar nicht böse!"

Oliver Mooth ging zu Ian herüber, setzte sich erneut auf seine Bettkante und fasste dem Knaben, der sich wieder aufgesetzt hatte, an die Schultern. „Ian, ich meine es auch nicht böse, aber ich habe Angst, dass auch du einmal so verprügelt werden könntest. Ich kann dich dann nicht beschützen, wenn du in der Schule oder mit deinen Freunden unterwegs bist. Selbst wenn ich das könnte, würden wir Probleme bekommen. Verstehst du das?"

Ian sah seinem Vater für einen kurzen Augenblick ins Gesicht, konnte dessen Blick jedoch nicht standhalten. Nun hörte Oliver Mooth von seinem Sohn beinahe die gleichen Worte wie wenige Minuten vor ihm seine Frau. „Ich will das ja auch nicht. Aber solche Dinge rutschen mir einfach raus. Hinterher weiß ich dann, was ich falsch gemacht habe".

Oliver Mooth zauste seinem Sohn die Haare. „Ach, Junge, ich liebe euch doch so und habe einfach nur Angst um euch!"

Danach ging Oliver Mooth erneut zu seiner Frau, um sie nochmals in seine Arme zu nehmen. „Du musst mir schon sagen, was dich bedrückt. Wie soll ich das erraten? Und helfen kann ich dir sonst auch nicht", meinte er liebevoll, obwohl er ahnte, was seine Emily für Sorgen hatte.

„Wir haben nichts mehr zu essen, ich konnte den Kindern nur etwas Milch geben. Sie haben Hunger, wie sollen sie in der Nacht schlafen können?"

„Das habe ich mir schon gedacht." Abwechselnd schaute er die Kinder an. „Deshalb komme ich so spät, weil ich euch Mäuse nicht hungern sehen will."

„Weil wir schon im Bett sind?", fragte Jessica.

„Nein, Jessica, deshalb nicht. Dafür, dass ich länger gearbeitet habe, habe ich für euch etwas zu Essen mitbringen können. Na los, raus aus den Federn und ab mit euch an den Essenstisch. Er ist schon gedeckt!"

Das ließen sich die Kinder nicht zweimal sagen. Jubelnd krabbelten sie schnell aus den Betten und liefen fröhlich kreischend zum Wohnbereich. Eilig setzten sie sich an den gedeckten Tisch. Reich gedeckt war er nicht, aber die Kinder waren das gewohnt. Wenigstens konnten sie ihren Hunger mit einer Scheibe Brot, die mit Leberwurst bestrichen war, stillen.

Danach brachten die Eltern ihre Kinder wieder ins Bett zurück. Als Oliver Mooth zum Wohnbereich zurückging, drehte er sich noch einmal um. „Mama liest euch jetzt noch eine Geschichte vor und danach wird gleich geschlafen. Ihr müsst morgen wieder früh aufstehen. Schlaft gut, ihr zwei."

Eine halbe Stunde später saßen sich Emily und Oliver im Wohnbereich am Tisch gegenüber, auf dem ihre Arme ausgestreckt lagen, sodass Oliver die Hände seiner Frau in seine nehmen konnte. „Dich bedrückt doch noch etwas, mein Schatz, willst du es mir erzählen?", fragte er.

Sie nickte und meinte: „Ja, ich mache mir Sorgen um die Kinder. Ian ist ein lieber, netter und hilfsbereiter Junge, aber manchmal auch etwas vorlaut. Er braucht nur mal am falschen Ort etwas Falsches zu sagen, dann nehmen sie ihn mit. Und du weißt, was das bedeutet. Dann kann er nicht mehr sitzen, wenn er abends nach Hause gebracht wird und wir müssen dafür auch noch bezahlen."

„Ja, ich weiß das, aber was soll ich denn tun?"

„Bist du nicht manchmal zu nachsichtig mit ihm?"

„Wie, zu nachsichtig?", fragte Oliver.

„Andere Kinder werden auch von ihren Eltern bestraft!"

„Nein, Emily, das tue ich nicht. Ich werde unsere Kinder nicht schlagen. Ich möchte, dass sie uns vertrauen. Und mit Schlägen wird das nichts. Wir können sie nur beschützen, indem wir sie ermahnen, nicht so leichtsinnig und vorlaut zu sein. Sollten sie tatsächlich einmal mitgenommen werden, sollen sie sich bei uns in Sicherheit wissen und sich geborgen fühlen."

„Aber sie werden älter und unvorsichtiger, Oliver!", wurde Emily eine Spur lauter.

„Ja, ich weiß das, aber ich weiß auch, dass die Kinder meiner Kollegen das Vertrauen in ihre Eltern verloren haben, weil sie sie geschlagen haben. Und das nur, weil sie ihnen härtere Strafen durch die Aufseher ersparen wollten."

Einige Sekunden schwiegen sie! Endlich ergriff Oliver wieder das Wort: „Weißt du Emily, wir können sie nicht vor allem und jedem beschützen. Aber wir können immer für sie da sein. Manchmal ist es besser, wenn sie ihre eigenen Erfahrungen sammeln, auch wenn es schmerzhaft sein sollte. Aber wir als ihre Eltern werden immer für sie da sein, und sie beschützen, so gut wie wir es können. Und wir werden ihr Vertrauen nicht verspielen. Das ist mir sehr wichtig. Aber ich verspreche dir, dass ich morgen mit ihnen ein ausgiebiges und ernsthaftes Gespräch führen werde."

Emily nickte zustimmend. „Da ist noch etwas: Ich habe für die Kinder morgen früh nichts mehr zu essen."

„Doch, schau mal dort hinein!" Oliver zeigte zum Geschirrschrank, in dem auch ihre kargen Vorräte lagerten. Da hinein hatte er eine große Tüte Weizenmehl, eine Ein-Liter-Flasche Milch und vier mittelgroße Kartoffeln gelegt.

Die Milch wurde in den Höhlen synthetisch hergestellt. Aus Platzgründen war es nicht möglich, Kühe oder Ziegen zu halten. Die Kartoffeln und das Getreide wurden in jeder Wohngemeinschaft in einem extra dafür angelegten, biologischen Bereich produziert. Das dafür benötigte Licht wurde künstlich erzeugt. Da es in den Höhlen keinen Humusboden gab, musste die Muttererde von den umliegenden Äckern oder aus dem nahe gelegenen Wald herbeigeschafft werden. Danach wurden die Höhlen verschlossen. Somit konnte die Pandemie von den Bewohnern der Höhlen erfolgreich ferngehalten werden.

Freudig sah Emily ihren Oliver an. „Hast du heute schon deine Zuteilung bekommen?"

„Nein, das habe ich von George Smith für einen Gefallen bekommen. Ich frage mich bloß, woher er das hat? Er wird doch nicht etwa Ava und Harry hungern lassen?" Oliver sah Emily ins Gesicht.

„Nein, das kann ich mir nicht vorstellen. Die sehen viel zu gut dafür aus. Niemand von unseren Freunden und Kollegen sieht so gut genährt aus wie die Smith's."

„Egal, wir kochen den Kindern morgen früh eine schöne Mehlsuppe mit Zucker, von der können sie sich satt essen und abends braten wir die Kartoffeln und vielleicht kann ich auch noch ein halbes Huhn mitbringen. Wenigstens gehen die Kinder morgen Abend nicht hungrig schlafen und du kannst dich auch mal wieder satt essen."

Emily strahlte ihren Mann an. „Nein, das hebe ich lieber für die Kinder auf."

Energischer, als er es beabsichtigt hatte, erwiderte Oliver: „Doch Emily, auch du isst davon. Es ist zusätzlich und auch du musst essen. Du bist schon ganz dünn geworden, weil du immer wegen der Kinder verzichtest. Du wirst dich morgen satt essen, basta!"

„Aber die Kinder …"

Oliver stand auf, ging um den Tisch herum, zog Emily vom Stuhl hoch und nahm sie in seine Arme. Liebevoll drückte er sie sanft an sich. „Sieh, mein Engel, wir können beide nichts dafür, dass die Rationen so knapp geworden sind. Im Lautsprecher haben sie heute durchgegeben, dass die Rationen bald wieder heraufgesetzt werden können. Du musst arbeiten und für die Kinder da sein. Es nützt uns nichts, wenn du irgendwann nicht mehr kannst. Ich bekomme im Institut genug zu essen, aber du in deiner Firma nicht. Und in drei Tagen bekommen wir unsere nächsten Rationen. Die werden hoffentlich für eine Woche reichen."

Plötzlich hörten sie eines der Kinder schluchzen. Emily löste sich von Oliver und lief zu ihnen. Als sie die Kindernische erreichte, bemerkte sie, dass beide Kinder in ihrem Bett lagen und weinten. Jessica lag schluchzend auf der Seite und Ian schaute seine Schwester traurig an. Oliver erreichte nach Emily die Kindernische.

Emily ging zu ihrer Tochter und drückte sie an ihre Brust. Oliver streichelte Ian über die Haare und sagte liebevoll: „Na, komm zu mir, mein Junge." Auch er nahm das Kind in seine Arme.

Plötzlich fragte Jessica schluchzend: „Mama, du hungerst wegen uns?"

„Wie kommst du darauf?", fragte Emily.

Ian kam seiner Schwester zuvor: „Wir haben es gehört."

„Was habt ihr denn gehört?", fragte Oliver.

„Alles", sagte Ian.

Emily hatte Jessica beruhigt und mit fester Stimme sagte das Mädchen: „Dass du wegen uns hungerst und dass Papa Ian bestrafen soll, weil er so vorlaut ist."

„Ich bin nicht vorlaut!", protestierte Ian.

Oliver sah ihm in die Augen und sagte sanft: „Nun ist es aber gut, mein Großer."

„Aber du hast gesagt, dass du das nicht tust", sagte Ian schnell.

„Okay, Kinder", erwiderte Oliver und blickte zu Emily hinüber, „ich glaube, wir kommen nicht umhin, schon jetzt mit euch ein ernstes Gespräch zu führen."

Das Erdbeben

Am nächsten Morgen saß die Familie um ihren großen Esstisch herum und frühstückte. Emily hatte, wie es ihr Mann vorschlug, eine nahrhafte Mehlsuppe mit Zucker gekocht. Die Kinder konnten so viel essen, dass sie satt wurden. Die Stimmung am Tisch war gelöst, Jessica, die fünfjährige Tochter alberte umher und schäkerte mit ihrem Vater. Mehrmals musste ihre Mutter sie auffordern, zu essen.

„Ich esse doch schon, Mama!", erwiderte die Kleine nach einer Ermahnung Emilys und schob sich einen Löffel mit Suppe in den Mund. Die Suppe war schon etwas nachgedickt und hatte die Konsistenz eines Puddings. Aber sie war gut gesüßt, sodass die Kinder sie gerne aßen.

„Siehst du Mama, ich habe alles aufgegesst." Das Mädchen lächelte nach wenigen Minuten ihre Mutter an.

„Das hast du aber schön gemacht, Jessica. Aber es heißt: ich habe alles aufgegessen."

„Ja, Mama, ich habe alles aufgegessen." Die Kleine kicherte vor sich hin und streckte einen Arm zu Ian aus. Der Junge mochte seine Schwester, auch wenn sie ihn manchmal ärgerte. Er nahm ihr kleines Händchen in seine Hand.

In diesem Moment erzitterte der Boden unter ihren Füßen. Die Familie erstarrte. Lautes Poltern war zu hören.

Emily reagierte als erste und sprang von ihrem Stuhl auf. Sie stürzte zu Jessica hin, die ihr am nächsten saß. Oliver reagierte nur eine Zehntelsekunde später und war mit einem Satz bei Ian. Mit ihren Körpern schützten die Eltern ihre Kinder. In einer Wand entstand ein Riss. Der Boden hob und senkte sich in kleinen Wellen. Das Poltern wurde lauter. Staub rieselte auf Emily und Oliver herab. An einem nicht auszumachenden Ort rieben Steine laut aneinander und verursachten ein knirschendes Geräusch. Draußen vom Stollen her vernahm die Familie Schreie. Auch Jessica und Ian schrien.

„Mama, ich habe Angst!", rief Jessica ihrer Mutter zu.

„Ich weiß, mein Kind, ich weiß." Die Mutter drückte ihr Kind fest an sich.

Ian fragte: „Papa, was ist das plötzlich?"

„Ruhig, mein Junge, ich passe auf dich auf!" Oliver versuchte, seinen neunjährigen Jungen zu beruhigen.

Plötzlich ein lautes Krachen. Irgendwo stürzte eine Wohngrotte ein.

Das knirschende Geräusch von aufeinander reibendem Gestein empfanden die Kinder als besonders bedrohlich. Das Poltern der Steine kam näher. Stürzte etwa die Höhle ein? Die Kinder schrien in Panik auf. Emily versuchte, Jessica zu beruhigen, aber das Mädchen zitterte am ganzen Körper. Emily hatte ebenfalls Angst, aber sie musste stark sein. Um Jessicas willen durfte sie ihrem kleinen Mädchen keine Angst zeigen. Ian erging es nicht anders als seiner Schwester. Oliver drückte den Jungen an sich, damit er die Nähe seines Vaters spüren konnte. Glas splitterte. Die Scheiben eines Schrankes waren der Belastung durch die bebende Erde nicht gewachsen.

Plötzlich schrie Ian auf: „Mutti, Jessica!", Panik schwang in seiner Stimme mit, „Papa, oh, nein!"

Der Junge sah, dass seine Mutter und seine Schwester für einen Moment zusammen mit dem Erdboden in die Höhe gehoben wurden, aber sofort fielen sie wieder hinab. Das ging so schnell, dass er fürchtete, seine Schwester und seine Mama könnten sterben. Genau in dem Moment, als das geschah, war das Poltern und Bersten von Steinen am lautesten.

Oliver fürchtete, dass die Decke ihrer Grotte der Intensität des Erdbebens nicht standhalten würde. In dem Fall wären sie unrettbar verloren. Wer wäre noch übrig, um sie zu retten, wenn die Stollen einstürzten?

Als sich die Erde so plötzlich hob und senkte, verlor Emily das Gleichgewicht. Noch im Fallen versuchte sie, ihre kleine Tochter mit ihrem Körper zu schützen. Dabei riss sie das Mädchen mit sich. Auf dem Boden liegend fühlte sie Jessica unter sich. Staub und kleine Steinchen rieselten auf sie hinab.

Das Bücherregal schwankte. Es neigte sich gefährlich zur Seite und drohte zu stürzen. Die oberen Bücher fielen heraus. Sie schlugen polternd auf dem Boden auf. Jetzt schrie Jessica auf: „Papa, Hilfe, Ian!"

Schrill vor Panik tönte die Stimme des Mädchens durch die Wohngrotte. Wenn das Regal fiel, würde es Jessicas Papa und ihren Bruder verletzen. Emily hielt das zitternde Mädchen fest.

Plötzlich war es wieder still.

Noch verharrten die vier Menschen in ihren Positionen. Sie trauten der Ruhe nicht. Bald musste doch noch eine Erschütterung kommen. Der Boden musste noch einmal beben. Aber nichts geschah. Nach einigen Sekunden sagte Oliver: „Es ist wohl vorbei. Das war ein Erdbeben."

Die Eltern gaben ihre Kinder frei, die sich nun aufrappelten. „Lasst uns sehen, ob unsere Wände noch dicht sind, wenn nicht, müssen wir sie sofort verschließen. Es darf keine verseuchte Luft in die Höhlen eindringen!", forderte Oliver.

Die Familie folgte der Aufforderung des Vaters. Schnell suchten sie die unebenen Wände und Decken ihrer Wohngrotte auf Risse, Löcher oder anderen Öffnungen ab. Außer dem Riss in der Wand, die sie aber nicht von der Außenwelt trennte, konnten sie nichts finden. Das war beruhigend, denn Oliver Mooth wusste, dass ihre Wohngrotte nur durch eine Mauer und eine Felswand von der Außenwelt geschützt war. Beide hatten durch das Erdbeben keine Schäden erlitten. Würde die Pandemie in die Höhlen eindringen, wären ihre Bewohner verloren. Das konnte niemand wollen. Schon in Olivers Kindesalter wurde immer wieder darauf hingewiesen, dass die Unversehrtheit der Höhle wichtiger war, als Menschenleben zu retten, wenn die Erde bebte. Das kam nicht sehr oft vor, aber Oliver hatte heute nicht zum ersten Mal ein Erdbeben erlebt. Jedoch war es das Heftigste von allen gewesen.

Dass sie heute in den Höhlen leben konnten, war nur deshalb möglich, weil die Regierung vor über fünfzig Jahren, als die Pandemie ausbrach, eine Panik unter der Bevölkerung vermieden hatte, indem sie einfach die Informationen über die Pandemie zurückhielt. Aber die damaligen Politiker waren auch dafür verantwortlich, dass das Gesundheitssystem kaputt gespart worden war. Dringend notwendige Investitionen hatten sie verhindert. Es fehlte an allen Ecken und Enden. Krankenhausbetten, insbesondere Intensivbetten gab es viel zu wenige, Verbandsmaterial und Medikamente waren nicht in genügender Anzahl vorhanden. Im Gesundheitswesen wurde der absolute Mangel verwaltet, insbesondere der Mangel an Pflegepersonal.

Genauso war es auch noch heute. Nur gab es einen Unterschied: Durch das Versagen der Politiker und der Wirtschaftsbosse büßten damals 75 Prozent der Menschen ihr Leben ein. Aber das alles wusste Oliver Mooth zum jetzigen Zeitpunkt noch nicht.

„Und jetzt lasst uns im Hauptstollen sehen, was dort passiert ist. Vielleicht können wir helfen", meinte Oliver.

Die kleine Jessica und ihr Bruder folgten ihren Eltern. Ein kurzer Blick an die Decke zeigte Emily, dass die Kameras in den Gängen noch intakt waren. In diesem Fall war es gut, denn sie würden den Mitarbeitern in den Schaltzentralen das ganze Ausmaß der Schäden zeigen, sodass überall schnelle Hilfe eintreffen würde. Auch die Soldaten des Militärs erschienen in kürzester Zeit dort, wo sie am dringlichsten gebraucht wurden.

Oliver sah, dass die Wohngrotte seines Kollegen George Smith eingestürzt war. Schnell machten sie sich daran, die herabgefallenen Trümmer zu beseitigen, um ihn und seine kleine Familie zu befreien.

„George, kannst du mich hören?", rief Oliver in die verschüttete Wohngrotte hinein.

„Ja, wir sind in Ordnung, können aber nicht hinaus!" George Smith schien entspannt zu sein.

„Wartet, wir tun, was wir können, um euch zu befreien!" Stein um Stein legten Oliver und seine Familie den Eingang zur Grotte frei.

Einige Soldaten, die von Commander Cups befehligt wurden, halfen dabei. Sogar der Commander legte selbst Hand an, um die Familie Smith zu retten.

Endlich hatten sie es geschafft. George Smith, seine Frau Ava und sein Sohn Harry erschienen, wenn auch verstaubt, so doch unversehrt vor den Augen ihrer Retter.

Jetzt geschah etwas sehr Ungewöhnliches. Commander Cups gab George Smith die Hand und fragte ihn: „Bist du in Ordnung? Geht es euch gut?"

„Danke, Sir, es ist alles in Ordnung. Nur unsere Wohngrotte ist hinüber." George Smith warf einen verunsicherten Blick zu Oliver Mooth hinüber. Dieser war von der Vertraulichkeit zwischen Commander Cups und seinem Kollegen überrascht.

Es war nicht üblich, dass der Commander anderen Menschen die Hand gab und sich um sie sorgte. Eher war das Gegenteil der Fall. Es war schon sehr ungewöhnlich, dass

sich Cups, der in dieser Wohngemeinschaft und im überge-
ordneten Block A der Chef der Armee und des Geheimdienstes war, selbst die Hände bei den Aufräumarbeiten
nach einem Erdbeben schmutzig machte. Cups antwortete,
jetzt wieder zum Sie übergehend: „Machen Sie sich keine
Sorgen, Mr. Smith. Warten Sie hier mit Ihrer Familie, ich
persönlich werde mich darum kümmern, dass Sie noch
heute eine neue Wohngrotte bekommen!"

„Vielen Dank, Sir." George Smith sah unterwürfig zum
Commander auf und warf danach Oliver Mooth einen Blick
zu, den dieser so deutete, dass ihm diese Situation unangenehm und peinlich war.

„Warten Sie hier einfach, bis ich Ihnen jemand schicke,
der Sie zu Ihrer neuen Wohngrotte begleiten wird", antwortete Cups und rückte mit seinen Soldaten ab.

Emily Mooth tauschte mit ihrem Mann einen vielsagen-
den Blick aus, bei dem beide wussten, was ihm der andere
sagen wollte: „Bei George Smith ist Vorsicht geboten!"

Trotzdem schlug Emily vor: „Lasst uns in unsere Wohngrotte gehen, ich werde uns einen Tee kochen. Dann kommen wir auch wieder zur Ruhe."

George Smith sagte: „Ava und Harry können gerne mit
euch gehen, ich werde hier warten, damit ich den Soldaten
nicht verpasse, der uns zu unserer neuen Wohngrotte bringen soll!"

„Dann warte ich mit dir und leiste dir Gesellschaft!", bot
sich Oliver Mooth an.

„Nein, danke, aber das musst du nicht tun." George
Smith erschien Oliver Mooth nicht mehr so entspannt zu
sein wie vorhin, als er verschüttet war.

Oliver suchte seinen Blick, doch George wich dem Blickkontakt aus. Emily ging mit ihren Kindern, Ava und Harry

im Schlepptau, zurück in die Wohngrotte. Hier konnten sie sich waschen und ihre Kleidung vom Staub befreien.

Währenddessen blieb Oliver bei seinem Kollegen. Immer wieder versuchte er, mit George zu reden und Blickkontakt herzustellen. Doch George hielt Olivers Blick nicht stand.

Was war hier los, fragte sich Oliver, wusste aber keine Antwort darauf. Er vermutete jedoch, dass es der Schock war, der George Smith so abweisend reagieren ließ. Klar, der hatte während des Bebens um sich und seine Familie Angst gehabt und seine Wohngrotte hatte er auch verloren. Oliver Mooth wusste, dass in solchen dramatischen Augenblicken kein Mensch rational reagieren konnte. Nur die Wenigsten waren dazu fähig.

Als er abends neben Emily im Bett lag, dachte er noch einmal über das ungewöhnliche Verhalten seines Kollegen George Smith nach, das weder aufrichtig noch ehrlich gewesen war.

Er konnte nicht einschlafen. Oliver wusste, dass er keinen Einfluss darauf hatte, ob die Erde bebte oder Ruhe hielt. Trotzdem hatte er ein ungutes Gefühl. Emily und die Kinder waren für ihn die wichtigsten Menschen in seinem Leben. Er liebte sie über alles und wollte Jessica und Ian aufwachsen sehen, für sie da sein und sie beschützen, wo er das konnte. Noch ein Erdbeben durfte es nicht geben. Seiner kleinen Tochter und seinem lieben, manchmal etwas vorlauten Jungen sollte nie etwas Böses geschehen. Sie mussten leben, der Tod würde sie ohnehin schon früh genug ereilen. Aber es durfte kein Erdbeben, auch keine andere Katastrophe sein, die ihrem Leben ein Ende bereitete. Nein, sie sollten im hohen Alter an Altersschwäche sterben. Und zwar auf der Oberfläche, nicht hier in diesem Stollen- und Höhlensystem in einer dieser dunklen Grotten.

Ob Emily auch nicht schlafen konnte? Er lauschte und hörte ihren gleichmäßigen Atem. Nein, er wollte sie lieber nicht ansprechen. Vielleicht schlief sie in diesem Moment ein und wäre dann wieder wach, nur weil er mit ihr reden wollte.

Er drehte sich auf die Seite und versuchte endlich einzuschlafen. Doch seine Gedanken wanderten immer wieder zu George Smith zurück. Der Gedanke, dass der Kollege nicht ehrlich zu ihm war, verstärkte sich immer mehr.

Warum konnte Smith ihm nicht in die Augen sehen? Wer absichtlich immer wieder den Blickkontakt vermied, sogar ausweichend und ablehnend reagierte, hatte kein reines Gewissen. Was tat George Smith, wenn er zu spät zur Arbeit erschien oder während der Arbeitszeit für eine, manchmal sogar zwei Stunden verschwand. Wen oder was besuchte er in dieser Zeit? Ging er einkaufen? Das glaubte Oliver nicht, denn damit würde er sich Ärger einhandeln. Das Risiko, von einem Aufseher dabei gesehen zu werden, war zu groß. Das wäre einer Sabotagehandlung gleichgekommen und würde hart bestraft werden. Dafür riskierte man sogar, öffentlich ausgepeitscht zu werden. Aber George Smith war nicht der Typ dafür, der sich ohne Not einer solchen Strafe aussetzen würde. Vor oder nach der Arbeitszeit hatte jeder Höhlenbewohner genug Zeit, sich seine Nahrungsmittelrationen abzuholen.

Oliver hatte eine Vermutung, die er aber ganz schnell wieder von sich schob. Sie war so ungeheuerlich, dass er sie nicht wahrhaben wollte.

Aber wenn George Smith nicht einkaufen ging, stellte sich die Frage, woher er immer wieder die vielen Lebensmittel hatte, die er ihm, Oliver, dafür gab, dass er teilweise seine Dienste übernahm. Außerdem waren Lebensmittel so knapp bemessen, dass er es nicht riskieren konnte, seine

Frau und seinen Sohn dafür hungern zu lassen. Oliver beschloss, George Smith danach zu fragen, denn auch, wenn er wollte, dass seine eigenen Kinder genug zu essen bekamen, so wollte er auf keinen Fall, dass Harry und Ava Smith deshalb hungern mussten.

Noch einmal drängte sich Oliver Mooth die Frage auf, wer hinter George Smith stand? War es Commander Cups? Diese Vertraulichkeit zwischen ihnen war jedenfalls nicht normal. Commander Cups galt als grausamer Mann, der über Leichen ging. Sicherheit war gut und wichtig. Aber vor einem Sicherheitschef sollte niemand Angst haben müssen. Aber Cups wurde von beinahe jedem Menschen gefürchtet, den Oliver Mooth kannte.

Endlich schlief er ein. Ein Traum ließ ihn immer wieder aufwachen. Dann lag er neben Emily, die friedlich schlief und wagte nicht, sich zu bewegen, weil er sie nicht aufwecken wollte. Nur weil seine Gedanken und dieser immer wiederkehrende Traum ihn nicht zur Ruhe kommen ließen, musste seine Emily nicht darunter leiden. Was ihn nicht schlafen ließ, war ein Traum, in dem er Bilder von Sklaven sah. Sklaven, die in Höhlen lebten und hart arbeiten mussten. Was war es, das für diesen Traum verantwortlich war? Waren es Gerüchte, die er diesbezüglich gehört hatte? So wachte und schlief er abwechselnd, bis es endlich Zeit für ihn war, aufzustehen. Ausgeruht fühlte er sich nicht.

Als er seine Morgentoilette versah, rief ihn Emily: „Oliver, Jessica ist weg!"

Er eilte in die Kindernische und fand Emilys Worte bestätigt. Wo mochte sein kleines Mädchen nur hingegangen sein? In ihrer Wohngrotte war sie nicht. Emily war in Sorge.

„Bleibe du hier und bereite das Frühstück vor. Ian und ich gehen sie suchen. Sie wird nicht weit sein." Er nahm Emily, während er sprach, in seine Arme.

Als er mit Ian die Wohngrotte verließ, bot sich ihnen ein Bild der Zerstörung. Die Schäden des Erdbebens waren noch nicht beseitigt. Jedoch war der Eingang von George Smiths Wohngrotte mit einer Plane abgedeckt. Ein Schild stand davor, auf dem geschrieben stand: „Betreten verboten! Einsturzgefahr!"

Ian untersuchte die Plane. „Nein, Papa, die ist zu, hier kann Jessica nicht durchgekommen sein."

„Eigentlich schade, denn jetzt müssen wir weiter suchen."

„Hoffentlich wird sie von niemandem erwischt, Papa, dann können wir nämlich lange suchen."

„Da sagst du was, Junge. Dann können wir ihr aber auch nicht mehr helfen. Ich hoffe, dass wir sie finden."

„Ich auch, denn Jessica ist gar nicht so übel. Manchmal nervt sie mich ja, aber dann ist sie auch wieder richtig süß."

„Und du, Ian, solltest besser aufpassen, denn deine Schwester hat es faustdick hinter den Ohren. Die weiß genau, wie sie dich um den Finger wickeln kann." Oliver sah zu seinem Jungen herunter und lächelte ihn freundlich an.

„Papa, da, sieh doch nur! Dort vorn ist sie!", rief Ian in diesem Augenblick. Olivers Herz wurde vor Liebe zu seinen Kindern riesengroß.

„Ja, ich kann sie auch sehen."

Jessica saß etwas abseits auf einem Felsbrocken und spielte mit Steinen. Als sie das Mädchen erreichten, fragte Oliver: „Was machst du denn hier, Jessica?"

„Papa, sieh doch nur, wie schön diese Steine sind." Sie hielt mit ausgestreckter Hand ihrem Vater die Steine zur Begutachtung hin.

„Die sind tatsächlich sehr schön, Jessica. Aber du weißt doch sicherlich, dass du noch nicht alleine durch die Höhlen laufen darfst."

„Ach, Papa, das habe ich vergessen, tut mir leid."

Ian grinste vor sich hin. Dabei sah er seinen Vater an und war auf dessen Antwort gespannt.

„Jessica, mein liebes Kind, die Aufseher vergessen das aber nicht. Wenn dich einer von denen erwischt hätte, würdest du hier nicht mit Steinen spielen, im Gegenteil würde dir dein Popo ganz gewaltig wehtun und du würdest bitterlich weinen", erwiderte Oliver.

„Ach, Papa, wenn einer kommt, verstecke ich mich. Hier ist doch keiner", sagte sie kess.

„Trotzdem darfst du nicht allein hier rumlaufen. Merke dir das bitte." Olivers Worte klangen strenger, als er sie tatsächlich aussprechen wollte.

„Ja, Papa. Darf ich die Steine behalten?", fragte das Mädchen.

„Ja, von mir aus behalte sie nur."

Jetzt mischte sich Ian in das Gespräch ein. Frech sah er von unten zu seinem Vater hoch und grinste: „Papa, du musst aber auch aufpassen, dass Jessica dich nicht um den Finger wickelt".

Oliver Mooth stand vor seinem Sohn. Überrascht über die Bemerkung des Jungen schüttelte er seinen Kopf, doch dann streichelte er Ian über die Haare und sagte: „Los, Kinder, kommt jetzt, Eure Mutter wartet mit dem Frühstück auf euch."

Der Spitzel

Oliver Mooth ging ins Labor. Seine Aufgabe bestand darin, einen Impfstoff zur Bekämpfung der Pandemie, die auf der Erde immer noch herrschte zu entwickeln. Da keine Radioempfänger existierten, erfuhren die Höhlenbewohner über eine Lautsprecheranlage in den Nachrichten, wie das Virus noch heute auf der Erde wütete.

Der Impfstoff sollte es möglich machen, dass die Menschen nach seiner Injektion die Höhlen wieder verlassen konnten. Aber damit kam Oliver Mooth nicht voran. Jedes Mal, wenn er die Ergebnisse seiner Forschungen verglich, hatte er das Gefühl, dass an seinen Aufzeichnungen etwas nicht stimmte. Oft war er sich sogar sicher, dass jemand seine Daten verfälschte, denn immer wieder bemerkte er Eintragungen, die er nie gemacht hatte. Andererseits war er sich aber sicher, dass niemand seine Forschungsergebnisse manipulieren konnte, weil er sie unter Verschluss hielt. Nur er hatte einen Code, den er selbst angelegt hatte, um einen Zugang zu diesen Daten zu bekommen. Wer also sollte sie verändern? Sollte vielleicht sein Kollege George Smith seine Ergebnisse manipulieren? Daran dachte Oliver seit dem Erdbeben immer wieder. Die Vertraulichkeit zwischen Commander Cups und George Smith erschien Oliver nicht normal zu sein. Aber dann musste George doch im Besitz der Zugangsdaten für den PC sein. Aber wie sollte er sie bekommen haben? Und doch war es so, dass die Ergebnisse stets andere Werte aufwiesen, als Oliver Mooth das erwartet hatte.

Jedoch traute er sich nicht, darüber mit jemandem zu reden. Würde auch nur ein Aufseher erfahren, dass er mit einem Außenstehenden über seine Forschungen sprach, war es seine Pflicht, Oliver Mooth anzuzeigen.

Ein anderer Kollege Olivers war dafür verantwortlich, Wirkstoffe für Medikamente zu entwickeln, die synthetisch hergestellt werden konnten. Das gelang nur teilweise, denn es mangelte überall an Rohstoffen. Das machte sich auch bei der Medikamentenherstellung bemerkbar.

Einige von Oliver Mooths Forschungsergebnissen mussten überprüft werden. Das wollte er gleich als Erstes erledigen. Vor allem mussten die Ergebnisse für die Entwicklung des Impfstoffes, der den Höhlenbewohner zugutekommen sollte, kontrolliert werden. Das jedoch wollte er erst dann tun, wenn George Smith nicht mehr ins Labor zurückkommen sollte. George Smith! Er ging Oliver Mooth nicht mehr aus dem Kopf. Immer wieder musste er an diese vertrauliche Geste des Commanders nach dem Erdbeben und dem Augenblick danach denken. Warum vermied es George, ihm in die Augen zu sehen? Doch nur deshalb, weil er kein reines Gewissen hatte. Auf jeden Fall musste Oliver jetzt diesen Kollegen besser im Auge behalten. Vertrauen konnte Oliver Mooth ihm nicht mehr. War George Smith vielleicht doch ein Spitzel? Das wollte Oliver nicht glauben, aber die Möglichkeit dafür bestand tatsächlich. Fortan wollte er ihn aus allen wichtigen Angelegenheiten heraushalten.

Er betrat die Nebenhöhle, in der das Obst und Gemüse angebaut wurde, in der auch seine Arbeitsstätte lag. Nur noch wenige Schritte musste Oliver gehen, um das Labor zu erreichen. Florence Clark, eine Kollegin, verließ soeben den Bereich der Pflanzenkunde und kam ihm entgegen. Sie grüßte ihn freundlich und blieb stehen.

„Guten Morgen, Florence, alles in Ordnung bei dir?", fragte er.

„Danke für die Nachfrage. In unserer Wohngrotte ist gestern bei dem Erdbeben zum Glück nichts Schlimmes passiert. Aber Georges Grotte ist unbewohnbar. Er hat in der

Nähe vom Commander Cups eine Neue zugewiesen bekommen."

„Ach, ne, ist das nicht der Sicherheitsbereich?", fragte Oliver interessiert.

„Genau, das ist er. Ich glaube, du solltest dir überlegen, was du sagst, wenn du mit George zusammen bist."

„Danke für diese Information, Florence. Das werde ich dir nicht vergessen."

„Glaubst du etwa das Gleiche, was ich denke?"

„Florence, woher soll ich wissen, was du denkst?", fragte Oliver ironisch.

„Genau, mein Lieber, so ist es." Sie zwinkerte ihm zu.

Oliver wusste, was Florence ihm sagen wollte. „Vorsicht, George ist vielleicht ein Spitzel."

Aber wie sollte er herausfinden, ob George tatsächlich für Cups arbeitete? Er war ratlos.

Nur wenige Sekunden später betrat er das Labor. George Smith war nicht an seinem Arbeitsplatz. Wo mochte der bloß wieder stecken? Oliver ging zu seinem Schreibtisch. Der Schlüssel glitt ins Sicherheitsfach. Das Schloss ließ sich öffnen. Aber es knackte gefährlich. Der Schlüssel hakte. Vorsichtig drehte er ihn noch einmal. Problemlos gab das Schloss nach.

Oliver schaute ins Fach. Es lag alles wie immer an seinem Platz. Er schaute sich das Schloss an. Nichts Außergewöhnliches. Nichts? Wirklich nichts? Er schaute noch einmal genau hin. Das Schloss hatte einen Kratzer. Der gehörte dort nicht hin. Also hatte sich jemand an dem Schloss zu schaffen gemacht. Ob das George war? Wie konnte er herausfinden, ob jemand in seiner Abwesenheit seinen Schreibtisch unbefugt öffnete?

Oliver prüfte seine Unterlagen. Alles lag noch genauso da, wie er es gestern zum Dienstende verlassen hatte. Sicherheitshalber wollte er einen Bericht schreiben und seinem Chef die bisherigen Ergebnisse seiner Forschung mitteilen. Damit konnte er George, falls der ihn tatsächlich bespitzelte, den Wind aus den Segeln nehmen.

Welch komisches Sprichwort, überlegte er. Es gab gar keinen Wind in dem Tunnel- und Höhlensystem. Na gut, manchmal einen kleinen Windhauch im Haupttunnel, das konnte schon einmal vorkommen.

Oliver setzte sich an seinen PC und öffnete ein Protokoll. Als Überschrift schrieb er hinein: „Bisherige Ergebnisse der Forschung an verschiedenen Bakterien zur Gewinnung von biologischen Einsatzstoffen für die Bekämpfung krankmachender Viren und Bakterien in der Erdatmosphäre".

Danach entnahm er seinem Schreibtisch einen Ordner und öffnete ihn. Er übertrug einige Daten aus seinen Forschungsprotokollen. Als er damit fertig war, schickte er seinem Chef das Formular. Vorerst sollte er vor dem seine Ruhe haben.

Jetzt öffnete er die Schreibtischschublade. In einer Ecke lag eine kleine Kamera. Die programmierte er und stellte sie hinten ins Sicherheitsfach, sodass sie nicht zu sehen war. Wenn jemand die Tür öffnete, würde sie ein Foto machen.

So wollte Oliver kontrollieren, ob das Sicherheitsfach während seiner Abwesenheit tatsächlich geöffnet wurde und jemand seine Daten fälschte. Wenn er Glück hatte, würde er vielleicht sogar ein Foto von der Person bekommen, die seine Daten manipulierte.

Oliver war zufrieden. Jetzt wollte er die Züchtungen der einzelnen Bakterienkulturen überprüfen. Einige vielversprechende Kulturen hatten sich gebildet. Damit konnte er vielleicht seine Forschungen beschleunigen und ein Serum herstellen, mit dem die Pandemie bekämpft werden konnte. Das würde bedeuten, dass die Menschen bald wieder die Höhlen und Tunnel verlassen konnten. Aber noch war es nicht soweit.

Er wurde in seinen Überlegungen unterbrochen, denn die Tür zum Labor wurde geöffnet. George Smith trat ein und grüßte: „Guten Tag, Oliver."

„Hallo, George. Ist bei dir alles in Ordnung?"

„Ja, jetzt wieder."

„Du bist etwas spät dran, sogar etwas sehr spät."

„Ja, ich weiß. Tut mir leid, Oliver. Aber du weißt ja, dass meine Wohngrotte beim Beben gestern zerstört wurde. Wie durch ein Wunder haben wir überlebt. Mann, hatte ich eine scheiß Angst. Wir haben eine neue Wohngrotte bekommen. Ich bin richtig froh, dass das so schnell und problemlos geklappt hat. Habe Cups gar nicht so eingeschätzt, als Menschenfreund, meine ich. Eigentlich ist der doch nur ein Arschloch, das über Leichen geht. Na ja, die neue Wohngrotte musste ich noch etwas herrichten und brauchbare Sachen aus der alten Grotte brauchte ich auch noch. Das konnte ich unmöglich alles Ava alleine überlassen."

„George, ich habe dafür ja Verständnis, auch deshalb, weil ich weiß, was euch passiert ist. Aber das hättest du mir trotzdem sagen können. Du weißt, dass ich dich hier im Labor brauche."

„Tut mir leid, aber der Chef hat es gewusst. Ich dachte, der würde dich informieren."

„Nein, hat er nicht. Ist auch egal. Hauptsache euch geht es gut. Wie ist denn die neue Wohngrotte?", wollte Oliver wissen.

George druckste zunächst herum, als müsste er sich erst überlegen, was er antworten sollte. „Och, die ist ganz okay."

Oliver dachte sich seinen Teil. Eine Grotte im Sicherheitsbereich war mehr als nur okay. Die waren wesentlich besser eingerichtet als die der Arbeiter. In ihnen stand sogar ein Fernsehapparat. Damit konnten ihre Bewohner Filme sehen, die noch vor der Pandemie gedreht worden waren. Kinos gab es schon lange keine mehr, wo hätten sie auch eingerichtet werden sollen? Der Platz wurde zum Wohnen benötigt. Aber man hatte damals einige Filme retten können, die am Wochenende abends mithilfe eines Kabelsystems zum Endverbraucher übertragen wurden. Jeweils samstags und sonntags konnten die Bewohner, denen ein Fernsehgerät zur Verfügung stand, um zwanzig Uhr einen Film sehen.

Auch waren die Grotten im Sicherheitsbereich besser gearbeitet. Dort gab es keine Unebenheiten im Fußboden. Die waren mit Sand ausgeglichen worden, der danach mit einer mehreren Zentimeter dicken Betonschicht überzogen worden war. Auch die Wände waren mit Lehm oder Gips geglättet, sodass an ihnen Bilder ordentlich aufgehängt werden konnten. Die Regierung hatte, bevor die Höhlen bezogen wurden, diese Räume für sich beansprucht und sie entsprechend herrichten lassen. Doch nach ein oder zwei Jahren hatte die Regierung diesen Bereich verlassen und die Angehörigen vom Militär und die Aufseher bekamen ihn als Sicherheitsbereich. Angehörige der Regierung begegnete man seitdem nur noch selten in den Höhlen, als hätten sie einen eigenen abgeschlossenen Bereich für sich, den sie nur selten verlassen würden.

„Und wo wohnst du jetzt?", fragte Oliver weiter.

Diesmal antwortete George Smith sofort: „In der Nähe der Ernährungsschaffenden."

Das war eine glatte Lüge, wusste Oliver. Vorausgesetzt, dass Florence mit ihrer Information recht hatte.

Einen Tag später hatte Oliver ein weiteres unangenehmes Aufeinandertreffen mit George Smith. Als er das Labor betrat, war dieser noch nicht zur Arbeit erschienen. Oliver selbst hatte sich fünf Minuten verspätet. Trotzdem war er neugierig und wollte wissen, ob seine Abwehrmaßnahme einen ersten Erfolg gebracht hatte. Entschlossen öffnete er das Sicherheitsfach seines Schreibtisches, entnahm ihm die kleine Kamera, die er dort deponiert hatte, und schaltete das Display an. Seine Befürchtungen wurden bestätigt. Ein Foto zeigte George Smith in der Hocke vor dem Schreibtisch, ein zweites zeigte ihn mit dem Ordner in der Hand, in dem Oliver die wichtigsten Forschungsergebnisse eintrug, die er unter keinen Umständen verlieren wollte. Den alten Computern vertraute er nicht. Sie fielen öfters aus, als ihm lieb war. Also manipulierte George Smith tatsächlich die Daten. Kein Wunder, dass Oliver mit seinen Forschungen nicht vorankam.

Er wurde zornig. Er erkannte, dass er missbraucht wurde. Nur warum? Er musste mit seinen Freunden und Emily darüber sprechen. Warum ließ sein Chef zu, dass er sinnlose Arbeiten verrichtete. Ein triftiger Grund fiel ihm dafür nicht ein.

Er dachte nach. Viele Gedanken kamen ihm in den Sinn. Gerüchte, die er gehört hatte. Schon lange vergessene Vermutungen seines Vaters. Würden sie die Höhlen nie mehr verlassen, auch Ian und Jessica nicht?

Dass sie hier gefangen gehalten wurden, wollte er nicht glauben. Das war eine solche Unverfrorenheit, die es in seinem Vorstellungsvermögen nicht gab. Warum sollten Menschen von anderen Menschen über mehrere Generationen hinweg gegen ihren Willen gefangen gehalten werden? Vor allem unschuldige Menschen. Gefangen in einem riesigen Gefängnis, aus dem sie gar nicht entkommen konnten. Und das auch noch ihr gesamtes Leben. Von der Geburt bis zum Tode. Wer konnte so grausam sein?

Als George Smith das Labor betrat, saß Oliver immer noch an seinem Schreibtisch vor dem ausgeschalteten Computer. Er folgte seinen Gedanken, arbeiten konnte er jetzt nicht. Ein Blick zur Uhr sagte ihm, dass sein unmoralischer Kollege auch heute eine Stunde zu spät an seinem Arbeitsplatz erschien.

„Guten Morgen, Oliver, ja, ich weiß, ich bin schon wieder eine Stunde zu spät dran. Mein Vater erzählte mir, dass mein Großvater immer die besten Ausreden fürs Zuspätkommen hatte. Entweder war das Auto nicht angesprungen oder der Bus oder die Straßenbahn ausgefallen. Aber alles das gibt es nicht mehr, schon seit vielen Jahren. Ich habe keine Ausrede. Bitte entschuldige, aber ich habe schlicht und einfach verschlafen."

„Es ist nicht schlimm, George, wenn du zu spät zur Arbeit kommst. Das ist mir sogar ganz lieb, denn wir arbeiten hier sowieso umsonst."

George Smith sah ihn entgeistert an. Sein Mienenspiel schwankte zwischen Entsetzen und Überraschung. „Aber Oliver, was soll das denn? Was willst du mir damit sagen?"

„Nichts, George, einfach gar nichts, weil wir Dank deiner Bemühungen die ganzen Jahre umsonst gearbeitet haben."

„Oliver, du redest wirres Zeug. Was soll ich schon getan haben? Kannst du mir das bitte einmal erklären?"

„Das kann ich, George. Ich bin von dir sehr enttäuscht. Ich hatte immer geglaubt, du seist ein ehrlicher und aufrichtiger Mann. Aber leider bist du nur ein Betrüger. Ein einfacher gefährlicher Betrüger, der die Hoffnungen vieler Menschen auf ein Leben auf der Erdoberfläche zerstört. Ich frage mich nur, warum du so etwas tust."

George Smiths Gesicht war bei Olivers Worten blass geworden. Er versuchte, sie mit einem Angriff zu entkräften. Wahrscheinlich glaubte er, Angriff sei die beste Verteidigung. „Du bist ja total übergeschnappt. Warum sollte ich so etwas tun? Du spinnst ja. Das Beste wird sein, wenn ich zum Commander gehe und ihm erzähle, dass du nicht mehr bei Sinnen bist."

„Das, mein lieber George, kannst du gerne tun", erwiderte Oliver sehr freundlich und sprach nach einer kurzen Pause weiter, „dann erzähle ihm bitte auch, dass du meine Forschungsergebnisse manipulierst. Ich weiß nur noch nicht, wie du einzelne Zahlen austauschst und wann du das gemacht hast. Damit hast du alle meine Ergebnisse gefälscht. Alle Kulturen, die ich angelegt habe, sind damit wertlos. Vergebene Liebesmüh!"

„Ich habe deine Ergebnisse nicht gefälscht!" George Smith war sichtlich aufgeregt.

„Aber genau dafür habe ich Beweise. Du hast nämlich meine Kamera übersehen. Ich habe Fotos von dir, die eindeutig beweisen, dass du die Tür des Sicherheitsfaches geöffnet hast. Ein Foto zeigt dich mit dem Ordner meiner Forschungsergebnisse in deinen Händen."

Oliver zeigte ihm die Kamera, die er sicher verwahren wollte, bevor George die Fotos löschen konnte. Der setzte sich sichtlich geschockt an seinen Schreibtisch. Zu einer Antwort war er nicht mehr fähig.

Noch einmal sprach Oliver zu George Smith. Es sollte das letzte Mal sein, dass er sich an ihn wendete. „Du darfst gerne nach Hause gehen. Für dich habe ich in diesem Labor keine Verwendung mehr. Ich werde dich anzeigen. Du kannst dir sicher sein, dass du bald abgeholt wirst!"

George Smith erhob sich und verließ wortlos das Labor. Sie sollten sich nie wieder sehen. Nachdem Oliver wieder alleine war, schrieb er dem Commander Cups in einer E-Mail eine Meldung über die Vorkommnisse im Labor. Nachdem er sie gesendet hatte, wurde er telefonisch dazu aufgefordert, sich umgehend beim Commander zu melden. Als Oliver in der Kommandantur eintraf, wurde er sofort in Commander Cups' Büro geführt. Dieser saß hinter seinem Schreibtisch und forderte Oliver auf, ihm gegenüber Platz zunehmen. Zunächst beantwortete der Forscher dem Mann vom Militär einige Fragen zu den Vorfällen im Labor. Der Commander gab sich freundlich und schien an Olivers Berichten sehr interessiert. Hätte Oliver ihn nicht gekannt, hätte er glauben können, dass der Commander an seinen wissenschaftlichen Forschungen echtes Interesse zeigte. Jedoch wusste Oliver das besser. Als er alle Fragen beantwortet hatte, sagte Cups: „George Smith wurde für seinen Verrat an unserer Gemeinschaft bereits verhaftet. Sie können sich sehr sicher sein, dass er seiner gerechten Strafe zugeführt wird."

Der Commander räusperte sich und stand auf. Oliver blieb nichts anderes übrig, als sich ebenfalls zu erheben. Seine gute Erziehung forderte das von ihm.

Umständlich zupfte Cups seine Uniform zurecht. Dann blickte er Oliver Mooth mit einem wichtigen Gesichtsausdruck an. „Mr. Mooth, im Namen unserer Wohngemeinschaft und darüber hinaus im Namen unserer gesamten unterirdischen Nation bedanke ich mich bei Ihnen für Ihre Aufmerksamkeit und Ihre Einsatzbereitschaft für unsere Gesellschaft. Wir brauchen noch viel mehr Männer wie Sie, die ehrlich und aufopferungsvoll ihren Dienst versehen, die Unrecht und Gefahren erkennen und sich zum Wohle der Allgemeinheit einsetzen."

Kaum hatte er seine Worte ausgesprochen, reichte er Oliver seine rechte Hand. Aus Gründen der Höflichkeit ergriff dieser sie. Mit der linken Hand zog der Commander eine Nahrungsmittelkarte mit einer Sonderration für eine vierköpfige Familie aus der Jackentasche und sprach weiter:

„Mein lieber Mr. Mooth, ich überreiche Ihnen für Ihre Verdienste um unsere Gesellschaft als kleine Anerkennung diese Nahrungsmittelkarte. Menschen wie Sie und Ihre Familie, die Besonderes leisten, dürfen keinen Hunger erleiden."

Oliver bedankte sich, danach durfte er nach Hause gehen.

Während er auf dem Heimweg war, wurde George Smith zum Commander geführt. Er setzte sich auf den gleichen Stuhl, auf dem zuvor Oliver gesessen hatte. Der Commander sah ihn ernst an und räusperte sich. „Tja, Mr. Smith, das ist leider dumm gelaufen. Aber da kann man nichts machen. Solche Dinge geschehen eben. Damit muss man immer mal rechnen. Ich frage mich jetzt nur, was soll ich mit Ihnen machen. Hier bleiben können Sie nicht."

„Das, Sir, ist mir klar. Ich glaube, in einer anderen Wohngemeinschaft könnten meine Dienste für Sie immer noch von Nutzen sein."

„Das, mein Lieber, glaube ich auch. Für Ihre Freunde und Bekannten werden Sie einfach verschollen sein. Ich kläre das und dann werden Sie und Ihre Familie von uns in ihr neues Wirkungsfeld gebracht. Bis dahin bleiben Sie unser Gast."

.

Der Ausflug

Ian und Jessica hatten auch heute wieder Abendessen bekommen, lagen in ihren Betten und sollten schlafen. Plötzlich lachte Jessica auf und wandte sich Ian zu. Sie stützte ihren Kopf auf einer Hand ab, schaute schelmisch zu ihrem Bruder hinüber und kicherte.

Ian ahnte, dass seine Schwester Unsinn im Kopf hatte und fragte: „Warum lachst du schon wieder?"

„Ian, kannst du ein Geheimnis für dich behalten?"

„Ja, natürlich kann ich das, glaubst du etwa, dass ich Mama und Papa alles erzähle?"

„Soll ich dir mein Geheimnis erzählen?" Jessica sah ihrem Bruder erwartungsvoll ins Gesicht.

„Aber wenn du es mir erzählst, ist es doch kein Geheimnis mehr!"

„Doch, Ian, wenn du niemandem davon erzählst."

„Nein, das tue ich nicht! Ehrenwort!"

Jessica war jetzt ganz aufgeregt. Sie sah ihren Bruder mit großen Augen an. „Ich habe ein Loch in der Wand gesehen. Es ist unter meinem Bett."

„Was für ein Loch denn?" Jessica hatte Ians Neugier geweckt.

„Na, ein Loch ebend."

„Jessica, das heißt eben."

„Dann eben eben."

„Nun sag schon, was für ein Loch meinst du?"

„Du bist aber neugierig, Ian. Sagst sonst immer, nur Mädchen sind neugierig. Aber du bist auch neugierig. Wie ein Mädchen eben."

„Willst du damit sagen, ich bin ein Mädchen?!" Ian stand schnell auf, lief lachend zu Jessica und begann, sie zu kitzeln. Als sie laut und fröhlich vor lauter Lachen quietschte, hörte er auf. „Nicht so laut, Schwesterchen, sonst hören Mama und Papa uns noch." Aber neugierig auf das Loch war er nun doch geworden. Deshalb fragte er: „Willst du mir das Loch zeigen, Jessica?"

„Ja, sonst hätte ich dich nicht gefragt." Sie hüpfte aus dem Bett heraus, legte sich auf den Fußboden und kroch unter ihre Schlafstatt. Weil Ian nicht sofort hinterher kam, rief sie: „Nun komm schon."

Schnell lag der Knabe neben seiner Schwester auf dem Bauch und blickte in ein Loch, das sich in der Wand befand und durch das er seinen Kopf hindurchstecken konnte. Wenige Augenblicke später sah er seiner Schwester erneut ins Gesicht. „Hinter dem Loch ist ein Tunnel. Und an seinem Ende leuchtet ein Licht." Er steckte nochmals seinen Kopf in die Öffnung. Einen Moment später zog er ihn wieder heraus und nieste mehrmals hintereinander. Jedes Mal sagte Jessica: „Gesundheit."

„In meiner Nase kribbelt es. Ob das von der Luft im Tunnel kommt?"

Dann begann er, kleine Steine am Rand des Loches zu entfernen, um es zu vergrößern.

„Was machst du da?", fragte Jessica.

„Das siehst du doch, ich mache es größer, damit wir in den Tunnel kriechen können."

„Oh, oh, wehe, wenn Mama das beim Sauber machen entdeckt."

„Bis dahin sind wir doch längst schon wieder hier. Dann können wir immer noch sagen, dass wir das nicht waren. Bestimmt hat das Erdbeben das Loch gemacht und Papa hat es nicht gesehen. Vielleicht war es nicht sofort nach dem Erdbeben da, sondern ist erst später gekommen."

„Ian, das verstehe ich nicht. Was ist nun, wollen wir oder wollen wir nicht?"

„Ins Bett?"

„Nein, ins Loch!" Jessica kicherte wieder und krabbelte los, ohne auf ihren Bruder zu warten.

Ian bemühte sich, schnell hinter Jessica herzukommen, als er einen riesigen Schrecken bekam. „Jessica, komm, lass uns umdrehen. Wir dürfen nicht da rausgehen. Wir werden sterben!"

„Nein, das werden wir nicht!"

„Doch, Jessica, da sind doch die Dinger, die krank und tot machen."

„Welche Dinger meinst du?" Jessica hielt an und drehte ihren Kopf zu Ian.

„Weiß ich nicht, ich habe ihren Namen vergessen."

„Welchen Namen, Ian?" Jessica neckte ihn schon wieder.

Ian war zu aufgeregt, er überlegte angestrengt, wie das Wort hieß, das er suchte und platzte wenige Sekunden später damit heraus: „Pandemie. Papa sagt immer Pandemie und Viren. Jessica, die Viren töten uns. Lass uns zurückgehen. Bestimmt hat deshalb meine Nase so sehr gekribbelt."

„Ian, du bist ein Hase, nämlich ein Angsthase!" Jessica krabbelte weiter. Der Tunnel vergrößerte sich im weiteren Verlauf, sodass auch ein erwachsener Mann hindurchkrabbeln konnte. Also hatte das Mädchen keine Probleme, an sein Ende zu kommen.

Ian folgte ihr und als er seine Schwester erreichte, legte er sich neben sie. Gemeinsam schauten sie am Ende des Tunnels aus einem Loch hinaus. Was die Geschwister sahen, überwältigte sie. Ian, der links von Jessica lag, legte seine rechte Hand auf Jessicas linke. Sie ließ es geschehen.

„Ian, seh, das da muss die Sonne sein!"

„Ja, das ist sie, Jessica. Aber es heißt, sieh da, das muss die Sonne sein."

„Ja, woher soll ich das denn alles wissen. Ich gehe noch nicht einmal in die Schule. Mal heißt es sah, dann wieder seh und jetzt sieh. Nächstes Mal sage ich guck, das ist immer richtig."

„Ach, Jessica, das lernst auch du alles noch. Ich habe mich viel dümmer angestellt, als ich so alt war wie du." Ian versuchte, seine Schwester aufzumuntern.

Jetzt nieste Jessica, danach fragte sie: „Sind das die Virus, die in meine Nase krabbeln?"

Ian musste lachen. „Jessica, Jessica, es heißt: Sind das die Viren, die in meiner Nase kribbeln."

„Weiß ich doch!" Das Mädchen lachte und krabbelte aus dem Tunnel in die Natur heraus. Ian folgte ihr.

Jessica hüpfte auf dem sandigen Erdboden umher. Sie war total begeistert. „Ian, das ist hier ganz anders als in der Höhle. Der Boden ist weich und tut gar nicht weh!"

Ian nahm die Hand seiner Schwester. „Jessica, wie schön es hier ist. Das haben wir alles noch nie gesehen. Hoffentlich sterben wir nicht!"

„Ian, es ist viel zu schön hier. Was so schön ist, kann nicht böse sein. Glaub' mir."

„Schau, Jessica, da vorne, das große blaue und grüne Wasser. Hörst du auch das leise Rauschen? Das ist das Meer, von dem uns Mama schon so viele Geschichten erzählt hat."

„Und sieh dort, der Wald. So viele Bäume auf einmal, das muss ein Wald sein."

„Hier, ein Tier …, och, schade, jetzt ist es weg."

„Da ein Vogel! Warum fliegt er weg? Ich will ihn doch nur streicheln!"

„Und was ist das Grüne unter unseren Füßen? Das ist doch grün? Oder?"

"Komm schnell hier her! Hier ist Wasser, das zum Meer hinläuft!"

„Schau mal, komische Bäume sind das. Und überhaupt, warum sehen die alle anders aus?"

„He, eine Blume! Eine einzelne Blume im ganzen grünen Feld!"

„Ja, und da, guck mal, das ist ja eine komische Blume! Die sieht ja aus wie ein Mann, der einen Hut auf seinem Kopf hat!"

Schau doch mal nach oben. Da ziehen diese weißen Dinger wie …, ach Ian, ich weiß nicht, aber sie ziehen auf dem Blauen hin. Ich glaube, das ist der Himmel, er ist so schön blau. Mama hat das jedenfalls immer gesagt, dass der Himmel blau ist."

Die Kinder liefen hin und her, was sie sahen, mussten sie aus der Nähe betrachten und somit entfernten sie sich vom Eingang zur Höhle und achteten nicht auf den Weg. So viele neue Eindrücke stürmten auf Ian und Jessica ein. Sie waren trunken vor Glück und total aufgeregt, ob der vielen Dinge, die sie zum ersten Mal in ihrem Leben sahen und deshalb nicht kannten. Wie hätten sie da auf alle ihre Namen kommen sollen. Woher hätten sie wissen sollen, dass sie einen Pilz, eine Wiese, einen Vogel, eine Quelle und viele andere Dinge sahen?

Sie liefen zum Meer hinunter und bewunderten die Palmen und Dünen. Dann ging die Sonne unter. Jessica schaute zu Ian und fragte: „Warum geht die Sonne ins Meer? Will sie baden?"

„Nein Jessica, es ist schon sehr spät. Wir sollten um diese Zeit eigentlich schlafen. Die Sonne geht unter. Am besten ist es, wenn Papa uns das erklärt. Die Sonne geht nämlich nicht ins Meer. Das sieht nur so aus." Ian machte eine kurze Pause und sagte danach: „Wir sollten zurückgehen, bevor

Mama und Papa merken, dass wir nicht in unseren Betten liegen. Außerdem wird es gleich dunkel. Hoffentlich finden wir das Loch wieder."

Sie machten sich auf den Rückweg. „Ian, ich bin müde und will schlafen." Jessica rieb sich mit ihren kleinen Fäustchen die Augen.

„Müde bin ich auch. Aber wir müssen erst das Loch finden, damit wir nach Hause zurückkönnen", meinte Ian.

Aber den Eingang zum Tunnel fanden sie nicht. Jessica wurde schon ganz unruhig und quengelig. Ian versuchte, seine kleine Schwester zu beruhigen, aber das gelang ihm nicht wirklich. Er musste feststellen, dass sie sich verlaufen hatten.

„Jessica, weißt du was, wir gehen zum Strand zurück, da ist der Sand ganz weich und ich werde uns dort ein schönes Loch machen, in dem wir schlafen können. Und morgen suchen wir den Eingang zum Tunnel, der uns zu Mama und Papa zurückbringt."

Jessica war mit allem einverstanden. Sie wusste, dass Ian auf sie aufpasste, aber jetzt war sie viel zu müde, um noch länger wach zu bleiben. Es war bereits finster. In den Dünen grub der Junge mit seinen Armen eine Mulde, in die sie sich hinein legten. Die neuen Eindrücke ließen die Kinder zunächst nicht schlafen. Der Himmel war beinahe schwarz und viele kleine Lichtpunkte waren an ihm zu sehen. Der Mond ging auf und zog seine Bahn über den Himmel. Ian erklärte seiner Schwester, was ein Stern war, dass es helle und dunkle gab und allmählich wurde er leiser. Seine Augen fielen ihm zu und er schlief fest ein. Er hatte nicht bemerkt, dass Jessica schon vor ihm eingeschlafen war.

*****

Als Ian zwei Stunden später erwachte, war ihm kalt. Und es war anders als sonst. Er lag nicht in seinem Bett. Der Wind streichelte dem Jungen über das Gesicht. Über ihm leuchteten die Sterne. Er rieb sich die Augen und mit einem Schlag wusste er, wo er sich befand und was geschehen war. Schnell richtete er sich auf. „Jessica?", sagte er leise und suchte seine kleine Schwester. „Jessica!", rief er sie nun schon etwas lauter, aber er bekam keine Antwort. Er schaute sich um. Sie war nicht mehr da! „Dann kann sie nicht tot sein, wenn sie weggelaufen ist", dachte er. Aber wo sollte er seine kleine Schwester suchen? Er stellte sich auf den Dünensand und rief sie noch einmal.

Ob sie zum Meer gegangen war? Er schaute hoch zum Himmel und erblickte den Mond. Wie schön der doch war und so groß. Er blendete überhaupt nicht. Es war zwar noch sehr finster, aber er konnte sehen, wohin er ging. Als er den weißen Sand sah und das Meer rauschen hörte, die Kühle der Nacht auf seiner Haut spürte, wurde er innerlich ruhig. Die Wellen schlugen gegen den Strand und schon zog sich das Wasser ins Meer zurück. Und das geschah in einer sanften Regelmäßigkeit, wie Ian das noch nicht erlebt hatte. Der Junge fühlte sich leicht und befreit. Nur wusste er nicht, wovon er sich befreit fühlte.

Doch dann fiel ihm wieder seine Schwester ein. Seine kleine, liebe Jessica. Sie heckte immer wieder andere Dinge aus und er liebte sie dafür, weil er durch die Kleine viele Dinge kennengelernt hatte, die er sonst nie kennengelernt hätte. Mit ihr die Welt zu entdecken, machte ihm Spaß.

Wo nur war seine kleine Schwester hin? Er drehte sich um und konnte sie nirgends sehen. Plötzlich hörte er sie kichern: „Hi, hi, Ian hier bin ich!"

„Jessica, wo denn, ich kann dich nicht sehen."

„Hi, hi, hi, na hier bin ich!"

„Wo hier? Jessica, mir ist nicht nach Suchen, wir müssen nach Hause. Mama und Papa werden sich bestimmt schon Sorgen machen."

„Ian, ich bin hier, im Wasser. Es ist so schön hier, komm doch auch rein!"

Ian bekam einen Schreck. Er hatte gesehen, wie die Wellen zurück ins Meer glitten. Die konnten bestimmt kleine Gegenstände mit ins Meer nehmen, wenn sie ihnen im Wege lagen oder standen. „Jessica, bist du verrückt geworden? Du kommst jetzt sofort zu mir. Wir müssen unbedingt nach Hause, und wir müssen Mama und Papa erzählen, was wir gesehen haben."

„Manchmal bist du ein richtiger Spielverderber!" Am liebsten hätte sie ihren Bruder geneckt und ihm widersprochen. Aber dann ging sie Ian doch entgegen und kicherte hinter vorgehaltener Hand.

„Wo sind deine Sachen?", fragte Ian sie.

„Die liegen da vorne."

„Jessica, manchmal schaffst du mich", Ian verdrehte die Augen. „Los, geh dich anziehen und dann gehen wir nach Hause. Hoffentlich sind Mama und Papa uns nicht böse."

„Nein, das werden sie nicht."

„Woher willst du das wissen. Wir können froh sein, wenn Papa uns nicht unsere Hintern versohlt."

Schon wieder kicherte das Mädchen, aber Ian fühlte sich in diesem Moment gar nicht wohl in seiner Haut. Ihm wäre es am liebsten, wenn sie schon zu Hause wären und sie ihre Strafe fürs Weglaufen bekommen würden.

„Du bist ein Angsthase, Papa verhaut uns nicht, das hast du doch gehört." Jessica zeigte sich selbstsicher. Nachdem sie sich wieder angezogen hatte, ging sie zu Ian und schob ihre kleine Hand in die etwas größere ihres Bruders. Er sah auf sie herab und grinste sie schelmisch an. Wie niedlich sie doch manchmal war. Plötzlich war er stolz auf seine kleine Schwester, unsagbar stolz. Er drückte sanft ihre Hand und führte sie zurück zu seinem selbst gemachten Bettlager zwischen den Dünen.

„Wir warten jetzt noch, bis es Tag wird, dann gehen wir zurück durch den Gang nach Hause", sagte er.

Jessica kuschelte sich an ihn und schlief sofort ein.

*****

Plötzlich fiel Emily ein, dass Ian für den nächsten Tag ein zusätzliches Buch für die Schule mitbringen sollte. Aber welches das war, hatte sie vergessen. Sie dachte nach und hörte nicht, was Oliver ihr erzählte und fragte: „Oh, Schatz, es tut mir leid, was hast du eben gesagt?"

„George, George Smith, er hat meine Arbeit sabotiert. Ich habe ihn anzeigen müssen. Ich weiß, dass er die Daten meiner Ergebnisse für die Gewinnung des Serums manipuliert hat. Erwischt habe ich ihn deshalb, weil ich eine Kamera im Sicherheitsfach versteckt hatte. Ich habe schon lange den Verdacht, dass uns jemand schaden will, aber ausgerechnet George! Ich verstehe die Welt nicht mehr!" Oliver war enttäuscht und machte eine Pause. Doch bevor Emily etwas antworten konnte, fuhr er fort: „Wobei ich seit dem Erdbeben vorsichtig geworden bin. Die Vertraulichkeit zwischen ihm und Commander Cups hatte mich schon überrascht."

„Das ist ja ein Hammer!", sagte Emily.

„Ja, ich bin auch von ihm enttäuscht. Ich frage mich, warum er das getan hat?"

„Glaube mir, das willst du nicht wirklich wissen."

„Wahrscheinlich hast du recht. Aber ich frage mich, hat er die Lebensmittel, die er mir gegeben hatte, von zu Hause mitgebracht? Dann müssen Ava und Harry hungern, damit unsere Kinder satt zu essen haben. Das will ich nicht."

„Natürlich willst du das nicht, Oliver."

„Weißt du, Emily, warum sollte er meine Forschung sabotieren? Er hat nichts davon. Will er denn gar nicht auf der Erde leben?"

Emily dachte nach. „Du meinst, da steckt jemand anderes hinter?"

„Davon bin ich überzeugt!"

„Aber wer, Oliver?"

„Ich ahne Böses, aber ich will noch einmal darüber in Ruhe nachdenken."

Emily wusste, dass sie nicht weiter nachfragen brauchte, denn Oliver würde ihr in diesem Augenblick ihre Frage nicht beantworten. Deshalb fragte sie: „Und was ist nun mit George Smith passiert?"

„Er wurde verhaftet. Und ich habe Lebensmittelkarten bekommen."

In diesem Moment erinnerte sich Emily wieder an das Buch für Ian. „Oliver, warte bitte einen kleinen Moment, ich will Ian nur fragen, welches Buch er morgen zur Schule mitbringen soll, ich bin gleich wieder da."

Sie stand auf und ging zu den Kindern. „Hoffentlich schläft der Junge nicht schon", dachte sie. Als sie die Nische erreichte, blieb ihr Herz vor Schreck stehen.

„Oliver, wo sind die Kinder?", rief sie.

„Emily, was ist los mit dir, du selbst hast sie ins Bett geschickt." Über Emilys Frage lachte Oliver.

„Ja, das weiß ich, aber sie sind nicht da."

Das ernüchterte ihn mit einem Schlag. Er ging zu ihr in die Kindernische. Tatsächlich musste er feststellen, dass seine Frau recht hatte. Die Kinder waren nicht in ihren Betten. „Aber sie sind doch schlafen gegangen und bis jetzt nicht aus ihrer Nische herausgekommen", sagte er.

„Ja, ich weiß, aber sie können doch nicht spurlos verschwunden sein. Sage mir, sind wir denn blind? Sind die Kinder etwa doch an uns vorbeigegangen und wir haben das nicht bemerkt?" Emily war in Sorge. Irgendetwas mussten sie doch tun können, um die Kinder zu finden. Sie waren doch nicht weggelaufen?

Oliver beruhigte seine Frau. „Nun mal ganz langsam, es hilft uns nichts, wenn wir uns aufregen. Jessica und Ian können nicht weg sein. Wo sollen sie denn hingehen? Ich glaube es nicht, dass sie sich über Verbote hinwegsetzen und riskieren, von Aufsehern verprügelt zu werden, wenn man sie erwischt. Sie haben doch schon erlebt, wie das bei einem von Ians Mitschülern war."

„Nein, Jessica nicht, aber Ian schon." Gemeinsam durchsuchten sie die gesamte Grotte, aber weder Ian noch Jessica konnten sie finden.

Emily fühlte sich hilflos. Wo waren ihre Kinder hin? Sie konnten doch nicht so einfach spurlos verschwunden sein! Waren sie beide gemeinsam durchgebrannt? Oder war die Kleine alleine weggelaufen? Jessica kannte doch keine Gefahren und war manchmal auch so leichtsinnig. Ian war da anders. Er war bedachter, ruhiger und passte immer auf seine kleine Schwester auf. Wie der Junge doch in das Mädchen vernarrt war. Und sie dankte es ihm oft mit ihrem kessen Übermut und zog ihn mit hinein, wenn sie Dummheiten machte. Dann musste Ian es ausbaden, weil er Jessica beschützte. Gerecht war das nicht, gestand sich Emily ein. Wo waren ihre beiden Lieblinge nur hin?

Mutlos und ängstlich sank sie auf die erst beste Sitzgelegenheit und begann zu weinen. Sie tat Oliver leid. Er ging zu ihr, setzte sich neben sie und nahm sie in seine Arme.

„Hey, meine Liebe, nicht weinen. Die Kinder werden schon wieder auftauchen. Wir können sie noch außerhalb unserer Grotte suchen."

„Und zu wem sollen wir gehen? Ich möchte nicht, dass die Kinder Ärger bekommen."

„Das möchte ich auch nicht." Oliver Mooth begann nochmals, nach seinen Kindern zu suchen. Emily half ihm dabei. Er schaute in den Schränken nach, ob sie sich vielleicht dort versteckt hatten. Ian und Jessica hatten genug Dummheiten im Kopf, sodass er ihnen zutraute, sich darin vor ihren Eltern zu verbergen, bis sie sie endlich fanden. Als er sie nicht erblicken konnte, schaute er vorsichtshalber noch einmal unter die Bettdecken der Kinder, obwohl er wusste, dass das unsinnig war. Vielleicht waren sie auf die Gemeinschaftstoilette gegangen? Auch dort sah er nach. Nachdem er die gesamte Wohngrotte mit Emily abgesucht hatte, kniete er sich vor Ians Bett nieder und steckte seinen Kopf darunter. Erneut konnte er seiner Frau kein positives Ergebnis melden. Also versuchte er es nochmals unter Jessicas Bett und fand endlich das Loch in der Wand. Als er das Bett einen halben Meter von der Wand abgerückt hatte, schaute er in das Loch hinein und erblickte den Tunnel. Jetzt wusste er, wohin seine Kinder gegangen waren. Das erzählte er seiner Emily.

Sie erschrak. „Und wenn sie sich da draußen mit dem Virus anstecken?"

„Dann müssen sie nicht gleich zwangsläufig sterben. Panikmache hilft uns jetzt nicht weiter. Wir gehen die Kinder suchen."

„Nein, Oliver, einer von uns beiden muss hier bleiben. Falls noch jemand kommt, dann sollte einer von uns für Besucher da sein. Wo sollen wir zu dieser Zeit hin? Wenn niemand Zuhause ist, ist das verdächtig. Ich gehe die Kinder suchen und du bleibst hier."

Oliver dachte kurz nach. Er machte sich Sorgen um seine Kinder. Aber wenn Emily den Kindern hinterher ging, sorgte er sich um sie auch noch. Aber die Kinder mussten doch zu ihnen zurückkehren. Entweder er oder Emily! Einer von ihnen musste gehen! Er wollte Emily nicht verlieren. Oliver glaubte, dass es besser sei, wenn er die Kinder suchen ging. Mit einem ernsthaften Gesichtsausdruck sah er ihr ins Gesicht. „Nein, Emily, du bleibst hier und ich gehe!"

„Das geht nicht, Oliver, du musst das Serum finden, sonst kommen die Menschen womöglich nie aus diesen Höhlen heraus!" Emily wollte sich nicht mit ihrem Mann streiten, aber sie wusste, dass niemand Oliver ersetzen konnte. Er war der einzige Mikrobiologe, der die Pandemie besiegen konnte. Es gab keinen weiteren. Seine älteren Kollegen waren schon gestorben. Und jüngere gab es nicht.

Er wollte sie nicht gehen lassen. Und doch sah er ein, dass Emily recht hatte. Er durfte die Menschen in den Höhlen nicht im Stich lassen. Sollte er sich mit den todbringenden Viren infizieren, würde er sterben. Aber niemand außer ihm konnte das Serum gegen die Pandemie entwickeln. Jetzt, nachdem George Smith seine Forschungen nicht mehr torpedieren konnte, sollte er endlich die Waffe entwickeln können, mit der sie den Weg auf die Erdoberfläche finden sollten. „Emily, willst du das wirklich allein tun?"

„Uns bleibt wohl nichts anderes übrig."

Mit schweren Herzen bereiteten sie etwas Essen für die Kinder vor und legten es zusammen mit einer Kanne Tee in eine Tasche, die Emily mitnehmen wollte. Dann machte sie sich auf den Weg, kroch durch das Loch in den Tunnel hinein und stellte fest, dass sie gut vorankam. Der Tunnel war anfangs recht eng, wurde aber dann immer geräumiger. Doch sie hatte Angst, dass sie und ihre Kinder sich mit dem gefährlichen Virus infizieren könnten.

Aber es ging um ihre Kinder. Hoffentlich hatte Oliver recht und sie infizierten sich nicht. Emily wusste nicht, ob sie ohne Ian und Jessica weiterleben konnte. Wenn Kinder heirateten oder eine Tätigkeit begannen, die es erforderte, dass sie die Eltern verließen, wussten sowohl der Vater als auch die Mutter, dass es ihren Kindern gut ging und sie gesund waren. Sie hatten ihren Weg gefunden und waren dabei, das Leben zu meistern. Aber wenn ein Kind starb, war das der blanke Horror für die Eltern. Starben alle Kinder, egal warum, war das für sie unerträglich.

Was sollte Emily tun, wenn sie den Tunnel verließ? Es war bereits spät am Abend, die Sonne musste schon untergegangen sein. Wie sollte sie in der Finsternis die Kinder suchen? Emily machte sich Sorgen, ob es Ian und Jessica wirklich gut ging. Sicherlich machte sie sich umsonst ihre Gedanken, die beiden würden bestimmt irgendwo liegen und schlafen. Aber wo sollte sie sie suchen?

Erst mal raus hier aus dem Tunnel. Dann musste die junge Mutter sich sowieso erst einmal orientieren. Endlich hatte sie es geschafft und verließ den Tunnel. Es war finster. Am Himmel leuchteten die Sterne. Das Band der Milchstraße war gut zu sehen. Die Sternenbilder kannte Emily nicht, aber sie erkannte, dass der Nachthimmel wunderschön war. Begeistert sah sie sich ihn an. Dabei drehte sie sich einmal um ihre eigene Achse und erlebte ein sonderbares Glücksgefühl. Der Mond stand hoch am Himmel und spendete der Erde sein diffuses Licht. Dann hatte die junge Frau genug vom Himmel gesehen. Sie hatte eine Aufgabe und musste sich entscheiden, welchen Weg sie einschlagen wollte. Sie kannte ihre Kinder sehr gut, aber sie wusste auch, dass auf sie viele Eindrücke eingestürmt sein mussten. Die Kleinen würden also müde sein und sich irgendwo einen Schlafplatz gesucht haben. Wo Ian und Jessica hingegangen sein könnten, wusste sie nicht, aber sie vermutete, dass sie sich dem Meer zugewandt hatten.

Im Mondschein konnte sie die Palmen sehen, die sich am Strand ausbreiteten. Irgendwo schrie ein Nachtvogel sein Klagelied in die Natur. Ob es hier Schlangen gab? Bei diesem Gedanken blieb ihr beinahe das Herz stehen. „Du bist eine blöde Kuh, solchen Mist zu denken und dich damit selbst zu erschrecken", schalt sie sich, denn Schlangen kannte sie nur aus Büchern. Rechts von ihr befand sich ein Gebüsch. Als sie daran vorbeiging, raschelte es. Plötzlich erschrak sie: Ein kleiner Nachtvogel zeterte und flüchtete aus dem Gebüsch.

Emily rief die Namen ihrer Kinder. Sie hoffte auf eine Antwort, aber die bekam sie nicht. Hatte sie zu leise gerufen? Ein Hase lief plötzlich dicht an ihr vorbei. Dabei klopfte er mit seinen Pfoten auf den Boden.

Endlich erreichte sie den Strand. Ihre Füße sanken im feinen, weichen und weißen Sand ein. Sie schaute sich um und vernahm das beruhigende Rauschen des Meeres. Die Wellen schlugen an den Strand. Noch einmal rief sie die Namen ihrer Kinder. Hoffentlich waren sie nicht im Wasser gewesen und von der Strömung ins Meer getrieben worden. Kinder sind doch manchmal so leichtsinnig.

„Jessica, Ian, wo steckt ihr beiden denn nur?"

Wieder keine Antwort. Emily suchte den Strand ab, und machte sich große Sorgen. Die Kinder hatten doch keine Erfahrung mit dem Meer. Sie waren doch in den Höhlen geboren, wie Emily auch. Aus Büchern wusste sie, dass es im Meer Strömungen gab. Aber das wussten die Kinder nicht. Die werden doch nicht etwa ertrunken sein? Tränen stiegen der jungen Mutter in die Augen. Als sie blinzelte, liefen sie an ihrem Gesicht herunter. Dabei entstanden Spuren, die sie mit einem Taschentuch wegwischte. Während Emily nach ihren Kindern suchte, verging viel Zeit. Sie war überrascht, als die Sonne aufging. Doch vor Sorge um Ian und Jessica hatte sie in diesem Moment keinen Sinn für die Schönheit der Natur. Noch einmal rief sie die Namen ihrer Kinder. Tatsächlich bekam sie eine Antwort.

Ungläubig fragte Ian: „Mama, du?"

Emily war erleichtert und ging ihrem Kind entgegen. „Ja, ich!"

„Mama, wir haben den Weg zurück nicht gefunden!" Ian sah seiner Mutter schuldbewusst ins Gesicht.

Jetzt erwachte auch Jessica. Sie stürzte sich förmlich in die Arme ihrer Mutter und sagte ganz aufgeregt: „Mama, es ist so schön hier. Können wir hier nicht für immer bleiben?"

„Das kommt darauf an, wie gefährlich es für uns an diesem Ort ist. Kinder, wie ihr nur ausseht. Eure Gesichter sind ja ganz rot."

Jessica glaubte: „Hier ist es nicht gefährlich, nur schön. Hier stirbt niemand, Mama. Aber warum ist unser Gesicht rot, Mama?"

„Ja, mein Kind, schön ist es hier tatsächlich, aber auch gefährlich, wie man an eurer Haut sieht. Ich glaube, die Sonne hat euch die Haut verbrannt. Sonnenbrand heißt das wohl, wenn ich mich richtig daran erinnere. In irgendeinem Buch habe ich davon mal gelesen. Und ob es sonst außer der Sonne noch gefährlich ist, dazu befragen wir euren Vater, der weiß, was gut und richtig ist. Und jetzt esst noch etwas, ich habe euch ein Leberwurstbrot und etwas Tee mitgebracht. Wenn ihr damit fertig seid, gehen wir zurück nach Hause."

„Kennst du den Weg, Mama", fragte Jessica.

„Ja, ich habe mir gemerkt, wo ich langgegangen bin", erwiderte Emily.

„Ian hat den Weg vergessen!" Jessica zog einen Schmollmund.

„Du doch auch, du Kröte!", schimpfte Ian.

„Kinder, es ist gut. Kommt, wir gehen jetzt nach Hause!"
Emily mochte es nicht, wenn sich Ian und Jessica stritten.
Resolut suchte sie ihre sieben Sachen zusammen!

Das Böse im Menschen

Commander Cups saß in seinem Büro am Schreibtisch und dachte darüber nach, wie er Oliver Mooth weiterhin beobachten lassen konnte. George Smith war als Spitzel aufgeflogen, das passte ihm gar nicht. Dass Oliver Mooth im Auftrag der Regierung an der Entwicklung von Mikroorganismen arbeitete, die die krankmachenden Viren und Bakterien in der Atmosphäre bekämpfen sollten, war ihm, dem Leiter des Geheimdienstes dieses Bereiches, bekannt.

Ihm war es auch bekannt, dass die damalige Pandemie, die etwa zwei Drittel der Menschheit hingerafft hatte, von allein zusammenbrach. Nach dem Ausbruch gelang es einem Drittel der noch gesunden Menschen, sich in Höhlen in Sicherheit zu bringen. Wer nicht schnell genug war, infizierte sich und starb in kürzester Zeit. Als es keine Menschen auf der Erdoberfläche mehr gab, gab es auch keine Pandemie mehr. Trotzdem wurden die Menschen darüber im Unklaren gelassen. Die Regierung hatte die Macht. Kein Mitglied der Regierung wollte etwas von seiner Macht abgeben. Macht war berauschend. Es war schön, den Menschen zu sagen, was sie tun durften und lassen sollten. Noch schöner war es, ein ganzes Volk zu kontrollieren, selbst dann, wenn ihm nur einige tausend Menschen angehörten. Es kam, wie es kommen musste, die Regierungsmitglieder und deren Freunde und Bekannte eigneten sich auf der Erde Villen und Grundbesitz, die in schönen und idyllischen Landschaften lagen, an. In die nahe gelegene, große Stadt wollten sie nicht zurückkehren, weil sie sich dort verloren fühlten. Sie waren einfach zu wenige Menschen für so viele Gebäude.

Aber die Villen in den Dörfern und Wäldern waren für sie gut genug. Dort konnten sie wohnen und feiern und das

Leben genießen. Und die Höhlenbewohner mussten für sie arbeiten. Sie sorgten dafür, dass die Regierungselite genug zu essen hatte und sich die Zeit mit Dingen vertreiben konnte, die den Menschen, die der Elite angehörten, Spaß machten. Die Ämter gingen auf die Kinder über und das war der Grund, warum kein Mitglied der Regierung oder einer ihrer Protegés seit Ausbruch der Pandemie vor über 50 Jahren auch nur einen Tag ernsthaft gearbeitet hatte.

Dabei gab es genug zu tun. Auch heute noch. Doch alle notwendigen Arbeiten waren nichts für die Regierenden und ihrer Elite. Unwillkürlich musste Commander Cups an die damaligen Verhältnisse denken, als die Höhlen bezogen worden waren. Insbesondere kannte er sie aus den Erzählungen Peter Fosters, der damals ein einflussreicher Mann war und später sogar die Regierung übernommen hatte. Dieser erzählte ihm, dass für beinahe jede Tätigkeit Strom benötigt wurde. Es war finster in den Höhlen der Goldminen und man brauchte überall Licht, elektrisches Licht. Auch für jede Arbeit, die erledigt werden musste, wurde Licht gebraucht, genauso, wie es noch heute war. Also mussten die Wissenschaftler und Ingenieure dafür sorgen, dass Strom erzeugt werden konnte. Als die damalige Regierung wusste, dass es eine Pandemie geben würde, hatte sie dafür gesorgt, dass die Höhlen zum dauerhaften Gebrauch eingerichtet wurden. Klimaanlagen, die die Luft wieder aufbereiten konnten, wurden herbeigeschafft. Der Strom dafür wurde mit Notstromaggregaten erzeugt. Doch Diesel oder Benzin konnte nicht genutzt werden, weil die Höhlen mit deren Abgasen unbewohnbar geworden wären und weil Benzin nicht in genügendem Maße gelagert werden konnte. Also wurden die Verbrennungsmotoren auf Gas umgerüstet. Das dafür benötigte Gas wurde aus einer Biogasanlage gewonnen, in der die Körperausscheidungen der

Menschen verarbeitet wurden. Da aber die Notstromaggregate auch mit der Verbrennung von Gas giftige Abgase produzierten, wurden diese durch ein flexibles Rohrleitungssystem aus den Höhlen abgeleitet. Die Austrittsstellen dafür wurden abgedichtet, damit keine Krankheitserreger in die Höhlen eindringen konnten.

Damit die Fäkalien und andere Körperausscheidungen verarbeitet werden konnten, mussten sie gesammelt werden. Dafür wurden Sammeltoiletten eingerichtet, die von den Bewohnern der Wohngemeinschaften benutzt werden mussten. Der Urin und der Kot wurden getrennt. Der Kot wurde zur Gasgewinnung in die Biogasanlage geleitet, der Urin wurde in einer Wasseraufbereitungsanlage zu Trinkwasser aufbereitet. Damit wurden auch die Felder bewässert, auf denen Getreide, Obst und Gemüse angebaut wurden.

Cups schüttelte sich vor Ekel. Was waren das bloß für Arbeiten gewesen? Und heute mussten diese Anlagen und Maschinen gewartet und im Notfall repariert werden. Arbeiten, die er seinem Sohn nicht zumuten wollte.

Auch Commander Cups musste manchmal arbeiten. Seine Arbeit als Geheimdienstchef und Chef der Armee im Block A war ihm eine willkommene Abwechslung zum Alltag, denn immer nur feiern, alte Filme ansehen oder auch Golf und Tennis spielen, wurde ihm auf Dauer zu langweilig. Es gab Leute, die Fußball oder eine andere Ballsportart spielten, aber diese Spiele mochte der Commander nicht. Drei oder viermal für wenige Stunden in einer Woche arbeiten zu gehen, gefiel ihm dagegen sehr gut. Das förderte in ihm das Gefühl, Macht zu haben und sie gegen andere Menschen einsetzen zu können. Nur wer Macht besaß, war ein richtiger Mensch. Die Höhlenmenschen waren doch nur wie Tiere, die in Käfigen lebten.

Commander Cups wusste, dass Oliver Mooth keine positiven Ergebnisse in seiner Forschung erzielen durfte, weil es keine Pandemie auf der Erde gab. Er war dafür verantwortlich, dass die Ergebnisse des Wissenschaftlers manipuliert wurden, ohne dass dieser das bemerkte.

Trotzdem kam Oliver Mooth dahinter. Zum Glück hatte dieser Dummkopf die falschen Rückschlüsse gezogen. Der würde noch in dreißig Jahren erfolglos forschen, ohne frustriert zu sein. Eben ein Dummkopf. Da war sich Cups sicher.

Deshalb musste er jetzt diesen Mr. Smith abziehen und brauchte einen anderen Spitzel. George Smith, dieser blöde Idiot, hatte sich verraten. Wie konnte der nur so doof sein. Der glaubte doch tatsächlich, dass er dem Geheimdienst noch von Nutzen sein konnte. Der sollte sich noch wundern. Sollte er morgen noch einmal mit seiner Familie das Leben genießen, aber danach musste er auf Reisen gehen. Hier würde er als verschollen gelten und in seinem neuen Bereich nie ankommen. Wenn der Kerl wüsste, dass es für ihn nichts Neues gab.

Endlich hatte er eine Idee. Er klingelte. Nach wenigen Sekunden wurde die Tür geöffnet und ein Soldat trat ein.

„Holt mir die Frau aus dem Biologiebereich! Diese Florence Clark. Aber schnell!"

Nur zwanzig Minuten später saß Florence Clark vor ihm in seinem Büro. Sie war verunsichert und hatte Angst. Wer zu Commander Cups gerufen wurde, den erwartete in der Regel nichts Gutes.

„Schön, dass Sie die Zeit gefunden haben, mich zu besuchen", sagte Commander Cups mit gespielt guter Laune. Der Zynismus in seiner Stimme war nicht zu überhören. Die Befürchtungen der armen Frau wurden bestätigt. Was nur wollte der Kerl von ihr?

„Wie Sie wissen, brauchen wir immer mal jemanden, der treu zu unserer Regierung steht und für uns arbeitet", fuhr Cups fort und machte eine Pause. Er wollte die Reaktion der Frau abwarten.

Die kam ziemlich zögerlich, weil sie immer noch nicht wusste, was dieser unmögliche Mensch von ihr wollte. Sie nickte ängstlich und saß angespannt auf ihrem Stuhl.

Das Gespräch entwickelte sich für Commander Cups nach seinen Wünschen. Wenn sie Angst vor ihm hatte, konnte er sie lenken, wie er es wollte. Er war sichtlich erfreut darüber und genoss die Macht, die er über sie hatte. Sie war sein Werkzeug und würde alles für ihn tun, was er von ihr in Zukunft verlangen würde.

„Sie sehen das also auch so wie ich?", fragte er mit Nachdruck.

„Ja, Sir!" Cups erfreute sich an Florence Clark Unterwürfigkeit.

„Dann wird es Ihnen auch nichts ausmachen, wenn Sie für mich arbeiten." Das war keine Frage, sondern eine Feststellung.

Florence Clark sah ihn an. „Aber ich arbeite doch schon."

„Ach, das macht überhaupt nichts. Sie sollen für mich auch keine Arbeiten ausführen, die einen großen Zeitaufwand erfordern. Sie sollen nur die Augen und Ohren aufhalten und mich darüber informieren, was Sie so sehen und hören. Sie kommen zu mir und berichten mir, wenn Sie etwas Ungewöhnliches hören, sehen oder riechen." Cups grinste sie frech an. Er war sich seiner Macht bewusst.

Sie nahm all ihren Mut zusammen. „Bitte, Sir, das kann ich nicht. Ich würde mich verraten und außerdem: Woher soll ich gewöhnliche Frau wissen, was für Sie wichtig oder ungewöhnlich ist."

„Das ist ja auch vollkommen egal, Sie erzählen mir einfach alles, was Sie sehen und hören."

„Aber Sir ..."

„Sie haben Kinder?", unterbrach Cups sie.

Erschrocken sah sie ihn an. Sie wusste, dass der Commander ihre Lebensumstände kannte, der würde nicht unvorbereitet in ein Gespräch wie dieses gehen. „Ja, ein Mädchen, Sir."

„Sie können doch bestimmt Unterstützung gebrauchen, Sie leben alleine, Geld und Essen sind knapp und Ihr Kind ist krank. Ich könnte Ihnen die Medizin besorgen, die ihre Tochter benötigt, um wieder gesund zu werden. Was sagen Sie dazu? Oder ist es Ihnen lieber, wenn wir das Mädchen auf unbestimmte Zeit in ein Heim geben, damit sie dort bekommt, was sie braucht? Mrs. Clark, Sie wissen doch auch, dass wir es uns nicht leisten können, kranke Kinder durchzufüttern! Das geht einfach nicht, oder wollen Sie eine erneute Epidemie auslösen?" Die letzten beiden Sätze sprach der Commander sehr energisch mit erhobener Stimme aus.

Florence Clark bekam große Angst. Sie verstand seine Drohung. Entweder sie gab nach, oder sie würde ihre Tochter Isabella verlieren. Cups war in ihren Augen ein Schwein, der ihr das Kind wegnehmen wollte. Aber sie verstand auch, dass es ihr besser gehen würde, wenn sie für ihn spionierte. Kein Hunger würde sie und Isabella mehr plagen und die dringend benötigten Medikamente für ihr Mädchen bekäme sie auch. Es ging um Isabella. Was sollte sie tun? Sie hatte doch gar keine Wahl! Cups hatte sie eingeschüchtert. Die Angst um ihre Tochter blieb. Aber sie begriff auch, dass sie und ihre Tochter das tiefe Tal der großen Entbehrungen hinter sich lassen konnten. „Und die Medizin für meine Tochter bekomme ich?"

Der Commander nickte, worauf sie fragte: „Und auch die Lebensmittelkarten?"

„Auch die bekommen Sie, wenn Sie uns helfen, Mrs. Clark."

Sie schaute dem Mann, der ihr am Schreibtisch gegenüber saß, ins Gesicht. „Was soll ich tun?"

*****

George Smith hatte mit seiner Familie den gestrigen Tag so richtig genossen. Er musste nicht zur Arbeit gehen, stattdessen konnte er mit seinem Sohn und seiner Frau den Tag auf Kosten der Regierung in einer regierungseigenen Grotte verbringen. Was in solch einer Gästegrotte der oberen Zehntausend – so ein Quatsch, das war auch so ein dummer Spruch von früher – dann eben der oberen Einhundert zu finden war, ging ja beinahe auf keine Kuhhaut. Kuhhaut, auch so ein Begriff. Kühe brauchten Weiden, die es nicht gab. Also gab es auch keine Kühe mehr. Die Milch wurde synthetisch hergestellt, das wusste doch jedes Kind. Nicht unbedingt die Kinder, aber die Erwachsenen schon. George Smith fand es erstaunlich, wie sich die Sprichwörter im Sprachgebrauch hielten, obwohl es die Umstände dafür gar nicht mehr gab.

In einem Schrank waren Spiele verstaut. Die hatte sich George Smith genau angesehen. Den ganzen Tag hatten sie gespielt und gegessen und getrunken und wieder gegessen und getrunken, das war schon Klasse. Sich einmal im Leben auf Kosten der Regierung so richtig satt essen und dann sogar darüber hinaus weiteressen können, das war ein lange Jahre gehegter Wunsch, der sich nun endlich erfüllt hatte. Schließlich hatte er lang genug seinen Arsch für die Regierung, wenigsten für Cups, riskiert. Nur Scheiße war es, dass

Mooth dahinter gekommen war. Aber jetzt war es egal, in einer anderen Wohngemeinschaft gab es für einen Mann wie ihn auch noch genug zu tun. Wenigstens konnte sich Harry darüber freuen, dass er einen ganzen Tag lang futtern und trinken konnte, wie es ihm beliebte. Und wie er sich darüber gefreut hatte. Der Bauch des Jungen war am Abend, als er schlafen ging, richtig dick geworden.

„Na, Harry, bist du satt geworden, mein Junge?" George Smith Familie saß am Frühstückstisch, als sein Sohn aufhörte zu essen.

Der Junge strahlte seinen Vater an. „Ich kann nicht mehr, Papa. Ich habe gestern schon so viele leckere Sachen gegessen und jetzt schon wieder. Ich platze ja gleich. Wenn ich später mal arbeiten muss, dann hoffe ich, dass ich auch für die Regierung arbeiten darf wie du, Papa. Ian und seine Eltern und seine Schwester haben viel weniger zu essen als wir. Aber gestern und heute haben wir sogar noch mehr Essen und Trinken gehabt als sonst."

„Ja, mein Junge, ich verstehe dich. Aber trotzdem darfst du davon niemandem etwas erzählen. Nicht einmal Ian." George Smith wusste genau, dass die Kinder sich nie wieder sehen sollten. Es war schwierig für einfache Leute, von einer zur anderen Wohngemeinschaft zu reisen, wenn sie nicht gerade nebeneinander lagen. Meist war so etwas auch gar nicht notwendig. Cups hatte ihm doch mitgeteilt, dass er in keiner benachbarten Gemeinschaft eingesetzt werden sollte.

„Ich weiß, Papa."

Harrys Mutter stand auf und wandte sich zum Gehen um. Dabei sagte sie: „Aber jetzt werdet ihr eure Sachen zusammenpacken. Wir werden gleich abgeholt."

Eine halbe Stunde später waren sie reisebereit. Männer des Commanders Cups brachten sie zu einem Fahrzeug, das der Regierung gehörte. Man nannte es Wagen. Dieser Wagen hatte einen eigenen Antrieb. Vorne saß jemand, der den Wagen lenkte.

Nachdem das Gepäck verstaut war, durfte sich die Familie hinein setzen. Kaum saßen sie auf ihren Plätzen, fuhren sie los. George Smith bemerkte, dass sie ihre alte Wohngemeinschaft verließen und in einen der wenigen Haupttunnel hineinfuhren, die nur dafür geschaffen worden waren, dass die regierungswichtigen Menschen in diesen Wagen von einer zur anderen Wohngemeinschaft oder von einem zum anderen Block gelangen konnten.

„Wohin fahren wir eigentlich?", fragte George den Lenker.

„Ich soll sie in den Block C bringen. Von da geht es dann weiter."

Zu einem Block gehörten fünf bis sieben Wohngemeinschaften. In einer Wohngemeinschaft lebten etwa siebenhundert bis eintausend Menschen. Wenn die Fahrt fortgesetzt werden sollte, würde George Smith zukünftig also im Block D leben. Cups hatte tatsächlich dafür gesorgt, dass er in seinem restlichen Leben seine alte Wohngemeinschaft im Block A nicht wieder betreten würde.

Die Familie unterhielt sich, Harry hatte viele Fragen, die ihm seine Eltern geduldig beantworteten. Der Wagen wurde langsamer und schließlich hielt er an.

„Wir sind angekommen, hier wechseln Sie den Wagen. Aber wie ich sehe, ist der noch nicht da. Bitte steigen Sie trotzdem schon aus", bat der Lenker.

Die Familie kam seinem Wunsch nach. Nur wenige Augenblicke später stand George Smith mit seiner Frau und seinem Sohn auf einer sogenannten Wartescheibe. Ihr Gepäck stand in Koffern neben ihnen. Harry stellte seinen Eltern immer noch viele Fragen, die sie ihm gerne beantwor-

81

teten. Sie freuten sich, einen so wissbegierigen Sohn zu haben.

Endlich kam der Wagen, der sie weiterbringen sollte und hielt neben George an. Ein Mann stieg aus dem Fahrzeug. Die Männer musterten sich gegenseitig. Beide sagten nichts. Der Fremde steckte eine Hand in seine Jackentasche und sah George Smith ins Gesicht. „Sie sind George Smith?"

„Ja, der bin ich."

„Und das ist Ihre Frau?" Der Mann nickte zu Ava Smith hin.

„Das ist sie." George verstand nicht.

„Und der junge Mann hier ist Ihr Sohn?"

„Ja, aber was soll das alles?", fragte George zurück.

„Ich soll Ihnen einen Gruß von Commander Cups ausrichten. Und ich soll Ihnen sagen, dass er Sie nicht mehr braucht!"

„Wie, nicht mehr braucht?" George Smith verstand die Bemerkung des Mannes nicht. Plötzlich ahnte er Schlimmes.

„Na, er braucht Sie eben nicht mehr!"

Der Mann zog eine Pistole aus der Tasche. „Zuerst soll ich Ihren Sohn erschießen!" Schon richtete er die Waffe auf Harry. Der konnte nicht realisieren, was geschah. Der Schuss löste sich. Harry brach zusammen. George war nicht fähig, sich zu regen.

„Und jetzt Ihre Frau!" Die sah ihn aus weitgeöffneten Augen angstvoll an. Den Schuss hörte sie nicht. Blut trat aus ihrer Stirn aus. Auch sie sackte in sich zusammen.

„Wie fühlt es sich an, seine Frau und seinen Sohn sterben zu sehen?" Die Frage des Kerls tropfte vor Zynismus. Er grinste Smith frech ins Gesicht.

Dieser begriff nichts. Er stammelte: „Aber …, aber ich …, ich sollte doch …"

Der Gewaltverbrecher unterbrach ihn. Eiskalt sagte er: „Sterben sollen Sie!"

George Smith hörte, dass sein Mörder den Abzug der Pistole durchzog. Danach vernahm er den Knall, mit dem die Kugel den Lauf der Waffe verließ. Sie schlug ihm in die Brust. Seine Beine gaben nach. Er kippte nach hinten. Er spürte den kalten Stahl auf seiner Stirn. Dann spürte er nichts mehr.

Das ist Aufruhr

Seitdem die Kinder der Familie Mooth durch den Tunnel in ihrer Nische den Höhlenverbund verlassen hatten und sich im Freien aufhielten, waren bereits sechs Tage vergangen. Sowohl Jessica als auch Ian zeigten keine Krankheitssymptome. Der Sonnenbrand der Kinder war abgeklungen. Ian ging wieder zum Unterricht und Jessica in den Kindergarten. Emily hatte ihnen einen Entschuldigungszettel mitgegeben, der von den jeweiligen Erziehern akzeptiert wurde. Niemand schöpfte Verdacht, dass etwas Außergewöhnliches geschehen war. Auch Emily ging es zum Glück gut, sie hatte, wie die Kinder auch, einen Sonnenbrand im Gesicht gehabt, der aber in der Zwischenzeit verheilt war. Dass es ihren Kindern nach dieser Zeit immer noch gut ging, darüber waren Emily und Oliver Mooth sehr glücklich. Jetzt wussten sie, dass sich ihr Gesundheitszustand nicht mehr dramatisch verändern würde.

Aber wenn sie daran dachten, was hätte alles passieren können, als sie sich da draußen in der freien Natur und an der frischen Luft aufhielten, wurden die Eltern der Kinder doch wieder unruhig. Aber wie es aussah, hatten sie sich nicht mit dem gefährlichen Virus infiziert. Dafür gab es nur zwei Möglichkeiten. Die Erste war, dass die Kinder Glück hatten und die Zweite war noch viel unwahrscheinlicher. Es gab kein Virus da draußen. Wenigstens kein krankmachendes oder todbringendes. Konnte das möglich sein? Oliver, der auf dem Weg zur Arbeit war, dachte über das alles nach und hatte nicht bemerkt, dass er schon an seinem Labor angekommen war. Mechanisch öffnete er die Eingangstür und trat ein. An seinem Schreibtisch angekommen, setze er sich und hing seinen Gedanken weiterhin nach.

Wenn es tatsächlich keinen Virus außerhalb der Höhlen gab, welcher ihnen den Tod bringen konnte, würde das heißen, dass es keinen Grund mehr gab, dass sie alle unter der Erde in einem System von unterirdischen Höhlen und Tunneln leben mussten. Was aber war der Grund dafür, dass sie es doch taten? Außerdem fragte er sich, wenn seine Annahme richtig war, warum die Regierung ihm den Auftrag gegeben hatte, ein wirksames Mittel im Kampf gegen die Pandemie zu entwickeln. Das alles ergab keinen Sinn.

In diesem Augenblick war sich Oliver sicher, dass es so war, wie er es glaubte. Sie wurden hier gegen ihren Willen festgehalten. Und seine Forschungen wurden immer wieder manipuliert. Denn wenn es keine Viren und keine Bakterien draußen gab, die dem Menschen gefährlich werden konnten, dann brauchten sie auch kein Mittel, um solche Erreger zu zerstören. Oliver erkannte, dass seine Forschungen sinnlos waren. Niemand wollte, dass er in seiner Arbeit erfolgreich war. Im Gegenteil war sie nicht nur nutzlos, sondern für ihn einfach nur eine Beschäftigungstherapie. Er wurde kontrolliert und wie eine Marionette dirigiert, gerade so, wie es seinen Vorgesetzten gefiel. Das wollte er sich nicht länger gefallen lassen, auch wenn er noch nicht wusste, wie er sich dagegen wehren konnte. Zorn übermannte ihn. Dann beruhigte er sich wieder und beschloss, zunächst mit Emily darüber zu reden. Sie war stets besonnen, wenn es darum ging, Gefahren abzuwenden. Aber auch mit ihren Freunden sollten sie sprechen.

Am Abend war es soweit. Die Kinder schliefen und am Esstisch saßen sich Emily und Oliver gegenüber. Als ihm sein Verdacht in den Sinn kam, bekam er in der Magengegend ein ungutes Gefühl. Auch übermannte ihn erneut der Zorn. Zornig wurde er auf George Smith, auf Cups, auf seinen Chef, auch auf die Regierung. Emily sah im an, dass er etwas auf dem Herzen hatte. Endlich begann er, sie an seinen Gedanken teilhaben zu lassen.

Als er endete, meinte Emily: „Das ist ja ungeheuerlich! „Du meinst, die halten uns hier unter der Erde fest? Warum sollten sie das tun?"

„Ich weiß es nicht, das ergibt alles keinen Sinn. Ich kann es mir nur damit erklären, dass irgendwann jemand an diesem Zustand Gefallen gefunden hatte. Es geht um Macht. Noch nie hatte die Regierung so viel Macht über das Volk, erst seit damals, als die Menschen in den Höhlen vor den tödlichen Viren und Bakterien Zuflucht gefunden und sich von der Außenwelt abgeschlossen hatten. Seitdem weiß niemand mehr, wie es auf der Erde tatsächlich aussieht, ob die Pandemie dort immer noch wütet. Aber ich bin davon überzeugt, dass es diese Pandemie nicht mehr gibt. Überleg doch mal, seit so vielen Jahrzehnten Pandemie kann es kaum noch Menschen außerhalb der Höhlen geben. Wie soll da eine Pandemie herrschen? Warum bin ich nicht schon viel früher darauf gekommen? Die halten uns hier fest, stellen uns mit falschen Nachrichten zufrieden und kontrollieren uns. Aber wenn wir die Höhlen verlassen sollten, würden sie einen Teil ihrer Macht einbüßen. Das wollen sie nicht. Deshalb müssen wir hier in diesem Höhlenverbund hinvegetieren."

„Und was können wir dagegen tun?", fragte Emily.

„Vorerst nichts!" Oliver war ratlos.

„Wir könnten mit unseren Freunden darüber reden. Was meinst du?"

„Ja, Emily, das können wir. Aber wir müssen vorsichtig sein. Wir begeben uns damit auf ganz dünnes Eis. Du weißt, jeder kann ein Spitzel sein."

*****

Am Samstagabend hatten Emily und Oliver Mooth Besuch. Ihre Gäste saßen mit ihnen um den Esstisch herum, auf dem alkoholfreie Getränke standen. Archie Lewis und seine Frau Elsie waren mit ihren Kindern auch dabei. Die Kinder waren miteinander befreundet und spielten in ihrer Nische, sodass die Erwachsenen ungestört miteinander reden und diskutieren konnten. Archie Lewis und Oliver Mooth kannten sich ihr gesamtes Leben, sie waren schon unzertrennliche Freunde in der Kinderbetreuung und später in der Schule gewesen. Emily und Oliver vertrauten ihm bedingungslos, weil sie sich bisher in jeder Situation auf ihn verlassen konnten. Ihr Vertrauen erstreckte sich auch auf seine Frau.

Ebenso verlassen konnten sie sich auf Lily Emperor und Freya Lee. Die Frauen waren die besten Freundinnen Emilys. Sie kannten sich bereits seit vielen Jahren. Lily und Freya arbeiteten in der Informationsabteilung, wo sie sich kennengelernt hatten. Damals arbeiteten sie gemeinsam an einem Projekt und hatten sich schätzen gelernt. Bald trafen sie sich auch privat. Freya Lee war es, die sich zu Lily Emperor hingezogen fühlte. Aber das behielt sie lieber für sich. Was konnte alles geschehen, wenn Lily nicht so war, wie Freya es sich von ihr wünschte?

Homosexuelle wurden verfolgt und eingesperrt. Nur heterosexuelle Menschen durften als Paare zusammenleben, für sie bestand eine Kinderpflicht. Die Regierung wollte die Zukunft der Höhlengenerationen sicherstellen.

Freya Lee hatte vor Jahren ein männliches homosexuelles Pärchen kennengelernt. Kurze Zeit darauf wurden die beiden Männer verhaftet. Freya hatte sie nie wieder gesehen. Es hieß später, dass sie zu lebenslanger Zwangsarbeit verurteilt worden seien.

Etwa drei Monate nachdem sich Lily Emperor und Freya Lee das erste Mal an ihrem Arbeitsplatz getroffen hatten, besuchte Lily an einem Wochenende ihre Kollegin. Freya war darüber sehr erstaunt, denn es kam nur selten vor, dass Kollegen sich gegenseitig besuchten. Lily ergriff dann die Initiative und ließ keinen Zweifel an dem Zweck ihres Besuches, was Freya freute. Seitdem sind die beiden Frauen ein heimliches Liebespaar.

Es gab nur sehr wenige Menschen, die das wussten. Sollten die Aufseher von ihrem Liebesverhältnis erfahren, drohte ihnen das gleiche grausame Schicksal wie den beiden homosexuellen Männern.

Emily und Oliver Mooth wussten, dass Lily und Freya sich liebten, und akzeptierten das. Es war ihnen schlicht und einfach egal, was die beiden in ihrem Bett trieben. Genauso ging niemanden an, was sie selbst an solch einem Ort miteinander taten. Das war die feste und unumstößliche Auffassung der Mooths.

Ebenso saß als Freundin und Vertraute Florence Clark an Emilys und Olivers Tisch. Sie hörte mit wachsendem Interesse Emilys Ausführungen. Sie glaubte, davon dem Commander Cups erzählen zu müssen. Zweifel befielen sie. Unsicherheit breitete sich in ihr aus. Was würde geschehen, wenn sie es doch nicht tat? Immerhin war sie mit Emily und Oliver befreundet. Wenn sie dem Commander erzählte, dass Emily und ihre Kinder auf der Erdoberfläche waren und ihnen nichts Böses geschehen war, würde sie ihre Freundschaft verraten. Andererseits lief sie Gefahr, ihre Tochter zu verlieren. Sie wusste, dass man sie ihr wegnehmen und umbringen würde, weil die Medikamente, die sie brauchte, um das starke Asthma zu bekämpfen, zu teuer waren. Mit ihren Spitzeldiensten konnte sie wenigstens Isabella retten. Aber vielleicht musste sie dem Commander nicht alles erzählen. Das wäre eine Lösung, die sie akzeptieren konnte.

„Und euch ist nichts passiert?", fragte Lily Emperor. Gerade in diesem Moment wollte sich Florence Clark wieder auf die Erzählung ihrer Gastgeberin konzentrieren.

„Nein! Das Einzige, dass die Kinder einen Sonnenbrand hatten. Sonst war alles in Ordnung", antwortete Emily.

„Und wie war die Luft da oben?", wollte Archie Lewis wissen.

Emily kam beinahe ins Schwärmen. „Einfach nur herrlich. Sie roch nach Meer und nach Blumen und anderen Pflanzen. Und sie kribbelte in der Nase. Und das Meer habe ich gesehen, der Strandsand ist so weich, dass man mit seinen Füßen in ihm einsinkt. Die Wellen schlugen gegen den Strand und schäumten weiß, das Meer rauschte sanft, wenn auch etwas laut. Und der Wind streichelte mir über die Haut. Und die Sonne erst, gelb und so hell ihr Licht, dass man nicht lange in sie hineinsehen kann. Der Himmel war so blau, wie ihn niemand beschreiben kann. Ach, es war einfach nur herrlich, das alles zu sehen und zu erleben."

Jetzt übernahm Oliver das Wort: „Freunde, vor allem geht es uns darum, dass sowohl Emily als auch die Kinder gesund geblieben sind. Es gibt auf der Erdoberfläche keine Pandemie. Sie ist bewohnbar. Man enthält uns so wichtige Informationen vor. Außerdem werde ich das Gefühl nicht mehr los, dass man uns gegen unseren Willen in diesen Höhlen gefangen hält. Meine Forschungen wurden nicht zuletzt deshalb von George Smith manipuliert, weil ich keine Viren und Bakterien züchten sollte, um damit ein Serum herzustellen, mit denen die Pandemie bekämpft werden könnte. Das war alles nur Beschäftigungstherapie. Die Frage ist, ob wir uns das gefallen lassen wollen."

Florence Clark fragte: „Aber was sollen wir denn dagegen tun? Können wir überhaupt etwas tun?"

Oliver antwortete: „Meine Überzeugung ist es, dass wir uns das nicht gefallen lassen dürfen. Aber wir hier an diesem Tisch erreichen alleine nichts. Alleine sind wir machtlos. Wir brauchen Verbündete."

Freya Lee fragte: „Meinst du, wir sollen mit unseren Freunden reden. Ihnen davon erzählen? Und dann? Wie soll es weitergehen?"

„Ja, wir müssen es allen unseren Freunden und Bekannten erzählen, denen wir vertrauen können. Sonst kann es passieren, dass wir verraten und vielleicht sogar verhaftet werden. Seid also vorsichtig. Je mehr zuverlässige Leute wir informieren, desto größer ist die Chance, dass wir unsere Interessen durchsetzen können", entgegnete Oliver.

„Oliver!", überrascht, aber auch etwas ängstlich sah Lily Emperor ihn über den Tisch hinweg in die Augen, „du sprichst von Aufruhr!"

„Nenne es, wie du willst, ich nenne es nicht Aufruhr, sondern Durchsetzung unserer Interessen, Kampf um unsere Freiheit, die man uns genommen hat. Warum müssen wir hier leben? Wir sind Gefangene und arbeiten für die Regierung und einer ihr treuen Elite. Deshalb wurde ich von George Smith bespitzelt. Wir sollten die Pandemie nie bekämpfen, weil es sie nicht mehr gibt. Denkt nach, wir sind die Gefangenen einer Elite, für die wir die Drecksarbeit machen. Die leben von und durch unsere Arbeit. Die machen sich ein schönes Leben, teilweise wahrscheinlich sogar noch da draußen und das auch noch auf unsere Kosten. Ich bin nicht länger bereit, dafür auf meine und die Freiheit meiner Familie zu verzichten. Meine Familie und meine Freunde und auch ich, wir wollen frei sein und selbst über unser Leben bestimmen. Ich will mit euch gemeinsam die frische Luft da draußen atmen, das Meer und den Wald und die Berge sehen. Das ist unser gutes Recht und das enthält man uns vor."

„Das sind klare Worte", sagte Archie Lewis, „aber es ist nicht so einfach, einen Aufstand zu organisieren. Wir müssen die Masse der Menschen hinter uns bringen. Wie wollen wir das erreichen? Wir brauchen Waffen, woher sollen wir die bekommen? Wir müssen damit rechnen, dass Spitzel am Werk sind. Wie soll alles organisiert werden? Wer übernimmt für alles die Verantwortung. Die Organisation muss in einer Hand sein. Und mir fallen noch viele andere Fragen dazu ein."

Schweigen breitete sich am Tisch aus. Niemand wollte etwas sagen. Dann ergriff Oliver noch einmal das Wort: „Ich glaube, niemand von uns hat schon jemals in seinem Leben einen Aufstand geplant und organisiert. Aber in einem Punkt bin ich mir sicher. Wir sitzen hier in unserem engsten Freundeskreis zusammen. Einen Spitzel gibt es unter uns nicht. Das garantiere ich euch. Wer mich bespitzelt hat, war George Smith und der lebt jetzt wahrscheinlich irgendwo auf Kosten der Regierung und wird auf weitere Spitzeldienste vorbereitet. Da wir ihn alle kennen, wird das sicherlich nicht bei uns sein. Eine zweite Frage möchte ich noch beantworten. Ich habe mit Emily noch nicht darüber gesprochen, aber ich glaube, dass sie nach unseren bisherigen Gesprächen weiß, dass ich bereit bin, die Verantwortung für die Organisation und auch die Durchführung eines Aufstandes zu übernehmen, wenn ihr damit einverstanden seid und mich dabei unterstützen wollt. Alleine kann ich es nicht, ich brauche eure Hilfe dafür."

Wieder Schweigen. Alle hingen ihren Gedanken nach und Emilys und Olivers Freunden überkam ein ungutes Gefühl.

„Ich weiß nicht, die Frage ist, können wir es schaffen? Und haben Emily und eure Kinder vielleicht einfach nur Glück gehabt und die Pandemie ist dort oben noch in vollem Gange?", fragte Florence Clark.

„Da oben gibt es keine Menschen mehr. Das wissen wir nicht mit Sicherheit, aber die Wahrscheinlichkeit dafür ist sehr gering. Selbst wenn es noch einige Gruppen geben sollte, glaube ich, dass dieses Virus sich entweder so verändert hat, dass es nicht mehr sehr gefährlich für uns ist, ..."

Oliver wurde von Lily Emperor unterbrochen: „Weiß das Virus das denn auch?"

„Ja, Lily, das weiß es. Das hat etwas mit Evolution zu tun. Viren wollen leben und dafür brauchen sie einen Wirt", antwortete Oliver, „oder es existiert tatsächlich nicht mehr. Auch diese Möglichkeit besteht."

Freya Lee meldete sich zu Wort: „Wir müssen heute noch nicht alle Einzelheiten besprechen. Es gibt nur zwei wichtige Punkte, die wir noch klären müssen. Außerdem glaube ich, dass wir der Reihe nach vorgehen und abwarten sollten, wie sich was entwickelt."

„Und welche Punkte sind das, die wir besprechen müssen?", fragte Florence Clark.

„Wollen wir dabei sein und wie erreichen wir die Massen?", erwiderte Freya Lee.

Alle Verschwörer stimmten ihr zu. Und alle wollten Oliver in seinem Kampf um die Freiheit der Höhlenbewohner unterstützen. Damit wurde er der akklamierte Anführer des Aufstandes.

„Und wie gehen wir an die Massen heran?", fragte Elsie Lewis.

„Da habe ich eine Idee", sagte Freya Lee, „ihr wisst doch, dass Lily und ich in der Informationsabteilung der Regierung arbeiten. Und ihr wisst auch, dass es in jedem Bereich wenigstens einen Computer gibt. Die sind teilweise zwar schon sehr alt, aber noch funktionieren sie.

Ich werde eine geheime Internetseite einrichten. Unser Chef wird das nicht bemerken, weil ich sie verstecken werde. Über diese Seite können wir Informationen austauschen. Jeder, der möchte, kann einen Beitrag schreiben. Dann werden keine Daten hin und her geschickt und das System wird nicht unnötig belastet. Durch Mundpropaganda werden wir die Adresse unserer geheimen Internetseite und das Passwort an alle Menschen weitergeben, die uns vertrauenswürdig erscheinen."

„Das ist eine supertolle Idee!" Oliver war begeistert.

„Wie lange brauchst du, um die Seite einzurichten?", fragte Emily.

„Im Normalfall nur ein paar Stunden. Aber ich muss neben meiner Arbeit und unter den Augen meines Chefs die Seite erstellen. Ich muss also vorsichtig sein. Es kann mehrere Tage dauern. Ich gebe Euch Bescheid, wenn sie fertig ist."

„Gut. Wir sollten uns nicht noch einmal treffen, das wäre zu auffällig. Wir kommunizieren über unsere geheime Internetseite weiter, wenn Freya sie erarbeitet hat", entschied Oliver Mooth.

Unerwartete Verbündete

Einige Tage, nachdem sich Oliver und Emily Mooth mit ihren Freunden getroffen hatten, um sich mit ihnen über ihre Zukunft abzustimmen, kam Ian ganz traurig von der Schule nach Hause.

Der Junge ging in die Kindernische, setzte sich auf sein Bett und bewegte sich von dort nicht mehr weg. Oliver gab ihm etwas Zeit, ging nach einer Stunde zu ihm und setzte sich neben ihn auf sein Bett. Er legte ihm eine Hand auf seinen Arm und fragte: „Was ist denn los, mein Junge? Willst du es mir erzählen?"

Ian sah seinem Vater in die Augen und schüttelte den Kopf. Aber dann sagte er doch noch: „Harry kommt nicht mehr zur Schule. Ich möchte gerne wieder mal mit ihm spielen. Aber ich weiß nicht, wie ich ihn erreichen kann."

„Hm, das ist wirklich ein Problem, mein Großer. Das verstehe ich. Ihr seid ja gute Freunde, nicht wahr?" Der Junge tat Oliver leid.

„Er ist mein bester Freund, Papa! Ich verstehe nicht, warum er mir nichts gesagt hat, warum er verschwunden ist."

„Vielleicht hatte er keine Zeit mehr dazu, dir etwas zu sagen, oder vielleicht durfte er das nicht."

„Du meinst, dass es etwas Geheimes war, Papa?"

„Ja, vielleicht war es so. Hast du schon einmal deinen Lehrer gefragt, ob der etwas weiß?"

„Ja, aber der sagt mir nichts. Er hat nur gesagt, dass er es auch nicht weiß."

„Ach, mein Junge, das tut mir leid. Komm her zu mir und lasse dich mal knuddeln." Oliver legte seinem Jungen beide Arme um die Schultern und zog ihn an sich. Ian ließ es geschehen. Nach einigen Sekunden erwiderte er die Umarmung seines Vaters, der ihm nun auch über die Haare streichelte. Oliver hielt seinen Sohn solange fest, bis dieser sich aus seiner Umarmung löste.

„Papa, darf ich etwas spazieren gehen? Ich möchte alleine sein."

„Ian, geh nur, wenn es dir guttut. Aber du weißt, wenn du mich brauchst, bin ich immer für dich da."

„Papa, das weiß ich doch." Mit diesen Worten ließ der Knabe seinen Vater auf seinem Bett zurück und verließ die Wohngrotte.

Oliver machte sich sorgen. Was war nur mit George Smith und seiner Familie geschehen? Niemand wusste etwas. Niemand hatte weder George Smith noch seine Frau Ava oder seinen Sohn Harry gesehen. Aber man hörte Gerüchte. Wenn George Smith mit seiner Frau im Sicherheitsbereich leben würde, müsste Harry doch zur Schule gehen. Oliver Mooth ahnte Schlimmes. Aber das konnte er seinem Jungen nicht erzählen.

Einige Minuten später musste er sich auf den Weg zu seinem Labor machen. Die beiden Gedanken George Smith und Arbeit schoben sich in seinem Bewusstsein übereinander. Sein ehemaliger Kollege hatte seine Arbeit regelrecht torpediert. Endlich hatte er das erkannt und auch begriffen, warum Smith das getan hatte.

Daraus erwuchs für ihn die Frage, wofür er eigentlich studiert hatte? Um sein Wissen ungenutzt verpuffen zu lassen? Mehrere Male schüttelte er enttäuscht seinen Kopf. Trotzdem verrichtete er seine sinnlose Arbeit, an der er keinen Spaß mehr hatte. Er hasste solch unproduktive Tätigkeiten, die niemandem etwas Gutes brachten. Das war nur verschwendete Lebenszeit. Aber er durfte keinen Verdacht bei den Aufsehern und seinem Chef erregen. Sonst würde sein Ziel, das er jetzt anstrebte, in unerreichbare Ferne rücken.

Sein Leben hatte einen neuen Sinn bekommen. Ihm wurde mehr und mehr bewusst, dass er der Anführer eines Aufstandes oder einer Rebellion geworden war. Wie man es ausdrückte, war dabei vollkommen egal. Er war zu einem Rebellen geworden, der für die Freiheit seiner Familie und seiner Mitmenschen kämpfte.

*****

Jessica war ein ehrliches und lebensfrohes Kind. Wenn man sie ließ, plapperte sie den ganzen Tag. Ihr Mund stand einfach nicht still. Zwei Tage später holte Emily sie vom Kindergarten ab. Jessicas Erzieherin grüßte Emily. „Auf ein Wort, Mrs. Mooth. Ihre Tochter scheint eine blühende Fantasie zu haben. Sie erzählte von einer grünen Wiese und Blumen und von Tieren. Sie meinte, die Sonne gesehen zu haben. Haben Sie vielleicht noch alte Kinderbücher, in denen Jessica herum geblättert hat?"

„Nein, Mrs. Best, solche Bücher haben wir nicht. Ich möchte auch gerne wissen, woher Jessica solche Ideen hat. Früher war das nicht so. Erst, seit dem Sie ihre Erzieherin sind, kennt sie Tiere, die sie gar nicht kennen dürfte. Mrs. Best, das macht mir Sorgen, wirklich große Sorgen." Emily glaubte, dass manchmal ein Angriff die beste Verteidigung war.

Die Kindergartenerzieherin tat pikiert, erwiderte aber nichts auf Emilys Worte.

Als Mutter und Tochter wieder Zuhause waren, setzte sich Emily mit Jessica an den Esstisch und sagte: „Jessica, ich weiß, dass es im Moment für dich alles nicht so einfach ist. Aber bitte merke dir, dass du im Kindergarten nichts mehr über deine Erlebnisse erzählst. Und schon gar nicht über deine Erlebnisse auf der Erdoberfläche. Das kann für uns alle sehr gefährlich werden. Hast du das verstanden?"

„Ja Mama, ich werde nichts mehr erzählen."

Jessica hielt ihr Versprechen.

*****

Zwei Wochen später fand Emily einen Zettel in ihrer Tasche. Als sie ihn las, wusste sie, von wem der Zettel stammte. Freya Lee hatte Wort gehalten und die geheime Internetseite eingerichtet. Ihre Adresse lautete: https://hnw.natur-und-leben.com. Das Passwort war: sonneundregen.

Am Abend gab Emily ihrem Mann die Zugangsdaten der geheimen Internetseite. Außerdem fragte sie ihn, wie es weitergehen sollte.

*****

„Bevor ich einen Beitrag auf die Internetseite schreibe, möchte ich mich draußen umsehen. Ich vertraue zwar deinen Erzählungen, aber wenn ich es selbst erlebe, kann ich mich besser ausdrücken. Ich kann doch nicht schreiben: Meine Frau und meine Kinder haben mir erzählt ... Das geht nicht", sagte Oliver Mooth zu seiner Frau.

Emily antwortete: „Das verstehe ich. Wann willst du denn deinen Ausflug machen?"

„Morgen ist ein guter Tag dafür."

„Du solltest dich schützen. Du darfst keinen Sonnenbrand riskieren. Das würde auffallen. Wenn dich ein Aufseher mit Sonnenbrand erwischt ..."

„Ja, Emily, ich weiß das. Deshalb seid ihr ja auch Zuhause geblieben, bis euer Gesicht wieder in Ordnung war."

„Und wenn du wieder zurückkommst, was passiert dann?"

„Darüber, Emily, machen wir uns Gedanken, wenn es soweit ist. Lass uns erst einmal unseren Beitrag schreiben und darauf die Reaktionen der Leute abwarten. Dann können wir immer noch entscheiden."

*****

Am nächsten Morgen verschwand Oliver Mooth in den Tunnel, der ihn in die Freiheit bringen sollte. Wenigstens für einige Stunden. Der Tunnel war recht geräumig, er hatte keine Probleme, ihn zu passieren. Nur gleich hinter dem Loch in der Wand war er für einen Mann etwas eng. Den würde er noch um einige Zentimeter erweitern müssen. Er nahm sich vor, das an einem der nächsten Tage zu tun. Wer konnte schließlich wissen, wozu das noch gut sein konnte.

Als er durch den Tunnel kroch, gingen ihm viele Fragen durch den Kopf: Wie mochte sich der Wind anfühlen? Wie sahen der Wald und die Palmen aus? Und wie schmeckte das Wasser? Welche Blumen, Sträucher und Bäume gab es da draußen. Wie hell schien die Sonne? Wie blau war der Himmel? War der Mond vielleicht auch zu sehen, und standen Wolken am Himmel, wenn er den Tunnel verließ und den Tag außerhalb der Höhlen erlebte? Bisher hatte er keinen Ausflug ins Freie gewagt. Aber jetzt wollte er sich alle seine Fragen selbst beantworten, indem er sich ansah, wovon ihm Emily, Ian und Jessica vorgeschwärmt hatten.

Um einen Sonnenbrand vorzubeugen, hatte er ein langärmliges Hemd und eine lange Hose angezogen, außerdem einen breitkrempigen Hut auf dem Kopf, der ihn vor der Sonne schützen sollte. Der lag noch von seinem Großvater im Kleiderschrank.

Als er den Ausgang des Tunnels erreichte, sah er zuerst den Himmel, der in einem strahlenden Blau auf sich aufmerksam machte. Einige kleine Schäfchenwolken waren zu sehen, die allmählich ihre Form veränderten. Noch aus dem sicheren Tunnel heraus beobachtete er sie. Von diesem herrlichen Blau des Himmels war er total fasziniert. So ein schönes Blau hatte Oliver Mooth noch nie in seinem Leben gesehen. Ihm wurde bewusst, dass noch viele andere Eindrücke auf ihn warten würden.

Er fasste sich ein Herz und verließ den Tunnel. Langsam richtete er sich auf und kontrollierte noch einmal sein Outfit. Alles war in Ordnung, die Gefahr eines Sonnenbrandes schien gebannt zu sein. Erst jetzt wandte er sich der Natur zu und sah sich bewusst seine Umgebung an.

Zunächst fiel sein Blick auf den Wald. Grüne Laubbäume und Palmen fielen in sein Blickfeld. Wie verschieden die Bäume aussahen und wie grün ihre Kronen waren. Außerdem staunte Oliver, dass die Bäume so dicht beisammenstanden. Er ging in den Wald hinein. Von seiner Pflanzenvielfalt war er überrascht. Der Waldboden war weich und fühlte sich beim Gehen sehr angenehm an. Bei jedem Schritt federte er etwas nach.

Etwas genauer untersuchte Oliver die Blätter der Sträucher. Sie fühlten sich verschiedenartig an, einige waren glatt und glänzten in der Sonne, andere waren stumpf, wieder andere waren mit kleinen weichen Härchen bedeckt und fühlten sich wie Samt an. Es gab trockene und feuchte Blätter. Einige hatten eine Herzform, andere waren schlank, es gab dicke und dünne Blätter. Die Vielfalt der Formen und ihre Beschaffenheit empfand der Mikrobiologe sehr beeindruckend.

Er ging noch einige Zeit durch den Wald und beobachtete Käfer und Würmer und die verschiedensten Insekten. Immer wieder blieb er stehen, um sich solch ein kleines Tier etwas genauer anzusehen. Sein Weg, den er genommen hatte, führte ihn allmählich aus dem Wald heraus und dem Meer zu.

Als er den Strand erreichte, sah er den feinen weißen Sand, der, von der Sonne beschienen, hell glitzerte. Das Gehen fiel ihm schwerer als im Wald. Seine Füße sanken ständig im Sand ein.

Die Palmen standen in einzelnen Grüppchen beisammen, und ihre langen Blätter waren genauso beeindruckend wie die Vielfalt der Natur überhaupt. Oliver fühlte sich, als sei er aus seiner Gefangenschaft befreit. Aber beinahe traf das tatsächlich des Pudels Kern.

Wieder so ein komisches Sprichwort. Als wenn ein Hund einen Kern in sich verbarg. Die Sprichwörter der Menschen waren nicht immer sinnvoll, erkannte Oliver.

Die Wellen des Meeres schlugen an den Strand und dabei schäumten sie weiß auf, wie es die Kinder und Emily erzählt hatten. Das Wasser rauschte, und eine sanfte Brise strich ihm übers Gesicht.

Oliver verließ den Strand und ging erneut auf den Wald zu, aber in eine andere Richtung. Er war trunken von all den Eindrücken, die er von der Natur bekommen hatte. Es war ja ganz klar, dass die Kinder immer wieder von ihren Erlebnissen erzählten, von den Eindrücken, die regelrecht auf sie eingestürzt waren, als sie sich auf der Erdoberfläche aufhielten. Ihm erging es jetzt nicht anders, aber er war ein erwachsener Mann und konnte damit anders umgehen als die Kinder. Wie sonst hätten sie das alles verarbeiten können? Es gab doch niemand anderen als Emily und ihn, die ihnen dabei helfen konnten.

Plötzlich sah Oliver rechts neben sich eine Bewegung im Schatten einer Palme. Was war das? Er blickte noch einmal

dorthin und sah einen Jungen, der sich an den Baum ange-
lehnt hatte. Er mochte so alt sein wie Jessica. Lässig stieß er
sich von der Palme ab. Mit seiner hellen, klaren Kinder-
stimme fragte er: „Wer bist du denn. Ich habe dich hier
noch nie gesehen."

„Ich bin der Oliver und wer bist du?"

„Ich bin Jack. Warum siehst du so komisch aus?", fragte
der Junge.

„Warum glaubst du, dass ich komisch aussehe?"

„Du siehst …", Jack überlegte einen Augenblick, wie er
sich ausdrücken sollte und sagte dann, „so gleich aus."

„Wie meinst du das denn?", fragte Oliver Mooth.

„Na, deine Hosen und dein Hemd sehen gleich aus."

„Du meinst die Farbe?"

„Ja, die Farbe. Was du anhast, sieht so alt aus. Und der
Hut, der ist so groß."

Die Worte des Kindes versetzen Oliver einen kleinen
Stich in sein Herz, aber Kinder waren eben direkt heraus
und sagten, was sie dachten. „Der Hut schützt mich vor der
Sonne."

„Dafür macht Tante Maria Creme."

„Lebst du bei deiner Tante?" Jetzt kam für Oliver das Gespräch in die richtige Richtung.

„Nein, bei meinem Papa, Tante Maria ist seine Freundin,
aber ich habe sie auch sehr lieb. Ich glaube, so wie Tante
Maria zu mir ist, ist auch eine Mutti zu ihren Kindern."

„Dann hast du deine Tante Maria wohl sehr lieb?"

„Klar, sie macht uns Essen und die Wäsche sauber und
überhaupt alles. Da muss ich sie doch lieb haben. Aber Papa hat sie auch sehr lieb."

Oliver lächelte dem Knaben zu. „Sag mal Jack, wohnt ihr
weit von hier weg? Kannst du mich zu deinem Papa bringen?"

„Klar kann ich das, da vorne ist es schon. Komm mit, Onkel Oliver."

Jack ging Oliver entgegen. Dabei fragte er: „Willst du mir deine Hand geben? Dann muss ich nicht vorlaufen. Vielleicht kommst du nicht hinterher. Bist ja so langsam gegangen."

Oliver musste sich ein Lachen verkneifen. „Du glaubst wohl, ich bin krank oder ein alter Mann?"

Jack sah ihm ins Gesicht. „Ich weiß das nicht, ich kenne dich doch gar nicht! Aber alte Männer gehen langsam wie du."

Oliver nahm den Jungen an die Hand. „Na, dann mein Junge, bringe mich mal zu deinem Papa."

Jack war ein lieber und aufgeweckter Junge, aber man merkte ihm an, dass er nur mit erwachsenen Menschen Umgang hatte. Er plapperte den ganzen Weg wie ein Alter und unterhielt Oliver mit interessanten Themen. Nach einigen Minuten erreichten sie den Waldrand und eine Wiese, auf der viele Blumen standen. Sie schmückten die Wiese mit vielen bunten Farbklecksen. Am Waldrand stand eine Blockhütte, in sicherem Abstand zu ihr befand sich eine Feuerstelle, um die sich einige Menschen um ein offenes Feuer versammelt hatten. Darüber lag auf einem Gerüst ein Spieß, auf dem ein ausgeweidetes Tier steckte und gebraten wurde. Einige Stücke Fleisch waren aus seinem Körper bereits herausgetrennt. Oliver vermutete, dass die Menschen, die wahrscheinlich in den links und rechts neben der Blockhütte stehenden Holzkaten wohnten, ihren Hunger an dem gegarten Fleisch gestillt hatten. Neben den Holzhütten gab es größere Anbauflächen, die mit verschiedenem Gemüse bepflanzt waren.

Ein Brunnen vor der Blockhütte gehörte zu dieser Siedlung dazu.

Als Jack und Oliver auf das Feuer zugingen, erregten sie die Aufmerksamkeit der anderen. Sie wurden bestaunt und einige tuschelten hinter vorgehaltener Hand miteinander. Oliver ahnte, warum. Seine Kleidung unterschied sich von denen der Menschen am Lagerfeuer sehr. Seine Hose und sein Hemd waren grau und ihr Stoff teilweise verschlissen. Die Menschen der Gruppe, der Jack angehörte, waren mit farbenfrohe Hemden und Blusen bekleidet, selbst die Farben der Hosen waren unterschiedlich.

Ein vollbärtiger Mann sprach Oliver an: „Sei willkommen Fremder. Wie können wir dir helfen?"

„Guten Tag, mein Name ist Oliver Mooth. Vielen Dank für den herzlichen Empfang."

„Komm, setz dich zu mir. Möchtest du etwas essen und trinken?" Der bärtige Mann machte eine einladende Geste und zeigte auf einen Platz neben sich.

„Danke, bitte machen Sie sich keine Umstände." Oliver war etwas verunsichert und fühlte sich aufgrund seines Outfits deplatziert. Prinzipiell hatte Oliver nichts dagegen, dass ihn der andere einfach duzte, aber in den Höhlen gab es das nicht. Wenn man Fremden begegnete, siezte man sie, das gebot die Höflichkeit.

„Das sind keine Umstände", meinte der Mann, „ist ja alles hier am Feuer. Übrigens duzen wir uns hier. Ich bin Arthur."

Hunger hatte Oliver tatsächlich nicht. Aber gerne wollte er etwas trinken. Eine rothaarige Frau stand auf und ging zur Blockhütte. Mit einem Becher in der Hand kam sie wieder zu ihnen zurück und gab ihn Oliver. „Wohl bekomm's", sagte sie.

„Vielen Dank, meine Liebe!" Oliver meinte es ehrlich. Einige kicherten.

„He, was soll das denn", sagte der Mann, der sich als Arthur ausgab, gutmütig, „ihr seht doch, dass der Mann nicht von hier stammt. Also bitte, seid höflich zu ihm, so, wie sich das gehört." Dann wandte sich Arthur an Oliver. „Was für ein Hut ist das?"

„Der Hut hat schon meinem Großvater gehört. Aber mir leistet er gute Dienste. Er schützt mein Gesicht vor der Sonne", antwortete Oliver.

Jemand entgegnete: „Aber ein bisschen Sonne täte deinem Gesicht gut!"

„Wahrscheinlich hast du recht, aber ich muss morgen wieder arbeiten und einen Sonnenbrand kann ich mir nicht leisten. Wenn mein Chef den sehen würde, käme ich bestimmt ins Gefängnis." Das konnte Oliver nicht riskieren.

„Wo kommst du denn her?", wollte Arthur wissen. Er ahnte bereits die Antwort.

„Aus den Höhlen. Dort leben wir schon unser ganzes Leben lang." Olivers letzte Worte gingen im Geraune der anderen unter. Sie starrten ihn an. Dabei fühlte er sich wie ein Fossil.

„Warum seid ihr so überrascht?", fragte er.

Arthur erzählte: „Es ist das erste Mal, dass wir einen Menschen aus der Höhlenwelt treffen. Unsere Großeltern erzählten uns früher Geschichten darüber, dass es eine Pandemie gab, und einige Menschen in den Höhlen Schutz gefunden hatten. Viele Menschen sind damals gestorben, nur wenige sollen übrig geblieben sein. Die keinen Platz in den Höhlen fanden, starben, nur wenige hatten in den Wäldern überlebt. Wir wussten lange Zeit nicht, dass es in den Höhlen noch Menschen gibt, bis wir einmal einen Aufseher trafen, der sich dann auch noch verplappert hatte."

„Einen Aufseher habt ihr getroffen? Seid ihr denn auch in den Höhlen gewesen?" Oliver traute seinen Ohren nicht.

„Nein, den haben wir an einer Villa getroffen", antwortete Arthur.

„Das ist ja komisch. Dann gibt es also doch noch einen Ausgang aus den Höhlen?" Oliver staunte über das, was er hier erfahren musste.

„Natürlich gibt es den. Glaubst du etwa, die Elite bleibt bei euch in den Höhlen?" Arthur wunderte sich nicht über die Unwissenheit seines Gastes. Was er von ihm erfuhr, passte in sein Bild, das er von der Regierung und den Höhlenmenschen hatte.

Oliver konnte das eben gehörte kaum glauben. Um seinen Zorn zu unterdrücken, wechselte er schnell das Thema. Etwas link fragte er: „Glaubt ihr, dass ihr da unten Verwandte habt?"

„Wir wissen sogar, dass ihr Höhlenmenschen von der Regierung als Sklaven gehalten werdet. Auch, dass wir unter Euch entfernte Verwandte haben. Ihr schuftet für eine Elite der Regierungstreuen, die beuten euch aus, können fressen, was sie wollen, während ihr hungern müsst."

Oliver war verwirrt. Alles was der fremde Mann ihm erzählte, hatte er auch schon erkannt und doch wollte er es jetzt nicht wahrhaben. „Nein, das stimmt nicht. Wir sind keine Sklaven! Wir können uns frei bewegen, wir arbeiten und haben Feierabend und können dann tun und lassen, was wir wollen", protestierte er halbherzig. Seine Verwirrung nahm immer mehr zu. Woher wusste dieser Arthur das alles?

„Solange ihr tut, was ihr tun dürft. Du fürchtest, ins Gefängnis zu kommen, nur weil du in die Sonne gehst? Sag, kannst du da frei sein? Wer gegen die Regeln der Aufseher und der Regierung, also der Elite, verstößt, wird bestraft. Und das nennst du frei?", konterte Arthur.

Oliver schwieg. Was sollte er dazu sagen? Er musste nachdenken. Dann antwortete er aber doch noch: „Du hast recht. Wir arbeiten für die Regierung und eine Elite. Die leben auf unsere Kosten. Wir werden wegen der Pandemie festgehalten." Er machte eine kleine Pause, um erneut nachzudenken, und fragte erstaunt: „Woher weißt du so viel von uns Höhlenmenschen?"

„Weil ich einen der Aufseher kenne. Aber der will mit uns nichts zu tun haben. Er glaubt, dass wir Gesetzlose sind und die Regierung stürzen wollen. Dabei sind wir viel zu wenige Männer dafür."

Schweigend saßen die Freunde von Jacks Vater beisammen. Der Junge sah, dass sie ernsthafte Probleme miteinander besprachen, und zog sich zurück. Er wusste, dass die Erwachsenen ihn nicht gerne dabei sahen und er sich aus ihren Gesprächen raushalten musste. Das hatte er gelernt. Er wollte seinen Papa nicht verärgern und verschwand im Wald. Manchmal fehlte dem Jungen die Mutter. Das jetzt war so ein Augenblick, in dem sich das Kind eine richtige Mutter wünschte. Tante Maria war zwar sehr lieb und wie eine Mutter zu ihm, aber er wusste, dass sie nicht seine Mutter war.

Plötzlich hatte es Oliver eilig. Er wollte zurück zu seiner Emily. Er musste mit ihr sprechen, musste ihr erzählen, dass im Wald Menschen wohnten. Menschen, die bereit waren, die Regierung zu stürzen. In diesem Moment wurde ihm bewusst, dass auch sie selbst das wollten, denn wie anders sollten sie sonst ihre Freiheit erlangen? Die regierungstreue Elite würde sie ihnen nicht freiwillig geben. Das würde einen großen Machtverlust für sie darstellen und niemand gab gern freiwillig seine Macht auf.

Ob sich Oliver und seine Freunde auf die Gesetzlosen, wie Arthur sich und seine Freunde selbst nannte, verlassen konnten? Würden sie die Höhlenmenschen in ihrem Kampf um ihre Freiheit unterstützen? Würden sie sich gegenseitig vertrauen können? Es schien Oliver so, dass Arthur der Anführer dieser Waldmenschen war.

Als Oliver aufbrechen wollte, hielt ihn Arthur zurück. „Warum diese Eile? Bleib sitzen und iss noch etwas. Erzähle uns von dir. Es kann nicht schaden, Freunde zu haben. Und außerdem hast du noch nicht einmal aus deinem Becher getrunken."

Oliver überlegte kurz. „Was soll ich euch von mir erzählen. Es gibt nicht viel, das ich euch von mir erzählen könnte, außer, dass ich verheiratet bin und zwei Kinder habe. Ich bin Mikrobiologe und meine Arbeit wird sabotiert. Ich habe den Auftrag, einen Impfstoff gegen die angebliche Pandemie zu entwickeln aber meine Forschungen sollen offenbar nicht zum Erfolg führen. Heute weiß ich, dass die Ergebnisse immer wieder manipuliert wurden. Meine Arbeit soll gar nicht erfolgreich sein. Klar, dann müssten die Höhlen geöffnet werden. Das will die Regierung aber nicht."

Die rothaarige Frau stand auf und holte aus der Blockhütte einen Teller, auf dem Gemüse lag. Damit ging sie ans Feuer und schnitt aus dem Tier ein großes Stück Fleisch heraus. Das brachte sie Oliver. „Komm, lass es dir schmecken."

„Aber das ist doch zu viel für mich alleine."

„Du schaffst das schon", sagte die Frau. Während sie zu ihrem Platz zurückging, sah sie ihn über die Schulter an und zwinkerte ihm zu.

Oliver schnitt sich ein kleines Stück Fleisch ab. Es roch so gut, dass ihm schon jetzt das Wasser im Mund zusammenlief. Als er es sich in den Mund schob, fühlte er auf seiner Zunge den Geschmack des Fleisches. Es war köstlich. Er sah der netten rothaarigen Frau ins Gesicht und lächelte. „Das ist gut, sehr gut sogar. Ich habe noch nie in meinem ganzen Leben so etwas Leckeres gegessen."

Sie lächelte zurück. „Dann solltest du es aufessen. Wer weiß, ob du so etwas jemals wieder bekommst."

Er probierte von dem Gemüse und war entzückt und aß langsam, aber mit großem Genuss.

Nacheinander lächelte er die Menschen an und sagte: „Ich bin total begeistert. Das schmeckt wirklich richtig gut. Wenn ich darf, möchte ich eine unbescheidene Frage stellen. Ich bin euch für das leckere Essen sehr dankbar und will nicht unverschämt sein, aber wenn ich eine kleine Kostprobe für meine Frau und meine Kinder mitnehmen dürfte, wäre das fantastisch."

Die rothaarige Frau antwortete: „Da wir das Gemüse selbst anbauen, kannst du davon gerne etwas mitnehmen. Ich werde dir etwas einpacken. Fleisch müssen wir jagen, aber auch davon packe ich dir etwas ein. Es sollte für deine Familie für eine Mahlzeit ausreichend sein."

„So viel muss es gar nicht sein, nur eine kleine Kostprobe, damit sie auch einmal diesen herrlichen Geschmack genießen können", erwiderte Oliver.

Unvermittelt fragte Arthur: „Oliver, was ist nun mit unserem Aufstand?"

„Bitte, Arthur, ich kenne noch nicht einmal deinen vollen Namen, meinen habe ich dir genannt. Ich will nicht unhöflich sein, aber wärst du an meiner Stelle nicht auch skeptisch? Ich habe kein Recht dazu, das Leben oder die Gesundheit eines meiner Freunde zu riskieren."

„Das ist nicht unhöflich, mein Freund, aber wie ich sehe, hast du immer noch nicht von deinem Getränk probiert." Arthur konnte Oliver gut verstehen.

Oliver kam dieser Aufforderung nach und nippte an der Flüssigkeit im Becher. „Was ist das? Ich habe so etwas noch nie getrunken. Ist das Bier?"

„Nein, die Herstellung von Bier ist doch etwas kompliziert. Es ist ein alkoholisches Getränk, aber kein Bier. Als Mikrobiologe musst du es noch nicht getrunken, aber wenigstens schon davon gehört haben."

„Hm, Alkohol …, hm, ist da Hefe dran?"

„Man kann einige Sorten dieses Getränkes mit Hefe herstellen, bei anderen reicht Zucker aus."

„Ah, ich weiß es, ich weiß es", rief Oliver aus und sagte freudig lächelnd, „es ist Wein, ein Obstwein. Aber frage mich nicht, welcher, Obst gibt es bei uns nur selten. Und wenn es welches gibt, bekommen es meine Kinder."

Arthur dachte: „Was seid ihr nur für arme Menschen." Aber er sagte: „Es ist Apfelwein."

Während sie den Wein in kleinen Schlucken genüsslich tranken und sich dabei viel Zeit ließen, wollte Oliver wissen, wie Arthurs Leute das Gemüse anbauten und pflegten, wie es geerntet und zubereitet wurde. Die Frauen waren es diesmal, die ihm bereitwillig antworteten. Während sie sich über Obst- und Gemüseanbau unterhielten, verging die Zeit für Oliver viel zu schnell. Schließlich fragte er: „Ich möchte noch so viel wissen, habe noch so viele Fragen. Aber ich muss nun aufbrechen. Darf ich euch wieder besuchen kommen?"

„Klar, komme wann immer du willst. Irgendjemand wird immer hier sein. Wenigstens solange wir nicht von den Regierungstruppen von hier verjagt werden. Sollte das passieren, werden wir dir eine Nachricht zukommen lassen", entgegnete Arthur. Dann machte er eine kurze Pause und sagte: „Komm, ich begleite dich ein Stück."

„Das ist nicht nötig, ich finde den Weg auch allein." Oliver wollte Arthur den Eingang zur Höhle nicht zeigen. Noch war er sich nicht sicher, ob der vielleicht nicht doch ein Verräter war. Glauben konnte er es zwar nicht, aber an die Möglichkeit musste er doch denken. Er wollte den Aufstand nicht in Gefahr bringen.

„Willst du mir den Zugang zu den Höhlen nicht zeigen?"

„Das nenne ich direkt heraus."

Statt einer Antwort grinste Arthur ihn an. Nach einigen Augenblicken nahm sein Gesicht einen ernsthaften Ausdruck an, blieb jedoch freundlich. „Ich kann das verstehen und akzeptiere es. Es wäre nur leichter gewesen, dir eine Nachricht zu hinterlegen, falls wir hier verschwinden müssen. Aber du sollst wissen, dass du uns vertrauen kannst."

Oliver verabschiedete sich von den anderen und wandte sich Arthur wieder zu. Bevor er etwas sagen konnte, trat die rothaarige Frau auf ihn zu und übergab ihm ein Päckchen. „Für deine Frau und deine Kinder. Sie sollen es sich schmecken lassen. Aber wärmt es nur auf, wenn keine Aufseher oder neugierige Nachbarn in der Nähe sind. Das könnte für euch wohl Ärger bedeuten."

„Danke! Vielen Dank, ich werde es beherzigen. Vielleicht kann ich euch eines Tages auch einmal einladen."

Die Frau verabschiedete sich von Oliver und ließ die beiden Männer allein.

Arthur begleitete ihn ein Stück auf seinem Weg. Sie schwiegen, aber sie fühlten, dass sie Freunde werden konnten. Dafür musste Oliver nur sein Misstrauen überwinden. Ihm war bewusst, dass Arthur ihn mit offenen Armen aufgenommen hatte. In diesem Augenblick sagte dieser: „Hier wollen wir uns verabschieden. Denke nach, Oliver Mooth, wenn du es willst, sind wir für dich da." Nach einer kleinen

Pause sprach er weiter: „Ich bin dir noch meinen Namen schuldig. Mein Name ist Smith, Arthur Smith."

*****

Als Oliver wieder zuhause bei seiner Emily war, erzählte er ihr von den Waldmenschen und dem guten Essen, das er von ihnen bekommen hatte. Er gab seiner Frau das Päckchen, welches ihm die rothaarige Frau mitgegeben hatte. „Das ist für euch. Es wird euch sicherlich genauso gut schmecken wie mir."

Emily und die Kinder waren von dem Essen begeistert. Immer wieder lobten sie den guten Geschmack der Speisen. Die Waldfrau hatte so viel von dem guten Essen eingepackt, dass die Familie davon am nächsten Tag sogar eine zweite Mahlzeit genießen konnte.

Auch von Arthur Smith erzählte Oliver seiner Frau und von seinen Zweifeln. Emily begriff, dass ihr Mann es sich nicht einfach machte. Er dachte an alles. Deshalb antwortete sie: „Weißt du, mein Schatz, aus deinen Erzählungen schließe ich, dass die Menschen um diesen Arthur Smith es letztendlich auch nicht leichter haben als wir.

Sie sind auf der Flucht und haben gut zu essen. Wir müssen essen, was wir bekommen, können dafür aber in Ruhe leben, solange wir nichts gegen die Regierenden sagen.

Sie müssen sich verstecken und wir atmen verbrauchte Luft. Deine Zweifel ehren dich, aber ich glaube, du kannst ihnen vertrauen."

„Und wenn er wie George Smith doch ein Spitzel ist?"

„Nein, das kann ich nicht glauben. Nur weil er den gleichen Namen wie George hat? Vielleicht waren ihre Großväter Brüder, deswegen haben sie den gleichen Namen. Oder es ist reiner Zufall! Außerdem glaube ich, dass es nur gut sein kann, da draußen einen Verbündeten zu haben."

„Da hast du recht. Wir könnten im Prinzip von zwei Seiten angreifen."

*****

Auch Florence Clark hatte die Zugangsdaten für die geheime Internetseite bekommen. Noch hatte sie Commander Cups nichts erzählt und auch noch keine schriftliche Nachricht geschickt. Sie wollte diese ganze Situation nicht. Sie wollte Oliver und Emily Mooth nicht bespitzeln. Wieder kamen ihr Gewissensbisse. Die Mooths waren stets faire und ehrliche Freunde für sie. Sie jetzt an den Commander verraten zu müssen, kam ihr niederträchtig vor. Egal, was Oliver auf diese Seite schrieb; wenn sie dem Commander die Zugangsdaten mitteilte, würde jedes seiner Worte ihn ans Messer liefern. Und wenn er verhaftet würde, müsste er unter grausamen Bedingungen in einem Gefängnis dahinvegetieren. Sie hoffte inbrünstig, dass er seine Kommentare auf dieser Seite unter einem Pseudonym veröffentlichte. Aber sie wusste, dass er ein kluger Mann war, und vermutete, dass er das tat. Wenn sie dem Commander die Zugangsdaten für die geheime Internetseite verriet, konnte der zwar am Informationsaustausch teilnehmen, und somit alle Informationen bekommen, auch konnte er eventuell geplante Aktionen verhindern, aber er wüsste nicht, wer die Drahtzieher waren. Ja, sie war sich sicher, wenn sie Commander Cups die Zugangsdaten der geheimen Internetseite verriet, würde sie damit den geringsten Schaden anrichten. Schließlich sollte niemand persönlich von den Teilnehmern der Verschwörung geschädigt werden, nur weil sie gezwungen wurde, Informationen über sie weiterzugeben. Aber was blieb ihr anderes übrig, wenn sie für ihre Tochter Isabella die teuren Medikamente beschaffen wollte, die sie unbedingt benötigte?

Dann überfielen Florence Clark wieder Zweifel. Oliver Mooth war zwar kein Arzt, aber Mikrobiologe. Er hatte ihrer Tochter schon einmal geholfen, als sie für ihre Isabella keine Medikamente mehr hatte. Sie litt damals furchtbar an Atemnot. Beinahe wäre sie erstickt. In ihrer Verzweiflung hatte Florence Clark ihren Freund Oliver Mooth angerufen und ihn gebeten, ihrer Tochter zu helfen. Tatsächlich war er zu ihr in ihre Wohngrotte gekommen, um das Mädchen zu untersuchen. Er sagte, dass er kein Arzt sei, und die Medikamente nicht habe, die Isabella unbedingt brauchte. Aber er glaubte damals, dass er ihre Symptome lindern könnte. Alles, was den Gesundheitszustand Isabellas verbessern konnte, war Florence Clark willkommen. Gerne hatte sie Olivers Hilfe angenommen. Es dauerte in der Tat nicht sehr lange, bis er es geschafft hatte, dass sie wieder einigermaßen normal atmen konnte.

Und jetzt sollte sie Oliver dem Commander ausliefern? Nein, das konnte und wollte sie nicht. Auf gar keinen Fall wollte sie das. Aber sie musste es tun. Um ihrer Tochter willen musste sie das. Vielleicht gelang es Cups nicht, Oliver Mooth zu verhaften und somit seiner Familie großen Schaden zuzufügen.

*****

Zwei Stunden später saß sie wieder vor Commander Cups. Auf dem gleichen Stuhl wie beim letzten Mal. Sie rutschte hin und her und fühlte sich offensichtlich nicht wohl in ihrer Haut. Cups bemerkte das.

„Ich freue mich, Mrs. Clark, Sie wieder zu sehen."

„Guten Tag, Sir." Sie war ängstlich und verhielt sich unterwürfig.

Mit seinen Augen zog Cups die Frau aus. Die wollte er sich nicht nur staatsdienstlich zunutze machen. Sie war attraktiv und gefiel ihm. Ihm gefiel nicht ihre Schönheit, sondern eher wie sie ängstlich vor ihm saß. Es gefiel ihm, dass er Macht über sie besaß. Das machte Florence Clark für ihn begehrenswert. Er wollte die Frau besitzen, wenigstens einmal. Besser aber wäre es, wenn er sie für immer besitzen könnte. Ja, wenn er es sich genau überlegte, kam er sogar zu dem Schluss, dass er sie schon jetzt besaß. Dieser Gedanke erregte ihn und er spürte, wie es eng in seiner Hose wurde.

Und endlich sagte er: „Guten Tag, Mrs. Clark! Sie wollten mich telefonisch sprechen. Aber das ist keine so gute Idee. Mir ist es lieber, wenn wir uns persönlich treffen. Am Telefon ist es so anonym, wissen Sie?" Sein Ton war freundlich, beinahe schon schmierig.

Das gefiel Florence Clark gar nicht. „Wie Sie wünschen, Sir."

„Und was gibt es Neues, Mrs. Clark? Weshalb wollten Sie mich sprechen? Doch bestimmt nicht, weil Sie mich so sehr mögen. Oder etwa doch?" Mit einer hochgezogenen Augenbraue sah Commander Cups sie an.

Was sollte sie darauf antworten? Der Kerl gefiel ihr nicht, aber er hatte die Zügel in der Hand. Es ging nicht so sehr darum, was sie wollte. Wenn es das nur wäre, würde sie sich dieser Situation entziehen, denn ein Spitzel für den Commander wollte sie auf gar keinen Fall sein. Niemandes Spitzel wollte sie sein. Nur wusste sie im Moment nicht, wie sie aus dieser unangenehmen Situation herauskommen sollte. Angst befiel sie. Plötzlich wusste sie, was der Kerl von ihr wollte. Informationen waren ihm egal. Er wollte sie!

„Ich habe Informationen für Sie, Sir", sagte sie kleinlaut.

„Das ist gut, Mrs. Clark, sogar sehr gut." Er leckte sich die Lippen. „Und welche Informationen haben Sie für mich?"

„Ich habe einen Zettel bekommen, Sir. Da steht eine Internetseite drauf und ein Passwort."

Commander Cups wurde aufmerksam. Die Erregung, die er nun verspürte, löste die andere ab. Das bedauerte er, denn zu gerne wollte er Florence Clark benutzen. Aber im Moment war die Information für ihn wichtiger als Sex mit so einer Schlampe wie Florence Clark, die bereit war, für ein Medikament und etwas zu Essen ihre Freunde zu verraten. Auch Cups hatte erfahren, dass die Menschen in den Höhlen unruhiger geworden waren. Irgendetwas war hier im Busch. Zu gerne wollte er wissen, was es war, das seine Welt vielleicht erschüttern könnte. War diese Internetseite dafür der Schlüssel? „Was für eine Internetseite ist das? Welchen Zweck hat sie?"

„Das weiß ich leider noch nicht. Aber jemand hat mir diesen Zettel zugeschoben." Florence Clark beschlich ein ungutes Gefühl.

„Wer war das? Kennen Sie die Person?"

„Ich weiß es leider nicht, Sir, der Zettel lag vor meiner Wohngrotte auf dem Fußboden, als ich von der Arbeit nach Hause kam."

„Haben Sie den Zettel mitgebracht?"

„Ja, Sir, hier ist er." Florence Clark zog den Zettel aus ihrer Jackentasche und übergab ihn dem Commander.

Der faltete ihn auseinander und schaute flüchtig drauf. Scheinheilig fragte er: „Kann ich den Zettel behalten?"

Sie nickte. „Aber wenn ich mitspielen soll, brauche ich einen Spitznamen, sonst kann ich ja keine Kommentare schreiben. Das sollte ich schon tun. Ich brauche eine Tarnung, Sir."

„Sie sind eine kluge Frau, Mrs. Clark. Das gefällt mir." Er nahm von seinem Schreibtisch einen kleinen Notizzettel, schrieb etwas darauf und schob ihn ihr zu. Florence Clark schaute darauf und steckte den Zettel ein.

Cups grinste sie an. Ihre Angst vergrößerte sich.

„Sie sollten herausfinden, wer Ihnen den Zettel untergejubelt hat. Und ich werde mir ansehen, was das für eine Seite ist. Ich brauche so schnell wie möglich Ergebnisse. Haben Sie mich verstanden, Mrs. Clark?"

„Ja, Sir, das habe ich."

Plötzlich fragte Cups: „Haben Sie eigentlich schon die Medikamente für ihre kleine Tochter bekommen? Und die zusätzlichen Lebensmittelmarken?"

Florence Clark erkannte, dass sie nur Wachs in seinen Händen war. Sie war ihm ausgeliefert und würde ihm jeden Wunsch erfüllen. Sich gegen diesen miesen Kerl zu wehren, würde sie das Leben ihrer Tochter kosten. Das wollte sie auf gar keinen Fall riskieren. Für ihre kleine Isabella würde sie alles tun, was in ihren Möglichkeiten lag.

Commander Cups stand auf und ging um seinen Schreibtisch herum, direkt auf Florence Clark zu. Doch dann drehte er plötzlich ab und ging zu einem Regal, das hinter ihr stand. Sie wagte nicht, sich umzudrehen, obwohl sie gerne gewusst hätte, was er hinter ihrem Rücken tat. Wie beiläufig streifte er mit seinem Arm ihre Haare. Sofort stellten sich ihre Nackenhaare auf. Auf ihren Armen bildete sich eine Gänsehaut. Cups bemerkte ihre Reaktion und freute sich darüber. Er kam viel schneller an sein Ziel, als er es noch vor wenigen Minuten geglaubt hatte. Florence Clark war seine Marionette und sie würde immer tun, was er von ihr verlangte.

Er kam zu ihr zurück. Von hinten legte er ihr seine Arme um ihren Körper. Er beugte sich über sie und sein Gesicht war ihrem ganz nahe. „Schauen Sie, Mrs. Clark, was ich hier habe. Sondermarken für Obst und Gemüse. Vitamine sind sehr gesund, besonders für ein krankes Mädchen!"

Florence Clark erstarrte. Sie roch seinen fauligen Atem. Sein Gesicht berührte ihres. Der Ekel, den sie vor diesem miesen Kerl verspürte, ließ sie erschauern. Sie wollte von ihm wegrücken, aber das war ihr nicht möglich. „Wollen Sie die Marken haben? Sie gehören Ihnen, wenn Sie das wollen", hauchte er ihr ins Ohr. Dann richtete er sich wieder auf und ging zu seinem Platz zurück. Dabei achtete Cups darauf, dass Florence Clark seine erneute Erektion nicht bemerkte. Der Speichel lief ihm in seinem Mund zusammen, so viel, dass er schlucken musste.

„Ich weiß nicht. Ich will niemandem etwas wegnehmen."

„Unsinn, Mrs. Clark, Sie nehmen niemandem etwas weg. Sie können sie bekommen. Und zwar von mir persönlich. Nur müssen Sie dafür etwas tun, für mich persönlich, wenn Sie verstehen, was ich meine."

Es lief ihr eiskalt über den Rücken. Nein, sie wollte nichts Persönliches für dieses Schwein tun.

„Denken Sie an Ihre Tochter, Mrs. Clark. Ich erwarte Sie morgen Abend um zwanzig Uhr. Hier! In meinem Büro! Und machen Sie sich etwas zurecht! Ziehen Sie etwas Nettes an!"

Florence Clark ging leise weinend nach Hause. Sie war unglücklich wie noch nie in ihrem Leben. Sie hatte keine andere Wahl, als sich dem Commander zu unterwerfen. Dieses Schwein würde ihr sonst ihr Kind wegnehmen und sie würde Isabella nie wiedersehen.

*****

Zur gleichen Zeit als Florence Clark sich von Cups erniedrigen lassen musste, saß Oliver Mooth vor dem Computer seines Labors. Er hatte die Seite https://hnw.natur-und-leben.com geöffnet und schrieb einen Beitrag für alle Menschen, die die Zugangsdaten für diese Seite bekommen hatten. Er hoffte, dass es sehr viele Menschen sein würden; nicht nur welche aus dem Block, in dem sich seine Wohngemeinschaft befand, sondern auch welche von den anderen Blöcken und Wohngemeinschaften. Er wollte frei sein. Gut, er könnte mit seiner Familie und seinen Freunden einfach durch ihre Wohngrotte die Höhle verlassen und sich Arthur Smith anschließen, wenn dieser das erlaubte. In einer Nacht sollte es möglich sein, sie alle durch den Tunnel nach draußen zu bringen. Aber das würde für sie nicht viel ändern. In diesem Fall könnten sie zwar auf der Erdoberfläche leben, müssten sich aber vor der Regierungs-Elite verstecken oder sogar vor ihr fliehen, wie es die Waldmenschen taten. Sie wären also immer noch nicht frei.

Oliver wollte niemandem wehtun. Aber er wollte die Freiheit für alle Höhlenmenschen, und mit Freiheit meinte er, frei auf der Erde zu leben, wie ihre Vorfahren es vor der Pandemie getan hatten. Das würde Opfer erfordern. Dafür nahm er sogar in Kauf, dass er dabei sterben oder in den Kerker geworfen werden könnte. Trotzdem war er kein Held. Wenigstens fühlte er sich nicht wie einer. Aber er wollte Gerechtigkeit. Niemand sollte gegen seinen Willen von anderen Menschen festgehalten werden. Schon gar nicht als Sklave. Arthur hatte recht! Sie waren Sklaven. Emily und die Kinder, auch er und alle ihre Freunde und Bekannten waren Sklaven von einigen Hundert Leuten. Von Menschen, die sich Regierung oder regierungstreue Elite nannten. Gerechtigkeit war etwas anderes. Deshalb schrieb er folgenden Text:

„An alle meine Freunde, Kollegen und Bekannten und alle Menschen, die frei sein möchten!

Ja, ihr habt richtig gelesen, wir sind nicht frei. Freiheit bedeutet, sich frei bewegen und sich frei äußern zu dürfen. Aber wir dürfen unsere ehrliche Meinung nicht laut sagen. Um ins Gefängnis zu kommen, reicht es schon aus, wenn man sagt, dass man hungern muss, weil die Regierung uns nicht genug zu essen gibt!

Ihr werdet es mir nicht glauben, aber ich war draußen auf der Erde. Ich bin nicht krank geworden, und gestorben bin ich auch nicht. Es gibt dort keine Pandemie. Jahrelang wurden wir belogen. Wir werden gegen unseren Willen als Sklaven in unseren Höhlen gefangen gehalten. Wir arbeiten für eine regierende Elite. Die leben von unserer Hände Arbeit. Wir werden ausgebeutet. Den Preis dafür bezahlen wir mit unserer Freiheit.

Wie sieht es draußen aus? Menschen leben dort. Sie sind die Nachfahren derer, die damals keinen Platz in den Höhlen bekommen hatten und auch nicht von der Pandemie hingerafft worden waren. Zugegeben, es sind nicht sehr viele. Aber von der Elite und der Regierung werden sie als Gesetzlose gejagt und ermordet.

Der Himmel ist so blau, wie ich ihn aus den Erzählungen meiner Eltern und Großeltern kenne. Es gibt Tiere und Pflanzen, das Meer und die Berge und die Wälder ebenso. Die Luft riecht dort nach den Pflanzen und es gibt richtiges Obst und Gemüse zu essen. Tiere können gejagt und zubereitet werden. Ihr Fleisch ist sehr köstlich, das Obst und Gemüse schmeckt ganz anders als bei uns. Unser Obst und Gemüse schmeckt nach nichts, aber ein Apfel auf der Erde ist nicht nur doppelt so groß wie bei uns, er ist auch viele Male köstlicher, er ist saftig und süß und hat seinen ganz eigenen Geschmack.

Ich will das alles nicht nur für mich und meine Familie. Ich will, dass alle Menschen, die mit uns gemeinsam in diesen Höhlen als Sklaven gefangen gehalten werden, alles das, was ich hier beschrieben habe, mit uns gemeinsam genießen können. Deshalb rufe ich euch auf, kämpft mit mir gemeinsam für unsere Freiheit.

Euer Wegbereiter"

*****

Ian und Jessica waren fantastische Kinder, sie hatten es verdient, den Rest ihrer Kindheit in Freiheit genießen zu dürfen. Oliver liebte sie sehr und er würde für sie alles tun, damit sie das in Zukunft konnten. Aber er wusste auch, dass die Kinder ihm alles gaben, was sie ihm geben konnten. Täglich spürte er ihre Liebe und ihre Dankbarkeit dafür, dass sie nicht wie ihre Freunde und Freundinnen erzogen wurden. Oliver und Emily Mooth schlugen ihre Kinder nicht, auch wenn sie manchmal Angst haben mussten, dass die Kinder etwas ausplappern könnten, was sie gar nicht wissen sollten und durften. Insbesondere traf das auf die kleine, lebensfrohe Jessica zu, die mit ihrer Keckheit und Frechheit ihre Welt entdeckte. Beide Kinder waren wissbegierig und aufmerksam.

Nun war Oliver am Ende des Tunnels angekommen, den er hinter der Kindernische heimlich erweitert hatte und schlüpfte ins Sonnenlicht. Der Himmel war wieder so blau wie das Meer, das sich vor ihm in der Ferne erstreckte. Erneut staunte er über die unbeschreibliche Harmonie der Natur. Er befand sich auf dem Weg zu Arthur. Oliver wollte sich vergewissern, dass die Waldmenschen an der Seite der Höhlenmenschen kämpften, wenn es zum Aufstand kommen sollte. Heute wollte er dieses Thema ansprechen und mit Arthur klare Absprachen treffen.

Er erreichte die Siedlung. Jack saß auf einem Stein und spielte mit Käfern. Er schob die kleinen Tiere mit einem Stöckchen in ein vor ihm liegendes kleines Loch, das er selbst ausgegraben hatte. Dann stellte er das Stöckchen dort hinein und beobachtete, wie die Käfer daran hoch krabbelten, um das Loch wieder zu verlassen. Als er Oliver bemerkte, rief er ihm zu: „Papa ist mit einigen Freunden auf der Jagd. Du musst warten, bis er wieder zu Hause ist."

„Ist dein Papa denn schon lange weg?"

„Weiß ich nicht. Ich habe doch keine Uhr!"

„Bist du alleine oder ist sonst noch wer im Lager?

„Der Rest der Gruppe ist am Meer. Sie waschen unsere Wäsche. Auch meine!"

„Ist deine Mutter auch bei ihnen?"

„Ich habe doch keine Mutter, sie ist im Himmel. Sie hat sich davon gemacht, als ich geboren wurde, aber das hatte ich dir doch schon erzählt."

„So ein kleiner Naseweis", dachte Oliver liebevoll. „Oh, das tut mir leid. Das hatte ich vergessen. Dann ist es wohl für dich auch nicht so leicht?"

„Doch, ist es. Die anderen sind ja für mich da", plapperte der Knabe unbekümmert.

Oliver musste nicht sehr lange warten. Die Wäscher kamen schon nach wenigen Minuten zurück. Kaum hatten sie die feuchte Wäsche auf Leinen gehängt, als auch die Jäger mit einigen großen Vögeln und Hasen ins Lager zurückkehrten. Als Arthur Oliver sah, kam er zu ihm und reichte ihm die Hand. „Ich freue mich, dich zu sehen. So schnell hatte ich nicht mit dir gerechnet."

„Wenn ich ehrlich sein soll, ich auch nicht", antwortete Oliver.

„Komm, wir gehen zur Feuerstelle und machen dort ein neues Feuer." Arthur ging Oliver voraus.

Der folgte ihm und half, das Holz aufzuschichten. Als es genug war, zündete Arthur es an.

„Setz dich, Oliver, ich hole uns nur noch schnell etwas zu trinken. Die anderen kümmern sich ums Essen und wir können reden", meinte der Anführer der Gesetzlosen.

Oliver nahm Platz und wartete nur wenige Augenblicke, bis Arthur mit zwei Bechern in der Hand zu ihm zurückkehrte und ihm einen davon übergab. Sie stießen an und tranken einen großen Schluck.

„Wie geht es dir?", erkundigte sich Arthur.

„Ich habe über unser Gespräch nachgedacht."

„Das dachte ich mir, dass dich unser Treffen nicht kalt gelassen hat, aber auch ich habe daran denken müssen."

„Ich finde, es ist ungeheuerlich und übersteigt mein Fassungsvermögen, was die Regierung mit uns macht. Das ist eine bodenlose Gemeinheit! Egal, ob es dabei um die Wald- oder Höhlenmenschen geht. Schließlich waren wir alle bis zur Pandemie freie Menschen. Jetzt werdet ihr verfolgt und ermordet, wenn sie euch kriegen und wir werden als Sklaven gehalten. Wir müssen arbeiten, damit die paar eingebildeten Lackaffen sich auf unsere Kosten ein schönes Leben machen können! Sie arbeiten nicht, aber sie stecken die Früchte unserer Arbeit ein. Und wenn sich jemand beschwert, wird er verhaftet und gefoltert und vielleicht sogar umgebracht." Oliver redete sich in Rage. Eine Zornesfalte hatte sich auf seiner Stirn gebildet.

„Genau das wollte ich dir schon bei unserem ersten Treffen sagen", antwortete Arthur.

Die beiden Männer schwiegen und hingen ihren Gedanken nach. Nach einer Weile sah Arthur Oliver in die Augen.

„Weißt du, wir sollten uns zusammentun. Dann wären wir

stärker und könnten die Regierung gemeinsam bekämpfen. Die aber müssen an zwei Fronten agieren, auf der Erde und in den Höhlen."

„Das wollte ich dir auch vorschlagen." Oliver erzählte seinem neuen Verbündeten von seinem Plan, mithilfe der geheimen Internetseite die Höhlenmenschen aufzurütteln und vielleicht sogar einen Aufstand zu organisieren. Die Regierung und die Mitglieder ihrer Elite sollten vor ein ordentliches Gericht gestellt und entsprechend ihrer Verbrechen verurteilt werden.

„Dein Plan hört sich gut an. Wir sollten uns abstimmen, wenn du genug Leute zusammen hast, und einen gemeinsamen Plan für einen Aufstand entwickeln. Und dann schlagen wir vereint zu. Auf uns kannst du zählen." Arthur reichte ihm die Hand, um seine Worte zu bekräftigen.

„Das ist gut zu wissen. Danke dafür, Arthur. Wenn wir beide die Kämpfe überleben, werde ich dir das nie vergessen." Oliver drückte kräftig Arthurs Rechte.

Der lächelte Oliver zu. „Und ich schwöre dir, dass du mit mir einen zuverlässigen Freund hast, auf den du dich in allen Zeiten verlassen kannst. Wir wollen uns stets und überall unterstützen, sofern es uns möglich ist."

Oliver grinste zurück. „Aber Blutsbrüderschaft müssen wir uns jetzt nicht schwören oder?"

„Wir sind doch in der Realität und nicht in einem Roman."

„Dann sei es so, mein Freund!"

Vorsichtige und brutale Kontakte

Orson Bones war einundzwanzig Jahre alt. Vor vier Jahren war er zum Militär einberufen worden. Sein Vorgesetzter war Commander Cups. Orson war mit sich und seiner Umwelt unzufrieden. Er hasste das Militär und insbesondere seinen unmittelbaren Vorgesetzten. Commander Cups war in seinen Augen ein Erpresser und Mörder, der im Auftrag der Regierung seinen Sadismus ausleben durfte. Solange der Commander die Interessen der Regierung schützte und unterstützte, würde er einer der mächtigsten Männer in den Höhlen sein. Niemand würde dieses Schwein stoppen.

Orson Bones war nicht nur jung, sondern auch ein wissbegieriger und kluger Mensch. So war es nur eine Frage der Zeit, dass er davon erfuhr, dass die Regierungselite nicht in den Höhlen lebte, sondern auf der Erde in den Villen von Menschen, die während der Pandemie vor fünfzig Jahren starben. Auch hatte er davon gehört, dass diese sich selbst ernannte Elite auf die sogenannten Gesetzlosen schoss. Also versuchte er, heraus zu bekommen, wer an der letzten Schießerei teilgenommen hatte. Es sollte ein im Wald lebender Mann erschossen worden sein. Kein geringerer als Commander Cups war es gewesen, der dem armen Kerl das Lebenslicht ausgeblasen hatte.

Als außerdem zu ihm durchdrang, dass Cups die Erschießung einer Familie angeordnet hatte und diese durchgeführt worden war, wurde seine abgründige Meinung über diesen grausamen Mann nur bestätigt.

Cups war es auch, der Orson Bones beim Militär ausgebildet hatte. Der junge Mann bekam den gesamten, ausgewachsenen Sadismus seines Chefs zu spüren. Täglich wurde er von ihm erniedrigt und gedemütigt. Er musste sogar während der Ausbildung eines Tages bei den Übungen zur Körperertüchtigung als einziger Soldat seiner Kompanie nackt am Krafttraining teilnehmen, nur weil er beim Stangenklettern von allen das schlechteste Ergebnis erzielt hatte. Einige seiner Kameraden hatten sich deshalb über ihn lustig gemacht. Seitdem war sein Hass auf den Commander ungebrochen.

Aber Orson Bones konnte sich beherrschen und ließ sich nichts von seinen negativen Gefühlen, die er für den Commander hegte, anmerken. Es half ihm sehr, dass er von Commander Beaver, der dem Commander Cups als Stellvertreter unterstellt war, in vielen Situationen unterstützt wurde. Beaver machte sozusagen alles wieder gut, wenn Cups ihn gedemütigt hatte. So half der stellvertretende Leiter der Einheit ihm nach seinem peinlichen und ungewollten Nacktauftritt. Commander Beaver hielt ihm die Uniform bereit, damit er sie nach dem harten Krafttraining sofort anziehen konnte. Beaver war und blieb eine Lichtquelle in Orsons Leben, an ihm konnte er sich immer wieder aufbauen.

Er wartete auf seine Chance, sich an Cups zu rächen. Und die, das glaubte Orson Bones, war jetzt gekommen. Jemand hatte ihm die Zugangsdaten der geheimen Internetseite zugesteckt. Wer das war, wusste er nicht. Als er sich in diese Seite einloggte, hatte er etwas gelesen, was ihm keine Ruhe mehr ließ. Orson Bones setzte alles daran, den Mann, der sich im Internet Wegbereiter nannte und außerhalb der Höhle der Natur einen Besuch abgestattet hatte, kennenzulernen. Ihm wollte er beim Kampf um die Freiheit helfen. Wie er das anstellen konnte, wusste er bereits. Der Mann würde für einen Aufstand Waffen benötigen. Sergeant Orson Bones war Verantwortlicher der Waffenkammer.

Viele Nächte konnte der junge Mann nur schlecht schlafen. Viele Gedanken gingen ihm durch den Kopf. Alleine würde er dem Wegbereiter die Waffen nicht bringen können. Also brauchte er wenigstens einen Verbündeten. Besser wären es mehrere. Aber je mehr Leute in seinen Plan eingeweiht waren, desto höher war die Gefahr eines Verrates. Wem von seinen Kameraden konnte er vertrauen? Und wie sollte der Waffentransport stattfinden? Es war ihm bewusst, dass er sein noch junges Leben mit diesem Vorhaben gefährdete.

Orson Bones plante, dem Wegbereiter die Ersatzwaffen für einen Aufstand zur Verfügung zu stellen. Wenn die in der Waffenkammer fehlten, würde das nicht so schnell auffallen. Selbst Commander Cups wusste nicht, wo und wie die Waffen in der Waffenkammer gelagert wurden.

Andererseits fragte sich Orson Bones, was es für ein Leben sei, ständig in den Höhlen leben zu müssen. Nie würde er das Sonnenlicht sehen, wenn er nicht selbst dafür sorgte. Im Geist ging er durch, wie sich seine Kameraden in den letzten Tagen ihm gegenüber verhalten hatten. Vor allem fragte er sich, wer von ihnen ihm den Zettel mit den Zugangsdaten für die geheime Internetseite untergeschoben hatte. War dieser Jemand ein Freund oder etwa jemand, der ihn ans Messer liefern wollte? Auf jeden Fall musste er vorsichtig sein.

Für den Fall, dass einer seiner Vorgesetzten erschien, wenn er sich in die geheime Internetseite einloggte, legte er neben dem Militärcomputer einen Ordner bereit, in dem Waffenzubehör aufgelistet war. Außerdem enthielt dieser Ordner eine Liste mit einer Anweisung, wo und wie alle Artikel bestellt werden sollten. Orson Bones fuhr den Computer hoch und gab die Adresse der geheimen Internetseite https://hnw.natur-und-leben.com ein. Falls jetzt ein

Commander zu ihm käme, sollte dieser aufgrund des Ordners nicht bemerken, was er hier tatsächlich tat. Er könnte erklären, dass er für eine Waffe einen Verschluss oder eine Feder oder auch einfach nur Waffenöl bestellen wollte, weil die Ersatzwaffen geputzt werden mussten und das vorhandene Waffenöl dafür nicht ausreichend sei. Die Idee gefiel ihm. Um fünfzig Waffen zusätzlich zu putzen war eine Menge Öl notwendig.

Als die Seite aufgebaut war, loggte er sich mit dem Passwort sonneundregen ein. Jetzt nicht lange gezögert und schnell die verschlüsselte Botschaft an den Wegbereiter eingegeben. Das tat Orson Bones zwar nicht mit dem Zehnfingersystem, aber trotzdem recht schnell. Er schrieb:

„Hallo, Wegbereiter,

für das, was du vorhast, benötigst du Freunde mit Beziehungen. Interesse? Dann hinterlasse mir hier eine Nachricht.

Der Kuckuck"

Schnell loggte er sich wieder aus, löschte den Verlauf und fuhr den Computer runter. Nun musste er warten, ob und wann sich der Wegbereiter melden würde. Am Ob hatte Orson keinen Zweifel.

*****

Florence Clark war zu Hause und saß in einer dunklen Ecke. Sie war vollkommen verzweifelt. Sie wusste, was geschehen würde. Davor hatte sie eine riesige Angst. Ihre Gedanken gingen hin und her. Was konnte sie tun, um Cups zu entkommen? Nichts! Gar nichts! Jedenfalls fiel ihr nichts ein, mit dem sie verhindern konnte, was sie befürchtete. Cups' Aufforderung, dass sie sich nett zurechtmachen sollte, seine zufälligen Berührungen sprachen Bände über das, was er von ihr wollte. Sie wusste genau, dass nichts von dem, was Cups tat, zufällig war.

Sie stand vor ihrem geöffneten Kleiderschrank und überlegte, was sie anziehen sollte. Sollte sie sich wirklich nett zurechtmachen oder sollte sie seine Aufforderung ignorieren und versuchen, ihre Schönheit zu kaschieren, denn sie wusste, dass sie eine attraktive Frau war. Die Männer warfen ihr oft anerkennende Blicke zu. Doch nach dem frühen Tode ihres Mannes stand ihr der Sinn nicht danach, einen Mann für eine ernsthafte Partnerschaft kennenzulernen. Möglichkeiten dazu hatte sie viele. Jetzt rächte es sich, dass sie, wenn sie eine Gelegenheit hatte, einen netten Mann kennenzulernen, so wählerisch war und keiner der Männer, die sich für sie interessierten, ihren Ansprüchen gerecht wurde.

Immer noch unentschlossen stand sie mit Tränen in den Augen vor ihrem Kleiderschrank. Wenn sie sich schlecht anzog, aus sich eine hässliche Frau machte, würde das das Verlangen des Commanders nach ihr unterdrücken? Aber er wusste doch, wie sie wirklich aussah. Das würde der Kerl als groben Ungehorsam betrachten und sie erst recht bestrafen. Sie erkannte, dass sie ihrem Schicksal nicht entrinnen konnte. Egal, was sie tat, es war falsch. Wenn sie sich für ihn etwas zurechtmachte, konnte sie ihn vielleicht etwas milder stimmen. Vielleicht war er dann nicht gar so grob. Vielleicht …, aber das war auch egal.

Ein Blick zur Uhr sagte ihr, dass sie sich sputen musste. Wenn sie zu spät in Cups' Büro erschien, würde er sie das spüren lassen. Also zog sie sich ein hübsches Kleid an und legte sich eine passende Kette dazu um ihren Hals. Etwas

Parfüm, leichter Lidschatten und ein dezenter Lippenstift vervollständigten ihr gutes Aussehen. Sie hoffte, Cups damit milde stimmen zu können.

Als sie sich auf den Weg zu seinem Büro machte, begegnete sie einer Freundin. „Hallo, Florence, du willst es wohl noch einmal wissen? Ich drücke dir beide Daumen, dass es heute vielleicht klappt. Mit einem zuverlässigen Partner an der Seite ist doch alles viel schöner", sagte sie.

Geistesabwesend dankte Florence der Frau im Vorbeigehen. Punkt zwanzig Uhr klopfte sie an Cups' Bürotür. Nur wenige Augenblicke musste sie warten, bis er sie öffnete. Ein einfaches Herein hätte auch schon genügt, stellte sie fest.

„Ah, da sind Sie ja, Mrs. Clark, und das auch noch schöner als je zuvor. Guten Abend, meine Liebe", sagte er. Mit einem galanten Diener und einer einladenden Geste bat er sie in sein Büro hinein.

Angenehm überrascht folgte sie seiner Einladung. Der Kerl konnte tatsächlich richtig nett sein.

„Bitte nehmen Sie doch Platz, Mrs. Clark." Er wies auf einen kleinen runden Tisch, auf dem eine Flasche Sekt und zwei Gläser standen und rückte ihr sogar einen Stuhl zurecht. Florence Clark nahm Platz und bedankte sich artig für seine Höflichkeit.

„Möchten Sie ein Gläschen Sekt, Mrs. Clark?" Eine Antwort wartete er nicht ab und goss in jedes der beiden Gläser etwas von einer perlenden Flüssigkeit.

Sie sah ihn an, versuchte zu lächeln und nickte.

„Nun, Mrs. Clark, wir sollten unsere Zusammenarbeit etwas feiern, das kann ja nicht schaden, wenn wir uns etwas besser kennenlernen. Vertrauen zueinander kann dafür nur dienlich sein, meinen Sie nicht auch, Mrs. Clark?"

Florence sah sich in seinem Büro um und stellte fest, dass es kein Entkommen für sie gab, wenn Cups tat, was sie von ihm mit großer Angst erwartete. Sicherlich hatte er dafür schon Vorkehrungen getroffen, dass sie ungestört blieben. Sie antwortete: „Wenn Sie meinen, Sir."

„Aber ja, Mrs. Clark, eine erfolgreiche Zusammenarbeit erfordert Vertrauen."

„Wollten Sie mir heute Abend die Lebensmittelmarken und Medikamente für meine Tochter geben, Sir?" Kaum konnte Cups ihre Frage verstehen, so leise hatte sie gesprochen. Ihre ganze Haltung drückte ihre Verunsicherung aus. Das gefiel dem Commander. Das Wasser lief ihm im Mund zusammen, er spürte in seiner Hose eine gewisse Enge.

„Aber Mrs. Clark, das habe ich Ihnen doch versprochen, dass ich das tun werde." Cups spürte seine Erregung mehr und mehr. Auf das, was jetzt vor ihm lag, freute er sich schon den ganzen Tag. In allen möglichen Farben hatte er sich ausgemalt, wie er sie sich gefügig machen wollte. Viele Male hatte er das in seinen Gedanken durchgespielt. Cups stand von seinem Stuhl auf und ging zu seinem Schreibtisch herüber, der nur drei Schritte von ihnen entfernt stand. Er zog eine Schublade heraus, entnahm ihr eine kleine Schachtel und eine Karte. Damit ging er zu ihr zurück und beugte sich zu ihr herunter. Vor ihr legte er eine Lebensmittelmarke, die ihrem Besitzer die dreifache Wochenration versprach, und die Medikamente für ihre Tochter Isabella auf den Tisch.

Wie schon am gestrigen Vormittag berührte er Florence wie zufällig, nur war es dieses Mal seine Nase, mit der er ihr Gesicht berührte. Dabei wurde seine Lust größer und er hauchte ihr ins Ohr: „Mrs. Clark, Sie sind eine sehr schöne Frau."

Ihr fuhr ein eiskalter Schauer über den Rücken. Doch mit ihrer Antwort stachelte sie sein Verlangen nach ihr nur noch mehr an. „Bitte, nicht, Sir!"

„Aber, meine Liebe, seien Sie doch nicht so abweisend!" Cups legte ihr seine Arme um die Schultern, und begann sie zu streicheln.

Florence Clark ekelte sich vor Cups. Sie schüttelte seine Hand ab und sorgte damit dafür, dass er sich nicht mehr beherrschen konnte. Der Kerl wollte sie haben. Er wollte sie benutzen. Hier und jetzt, sofort! Wie sich dabei die arme Frau fühlte, war ihm egal. Er war Commander Cups und war es gewöhnt zu bekommen, was er begehrte. Und in diesem Moment begehrte er Florence Clark. Die Frau erkannte, dass sie ihm hilflos ausgeliefert war und er sich nehmen würde, was er sich nehmen wollte.

Der enthemmte Lüstling legte seine Hand in ihren Nacken und drückte hart zu. Er zog sie von ihrem Stuhl hoch und flüsterte ihr ins Ohr: „Nun wehren Sie sich doch nicht so sehr. Dann kann es auch für Sie schön sein."

Er zerrte sein Opfer zum Schreibtisch und drückte sie hinunter. Ungeduldig schob er ihren Rock nach oben, zerriss ihr Höschen und verging sich brutal an ihr. Florence hatte keine Chance, sich dagegen zu wehren und ließ die Erniedrigung still schluchzend über sich ergehen.

Während Florence Clark vor Schmerzen wimmernd noch über dem Schreibtisch lag, zog sich Cups wieder an. Seine Worte klangen zynisch und brutal in ihren Ohren. „Sehen Sie, Mrs. Clark, das war doch gar nicht so schlimm. Wir haben doch beide etwas davon, ich meinen Spaß und Sie satt zu essen und die Medizin, die Ihre Isabella benötigt. Damit können doch alle Beteiligten zufrieden sein."

Als die geschändete Frau ihrem brutalen Vergewaltiger nicht antwortete, warf er ihr die Lebensmittelmarken und das Medikament auf ihren geschändeten Körper und sprach: „Und jetzt sehen Sie zu, dass Sie hier verschwinden. Es muss ja nicht jeder wissen, zu was sie fähig sind. Und nächste Woche sehen wir uns zur gleichen Zeit wieder. Und bringen Sie mir Informationen mit, die ich verwerten kann."

Vor seinem Büro richtete sie ihre Sachen. Ihr gesamter Körper schmerzte. Weinend schleppte sie sich langsam nach Hause. Das Gehen fiel ihr unsagbar schwer. Als sie endlich ihre Wohngrotte erreichte, suchte sie sich ein Handtuch, Seife und saubere Unterwäsche und ein Kleid aus ihrem Schrank heraus. Auch wenn sie nicht mehr laufen konnte, ging sie damit trotzdem ins Gemeinschaftsbad. Erleichtert stellte sie dort fest, dass sie alleine war. Vorsichtig entkleidete und wusch sie sich, während sie duschte, den Schmutz von ihrem immer noch schmerzenden und geschändeten Körper.

Nach einer unruhigen Nacht war sich Florence Clark bewusst, dass es die Angst war, die sie lähmte. Am liebsten würde sie sich aufhängen. Der Tod schien ihr der einzige Ausweg aus ihrem Dilemma zu sein. Aber ihr wurde bewusst, dass sie darauf kein Recht hatte. Sie musste leben, sie musste für Isabella da sein! Ihr Freitod würde ihre Tochter das Leben kosten, davon war Florence Clark überzeugt. Sie fasste einen Entschluss. Sie musste ihre lähmende Angst vor Cups besiegen, bevor sie sich wieder in sein Büro trauen konnte. Sie hatte eine Woche, um täglich daran zu arbeiten. Sie musste sich mental der Demütigung stellen, sie fühlen und ausleben, um davon geheilt zu werden und um neue Energie für ihren inneren Aufbau zu finden. Es kostete sie viel Kraft, aber nur ohne Angst erlaubte sie sich, Cups wieder entgegenzutreten, denn sonst würde er seine Macht über sie weiterhin nutzen und sie wieder und wieder brutal vergewaltigen. Sie stellte sich vor, wie es wäre, wenn sie Cups unter Kontrolle brächte. Das jedoch konnte ihr nur gelingen, wenn sie den Spieß umdrehte. Dieses Schwein sollte sie wie einen Menschen behandeln und nicht wie eine wehrlose Nutte, die für ein Stück Brot alles mit sich machen ließ.

Mit Oliver und Emily Mooth darüber zu sprechen, dass sie dem Commander die Zugangsdaten zur geheimen Internetseite weitergegeben hatte, kam für sie nicht in Frage. Damit würde sie ihren Verrat an ihren Freunden zugeben und sie verlieren. Mit einem Verräter oder einem Spitzel wollte niemand etwas zu tun haben. Aber sie musste ihre Situation entschärfen, ohne jedoch zu wissen, wie sie das anstellen sollte. Der erste Schritt dafür war, ihre Angst unter Kontrolle zu bekommen. Der nächste Schritt war ihr Handeln.

Florence suchte noch einmal das Gemeinschaftsbad auf und wusch sich erneut den Dreck des gestrigen Tages ab. Sie hoffte inständig, nicht schwanger zu werden. Ein Kind dieses Schweines wollte sie nicht bekommen. Aber wenn es tatsächlich so sein sollte, würde sie alles dafür tun, um es wieder loszuwerden. Dafür gab es einige Methoden, die sie anwenden konnte.

Sie ging stets zu Fuß zur Arbeit, denn für die paar Minuten Weg lohnte es sich nicht, einen Wagen zu bestellen. Außerdem saß man in so einem Ding sehr unbequem. Er war nichts anderes als ein etwas besserer Handwagen, der von jemand anderem gezogen werden musste. Einen Wagen, wie ihn die Regierungsangehörigen fuhren, würde es für das Höhlenvolk nie geben.

Alle ihre Sinne waren darauf konzentriert, wie sie Cups von einer erneuten Vergewaltigung abhalten konnte. Auch wenn sie es vielleicht schaffte, ihre Angst vor ihm unter

Kontrolle zu bekommen, so war sie ihm trotzdem immer noch körperlich unterlegen, daran konnte sie nichts ändern. Florence wollte nicht Woche für Woche immer wieder aufs Neue von Cups vergewaltigt werden.

Sie ging an zwei spielenden Kindern vorbei. Dabei hörte sie das Mädchen zum Jungen sagen: „Wenn du mir die Murmeln jetzt nicht gibst, gebe ich dir auch nichts von den Keksen ab!"

Florence blieb wie vom Blitz getroffen auf der Stelle stehen. Das war es. Das war die Lösung für sie. Sie traf einen gewagten Entschluss.

*****

Oliver saß in seinem Labor am PC. Sofort fiel ihm Orson Bones' anonymer Eintrag auf. Was konnte der bedeuten? Wollte ihm hier jemand Waffen anbieten? Aber war das nicht etwas zu einfach? Als sofortige Rückmeldung zu seinem Aufruf zum öffentlichen Aufruhr, ja sogar zum Sturz der Regierung, bot ihm hier jemand Waffen an. Wenn das so war, konnte das doch nur eine Falle sein! Oliver war davon überzeugt. Nur ein Verrückter oder ein Spitzel konnte solch eine Nachricht schreiben.

Wo wollte dieser Mensch, der hier Waffen anbot, sie herhaben? Niemand besaß auch nur eine Pistole oder ein Gewehr, zumindest kein normaler Höhlenbewohner. Also konnte dieses Angebot nur von einem Spitzel stammen. Vom Militär würde niemand auf die Idee kommen, Waffen an unbefugten Dritten weiterzugeben! Und wenn doch, konnte das nur ein Verrückter sein. Verrückte Menschen aber gefährdeten Olivers Vorhaben, das ohnehin schon gefährlich genug war. Bereits sein Aufruf auf der geheimen Internetseite war Hochverrat und würde ihn das Leben kosten, wenn er erwischt werden sollte. Außerdem war er auch davon überzeugt, dass die Internetseite nicht verborgen bleiben konnte. Zu viele Menschen kannten die Zugangsdaten, das alleine barg ein großes Gefahrenpotenzial. Aber was sollten sie machen? Mit ein paar Freunden konnten sie keinen Aufstand organisieren. Die Massen waren es, die eine Rebellion, wie Oliver sie plante, entschieden. Also mussten sie diesen Weg gehen.

Aber auch Waffen entschieden über Erfolg und Nichterfolg eines militärischen Vorhabens. Denn nichts anderes war es, was Oliver mit Emily und allen ihren gemeinsamen und nicht gemeinsamen Freunden planten.

Trotzdem wollte Oliver die Nachricht dieses Unbekannten Menschen nicht übergehen. Aber er musste dabei vorsichtig sein. Deshalb schrieb er:

„Der Kuckuck legt einem anderen Vogel ein falsches Ei ins Nest. Dieser Vogel kennt auch nicht des Kuckucks Namen.

Der Wegbereiter"

Oliver musste warten, bis er eine Antwort bekommen sollte. Das war ihm bewusst. Aber vielleicht durfte er tatsächlich auf Waffen hoffen.

*****

Maria Shift hatte ein schweres Leben hinter sich. Sie war eine Ausgestoßene. Als junges Mädchen verliebte sie sich in einen smarten jungen Mann, mit dem sie, trotz der widrigen Umstände auf dem Planeten, den Himmel auf Erden erlebte. Doch ihr Glück hielt nicht lange an. Als der junge Mann in einem Stützpunkt der regierungstreuen Elite etwas zu Essen organisieren wollte, wurde er dabei entdeckt und verhaftet. Wegen versuchten Diebstahls von Nahrungsmitteln wurde er zu zehn Jahren Zwangsarbeit verurteilt. Ihm gelang die Flucht, aber als er das Gelände des Gefängnisses dieser arbeitsscheuen Elemente über einen Zaun verlassen wollte, wurde er erneut verhaftet und als Rebell zum Tode verurteilt. Das Urteil wurde von Commander Cups sofort vollstreckt.

In Maria brach eine Welt zusammen. Sie hörte auf, an das Gute im Menschen zu glauben. Sie verkroch sich im Wald und lebte dort fortan alleine. Sie ernährte sich von dem, was ihr der Wald an Nahrung bot. Mehrere Jahre ihres Lebens verbrachte sie auf diese Weise.

Eines Tages fiel Maria mit ihren roten Haaren einem Gesetzlosen auf, der im Wald nach Wild jagte. Maria wollte fliehen, aber der Mann verfolgte sie. Es gelang ihm, sie zu überwältigen. Sie lag unter ihm und er drückte ihre Arme auf den Boden. Seine Stimme klang freundlich. Leise sagte er: „Hey, meine Liebe, beruhige dich. Ich will dir nichts Böses. Ich bin Arthur und ich möchte, dass du mit mir in mein Lager kommst. Du kannst unmöglich alleine im Wald bleiben, Wind und Wetter ausgesetzt. Du hast etwas viel Besseres verdient, meine kleine rothaarige Schönheit."

Tatsächlich beruhigte Maria Shift sich und folgte ihm. Ihr Leben besserte sich tatsächlich. Sie hatte wieder Menschen um sich herum und war dankbar, bei ihnen leben zu dürfen. Sie half überall, wo sie es konnte. Und sie half auch Arthur. Insbesondere kümmerte sie sich um Jack, Arthurs Sohn. Der kleine Junge war froh, dass er nun wieder eine Mutti hatte. Beide bauten ein inniges Verhältnis zueinander auf.

Der Junge gab den Ausschlag dafür, dass auch Arthur begann, sich für Maria zu interessieren. Aber seit ihrer Rettung tat er das sowieso schon. Nun hatte sich sein Interesse jedoch deutlich auf einen anderen Schwerpunkt verlegt. Sie wurden Freunde, richtige, gute Freunde. Maria wurde langsam aber stetig von Tag zu Tag glücklicher.

*****

Orson Bones beendete seinen Dienst. Überhaupt war jetzt in der gesamten Dienststelle Feierabend. Commander Cups würde bald nach Hause gehen. Von dem ihm unterstellten Commander Beaver würde keine Gefahr ausgehen. Beaver unterdrückte seinen Unmut auf die Regierung nicht und zeigte sie offen jedem, der bereit war, sich mit ihm darüber zu unterhalten. In Gesprächen vermittelte er den Soldaten seine Einstellung, zog manchmal sogar regelrecht über einzelne Personen der regierungstreuen Elite her und lief damit Gefahr, dass Cups ihn an seine Vorgesetzten verriet. Damit würde Commander Beaver einer Verhaftung nicht mehr entkommen.

Orson Bones vertraute Commander Beaver und er überlegte, ob er ihm die Zugangsdaten zur geheimen Internetseite geben sollte. Aber dann entschied er sich anders und druckte Oliver Mooths Aufruf aus, den er später unerkannt unter Beavers Tür in seine private Wohngrotte schob.

Doch zuvor antwortete er dem Wegbereiter. Seine Nachricht war ähnlich kurz wie die erste:

„Der böse König wird entwaffnet. Der Kuckuck legt keine faulen Eier!"

*****

138

Es war wieder einmal soweit. Florence Clark musste Commander Cups aufsuchen und sollte ihm weitere Informationen bringen, die sie gesammelt hatte. Besonders interessierte sich Cups für Namen. Er wollte die Verantwortlichen für die Internetseite verhaften, bevor sie größeren Schaden anrichten konnten!

Ob er seine Gefangenen auch so sadistisch behandelte wie sie? Dessen war sie sich sicher. Aber Florence wollte sich das nicht länger gefallen lassen und sich trotzdem die Medizin für Isabella von Cups abholen. Dabei sollte der, wenn es nach ihrem Willen ging, sein blaues Wunder erleben. Denn heute sollte er es mit einer anderen Florence Clark zu tun bekommen und nicht mit der von der letzten Woche. Ihre Angst in diesem Moment war genauso groß wie beim letzten Mal, aber noch einmal würde sie so eine Tortur nicht mitmachen. Sie hatte Ihre Angst unter Kontrolle, denn sie wusste, was sie wollte. Sich auf keinen Fall noch einmal von diesem Schwein vergewaltigen lassen!

Pünktlich klopfte sie an Cups' Bürotür, worauf er ein „Herein" rief. Sie öffnete die Tür und trat ein. Cups begrüßte sie: „Schön, dass Sie wieder da sind. Wie geht es Ihnen?"

„Guten Tag, Commander Cups! Wie es mir wirklich geht, wollen Sie doch gar nicht wissen. Sie wollen von mir doch bloß die Informationen, die ich Ihnen als Spitzel verschaffen soll. Lassen Sie sich gesagt sein, dass Sie mich nicht noch einmal vergewaltigen werden. Ich habe Vorsorge getroffen. Falls mir etwas passieren sollte, werden Sie keine ruhige Minute mehr haben. Ich habe jemandem einen verschlossenen Brief zur Aufbewahrung übergeben. Wenn ich verschwinden sollte, wird dieser Jemand den Brief öffnen, ihn lesen und danach an Ihren Vorgesetzten in der Regierung übergeben."

Das war zwar eine glatte Lüge, die ihr eben erst eingefallen war, aber da Florence Clark sie mit Selbstsicherheit vorbrachte, fiel Cups darauf rein. Er wurde unsicher und sagte mit leicht zitternder Stimme: „Aber Mrs. Clark, was soll das denn jetzt? Glauben Sie etwa, dass Sie auf diesem Wege Ihre Lebensmittelmarken und die Medikamente für Ihre Isabella bekommen?"

„Das ist der nächste Punkt, Sir. Glauben Sie etwa, dass Sie auf diese Weise an Informationen von mir herankommen? Ohne Medikamente für meine Tochter keine Informationen, ist das klar, Mr. Cups?" Die letzten beiden Worte betonte sie besonders.

Zunächst war Cups überrascht. Doch dann kam der Kerl wieder zu sich. Wutentbrannt rief er: „Was erlauben Sie sich! Sie gehorchen mir, oder Sie bekommen keine Medikamente mehr für ihre Tochter!"

Florence Clark ließ sich nicht einschüchtern. Ihre Antwort war leise aber energisch. „In Zukunft lassen Sie mich in Ruhe, Commander Cups! Ich bekomme die Medikamente für meine Tochter, und dafür gebe ich Ihnen die Informationen, die Sie von mir erhalten wollen. Mir ist klar geworden, dass Sie niemand anderen als mich in dieser Wohngemeinschaft haben, der für Sie Spitzeldienste erledigt. Sonst würden Sie mich nicht ständig auffordern, Ihnen Material über andere Menschen zu beschaffen. Hören Sie auf, mich wie eine Nutte und einen Fußabtreter zu behandeln, andernfalls werde ich Ihnen keine weiteren Informationen mehr geben – erst recht nicht, wenn Sie mir die Medikamente für meine Tochter vorenthalten."

Florence atmete tief durch, bevor sie weitersprach.

„Sie, Mr. Cups, können mir gar nichts! Umbringen können Sie mich nicht, weil Sie mich brauchen. Also lassen Sie mich gefälligst in Ruhe und geben Sie mir die Medikamente für mein Kind. Entweder Sie halten sich daran, oder Sie stehen dumm da. Anders wird es nicht mehr laufen."

Cups stand wie vom Donner gerührt vor Florence Clark. Er schluckte merklich. Doch dann besann er sich. „Sie überraschen mich, Mrs. Clark. Aber wenn Sie sich da mal nicht irren. Ich kann Sie auch verhaften wegen Beteiligung an einer Verschwörung gegen die Regierung! Wollen Sie das?"

Bei seinen Worten verlor sie ihren Mut. Die alte, lähmende Angst, die sie während der letzten Woche erfolgreich verdrängt hatte, schlich ihr wieder in die Knochen bis hin zu ihrem Herzen. Aber Sie konzentrierte sich auf ihre Aufgabe und blieb standhaft. Nur keinen Millimeter Boden preisgeben, das war jetzt das Wichtigste. Der sadistische Kerl bluffte doch bloß. „Ich, Mr. Cups, will die Medikamente. Sofort! Denken Sie an den Brief! Verhaften Sie mich ruhig, doch das wird für Sie Folgen haben, Commander!"

Cups versuchte noch einmal die Situation zu seinen Gunsten zu drehen. „Mrs. Clark, Sie machen sich doch lächerlich. Was glauben Sie, wer Sie sind? Wollen Sie mir etwa drohen? Mir, dem Commander dieser Wohngemeinschaft und dieses Blockes? Da kann ich nur lachen!"

„Lachen Sie nur, es wird Ihnen schon rechtzeitig vergehen." Florence Clark drehte sich zur Tür um.

„Mrs. Clark, nun übertreiben Sie aber wirklich. Wir können doch über alles reden."

Das war ein anderer Ton. Weich, bittend. Über die Schulter blickte sie zu ihm zurück. „Bekomme ich jetzt meine Medikamente?" Ihr Ton war scharf. Sie strahlte Selbstbewusstsein aus, obwohl sie hinter dieser Fassade immer noch verängstigt und unsicher war.

„Himmel Arsch und Wolkenbruch! Sie sollen ihre scheiß Medikamente haben!" Er ging zum Schreibtisch. Deutlich konnte Florence Clark seine Wut spüren. Als er zu ihr zurückkam, legte er eine Schachtel in ihre offene und ausgestreckte Hand. Sie war darauf vorbereitet, dass er zugreifen würde, aber das traute er sich in diesem Moment nicht.

Erleichtert atmete sie auf. „Heute kann ich Ihnen noch keine Namen nennen. Aber ich bin dran. Auf der Internetseite gibt niemand seinen Namen preis. Niemand weiß etwas und niemand erzählt etwas. Aber ich versuche mein Bestes." Damit verließ sie das Büro des Commanders Cups, der völlig überrascht zurückblieb.

*****

Oliver Mooth dachte nach. Der Kuckuck ging ihm nicht mehr aus dem Kopf. Wenn Oliver dessen Nachricht richtig deutete, wollte auch der sich mit ihm treffen. Was sonst sollte es bedeuten, dass der Kuckuck keine faulen Eier legen würde? Hier ergab sich tatsächlich eine Möglichkeit, um an einige Waffen heran zu kommen. Und was genauso wichtig war, vielleicht gewannen sie auch einige Verbündete. Jetzt war sich Oliver sicher, dass diese möglichen Verbündeten aus dem Militär kamen. Sonst hatte niemand in den Höhlen Waffen, die er anbieten könnte.

Deshalb schrieb Oliver Mooth dem Kuckuck:

„Der Wegbereiter erwartet den Kuckuck. In welches Nest legt er das nächste Ei?"

Vereinbarungen

Commander Beaver fand einen Zettel, als er seine Wohngrotte betrat. Er war ein Mann in den besten Jahren, der vom Leben gezeichnet war und sich dabei seine Gutmütigkeit, insbesondere jungen Menschen gegenüber, bewahrt hatte. Seine Devise war, dass jeder Mensch das Recht hatte, Fehler zu begehen, aber er musste aus ihnen lernen.

Nachdem Beaver den Zettel an sich genommen und gelesen hatte, war er überrascht. Wer könnte ihm einen Aufruf zur Rebellion unter die Tür schieben? Es war seine Pflicht, seinem Vorgesetzten, also dem Commander Cups, zu melden, dass ein Aufstand geplant war. Außerdem musste er ihm dieses Schreiben aushändigen. Aber Beaver war sich sicher, dass Cups das Schreiben schon kannte. Außerdem würde er den Schreiber dieses Aufrufs kompromittieren. War der Wegbereiter die gleiche Person, die ihm diesen Zettel hatte zukommen lassen?

Wer in seiner Dienststelle hatte so viel Vertrauen zu ihm, dass er es wagte, ihm einen Aufruf zum Sturz der Regierung in seine Wohngrotte zu schmuggeln? Da fiel ihm nur ein Name ein. Er griff zum Telefon und rief den wachhabenden Unteroffizier an. Als der das Gespräch annahm, sagte er im Befehlston: „Hier ist Commander Beaver! Schicken Sie Sergeant Bones in meine Privatgrotte!"

Fünf Minuten später, als er die Tür auf ein Klopfen hin öffnete, stand Orson Bones in Habachtstellung vor ihm und schnarrte laut Dienstvorschrift den Satz herunter: „Sergeant Bones steht wie befohlen zur Stelle!"

„Rühren! Und kommen Sie herein", befahl der Commander.

143

Orson Bones kam dem nach und schloss hinter sich die Tür. Danach wartete er auf Beavers nächsten Befehl. Der ging zum du über. Gutmütig sagte er: „Dein Vertrauen ehrt mich, mein Junge. Aber du musst vorsichtiger sein. Sonst haben sie dich bald am Arsch. Und was dann mit dir passiert, kannst du dir doch ausmalen, nicht wahr? Du bist nicht dumm, aber doch ziemlich leichtsinnig."

„Ich verstehe nicht, was Sie meinen, Sir!"

„Du weißt genau, wovon ich rede. Du hast mir den Aufruf zum Sturz der Regierung unter meine Tür durchgeschoben!"

Sollte er das leugnen oder zugeben? Orson Bones musste sich blitzschnell entscheiden. „Vielleicht wollte ich Sie nur darüber informieren, was gerade läuft und trotzdem niemanden anschwärzen, Sir!"

„Setz dich, mein Junge", erwiderte Beaver. Nachdem sie Platz genommen hatten, sprach er weiter: „Wo hast du das her, hast du das verfasst? Oder hast du das nur ausgedruckt?"

„Ich habe es ausgedruckt, Sir!"

„Und wie bist du an die Adresse gekommen?"

„Die wurde mir zugeschoben. Von wem, weiß ich aber nicht."

„Okay. Sei vorsichtig. Wenn du erwischt wirst, stecken wir beide drin, weil ich dich nicht melden werde. Außerdem sollten wir in Erfahrung bringen, wer dir die Zugangsdaten zugeschanzt hat. Aber Vorsicht, denn diese Person muss nicht unbedingt ein Sympathisant dieser Leute sein. Vielleicht wollte der dich reinlegen."

„Und was schlagen Sie vor, was wir jetzt tun sollen?"

„Warte ab und halte mich auf dem Laufenden. Hast du geantwortet?"

„Ja, Sir!"

„Und was?"

„In einer versteckten Botschaft habe ich Waffen angeboten."

Beaver pfiff leise durch die Zähne. Dann sagte er: „Gut, ich verstehe. Dann warte ab, der Wegbereiter wird sich bei dir melden. Und ich versuche herauszufinden, wem wir vertrauen können."

„Er hat sich schon gemeldet, Sir. Ich glaube, er hat Zweifel an meiner Echtheit. Ich habe ihm geschrieben, dass ich kein faules Ei bin. Nun will er mich treffen. Es ist nur ...", Orson machte eine kleine Pause.

Der Commander sah ihm seine Verunsicherung an. Mit einer Geste ermunterte er den jungen Mann, seinen Satz zu vollenden. „Ich fühle mich mit einem Verbündeten wohler. Und da Sie keinen Hehl aus ihrer Einstellung für die Regierung machen, war es für mich das Risiko wert, mich an Sie zu wenden."

„Okay, mein Junge, trotzdem müssen wir aufpassen. Es wäre auffällig, wenn wir uns öfter hier in meiner Wohngrotte treffen. Auch sollten wir uns nicht zu oft in der Öffentlichkeit zusammen sehen lassen. Wenn es Neuigkeiten gibt, dann wirst du mir den Gehorsam verweigern, oder mich nicht grüßen, oder mir freche Antworten geben, damit ich dich bestrafen kann. Dann werde ich dich die Waffenkammer säubern oder andere Dinge machen lassen. Danach hast du einen Grund, zu mir zu kommen. Immerhin musst du die Befehlserfüllung melden. Dabei können wir uns austauschen. Aber erst, wenn ich dir ein Zeichen gegeben habe, damit du weißt, dass die Luft rein ist."

„Na, ja, solange Sie mich nicht die Toiletten reinigen lassen." Orson grinste seinem Vorgesetzten ins Gesicht.

Beaver grinste zurück. „Das ist keine Strafaufgabe für einen Sergeanten."

„Das weiß ich, Sir!"

„Wie willst du den Wegbereiter kennenlernen?", fragte Beaver, ohne auf die Bemerkung des Sergeanten einzugehen.

„Wir tauschen Nachrichten auf der Plattform aus. Dort werden wir uns verabreden und dann hoffentlich auch treffen können. Aber ich glaube, dass er misstrauisch ist", vermutete Orson Bones.

Commander Beaver dachte nach. „Okay, du machst das schon. Aber sei vorsichtig und wage nicht zu viel.

Wenn bei mir etwas Unvorhergesehenes passieren sollte, werde ich eine Inspektion deiner Waffenkammer durchführen, dabei sorge ich dafür, dass ich dich informieren kann. Und du gibst mir Bescheid, wenn es etwas Neues gibt."

„Alles klar, Sir. Dann werde ich jetzt mal gehen oder haben Sie noch etwas für mich?"

„Pass auf dich auf, Orson, du bist noch zu jung, um sinnlos zu sterben!"

*****

Orson Bones setzte sich, nachdem er von Beaver in die Waffenkammer zurückgekehrt war, an seinen PC und checkte die geheime Internetseite. Er fand den Eintrag des Wegbereiters. Es war also soweit, er hatte Vertrauen aufgebaut und wollte ihn treffen. Der junge Mann musste nicht lange überlegen, wann das Treffen stattfinden konnte. Er schrieb mit schnellen Fingern:

„Hallo, Wegbereiter,
Donnerstag, 20.00 Uhr, in der Willkommensbar. Der Kuckuck
ist ein Vogel."

*****

Florence Clark war zufrieden. Sie hatte ihre innere Sicherheit wiedergewonnen. Aber sie wusste auch, dass sie sich auf sehr dünnem Eis bewegte. Wenn Sie Cups nicht bald einige Namen nennen würde, konnte sie ihn nicht auf Abstand halten. Eine Hand wäscht die andere. Nur wenn sie ihren Teil der Abmachung einhielt, konnte sie das auch vom Commander erwarten. Ließ sie ihn zu lange warten, würde er seinem Sadismus nachgeben und sie hätte verloren. Sie entschloss sich, Freya Lee an Cups auszuliefern.

Isabellas Gesundheit war ihr mehr wert als eine Freundin Oliver und Emily Mooths. Außerdem glaubte sie nicht daran, dass ihnen der Aufstand gegen die Regierung die ersehnte Freiheit bringen konnte. Wie sollte das ohne Gewalt, erst recht ohne Waffengewalt funktionieren? Oliver Mooth hatte doch gar keine Waffen.

Doch jetzt stand sie wieder vor der Bürotür des Commander Cups und klopfte mit den Fingerknöcheln dagegen.

Cups rief von drinnen: „Herein!"

Florence Clark öffnete die Tür und trat ein. Cups saß hinter seinem Schreibtisch und grinste sie an. „Wie geht es Ihnen, Mrs. Clark? Ich hoffe doch, dass es Ihnen gut geht!", begrüßte er sie.

„Soweit waren wir schon einmal, Mr. Cups! Geben Sie mir einfach die verdammten Medikamente für meine Tochter, dann bekommen Sie von mir zwei Namen. Und ich will nicht nur Medikamente für eine Woche. Wenn ich Informationen beschaffen kann, bekommen Sie die von mir auf anderen Wegen, dafür müssen wir uns nicht jede Woche treffen. Also, was ist?"

Die Frau überraschte den Commander immer wieder. Das tat sie auch jetzt. Er holte aus seinem Schreibtisch eine kleine Schachtel heraus, legte sie darauf und anschließend legte er drei weitere Schachteln dazu. Danach forderte er: „Und jetzt die Namen, Mrs. Clark!"

„Wenn ich die Schachteln in meine Tasche gelegt habe, Mr. Cups. Sie sind nicht vertrauenswürdig, nicht für mich!" Ihre Entschlossenheit und damit ihr Mut waren ungebrochen. Während Florence Clark die Medikamente einpackte, beobachtete sie den Commander. Cups wurde nervös. Sie glaubte, dass ihr Vergewaltiger davor Angst hatte, seine Privilegien oder sogar seine Freiheit einzubüßen oder dass er vielleicht sogar befürchtete, sein Leben zu verlieren. Sie glaubte, dass er das auf jeden Fall verdient hatte, denn es hatte sich bis zu ihr herumgesprochen, dass er unter anderem auch ein Mörder war. Wenn der zu erwartende Aufstand tatsächlich erfolgreich sein sollte, woran sie nicht glauben konnte, würde Cups auf jeden Fall ins Gefängnis kommen und für alle seine Taten büßen müssen.

Als sie ihre Tasche wieder verschlossen hatte, sagte sie: „Ich weiß, wer die Internetseite programmiert hat. Das war Freya Lee von der Informationsabteilung. Und Oliver Mooth ist der Wegbereiter."

*****

Arthur Smith hatte endlich Zeit, sich mit seinem Sohn zu beschäftigen. Jack genoss es sehr, dass sein Vater mit ihm im Wald unterwegs war. Auch Tante Maria war dabei. Der Junge hatte für einige wenige Stunden das Gefühl, in einer richtigen Familie zu leben.

Immer wieder staunte er, was die Erwachsenen alles wussten. Auch er wollte viel lernen und war stets aufmerksam, wenn er glaubte, etwas Wissenswertes von den Großen erhaschen zu können. Dann prägte er sich das Gehörte gut ein. Wenn sein Papa und Tante Maria ihm zeigten, wie Hasen gejagt wurden, oder er durch sie die verschiedenen Kräuterpflanzen kennenlernte, war er besonders stolz. Außerdem brachten sie ihm bei, welches Kraut gegen welche Krankheit wirkte. Nicht alles davon behielt der Knabe.

Jack war im Grunde ein lieber Junge, der manchmal auch einige Dummheiten im Kopf hatte, aber seine Streiche waren nie bösartig. Im Gegenteil brachte er die Menschen, mit denen er in der Gruppe seines Vaters zusammenlebte, oft zum Lachen. Besonders gefiel es Arthur und Maria, wie lerneifrig der Junge war. Immer wieder stellte er Fragen. Jack wollte genau wissen, wie alles auf der Welt funktionierte.

Und so genossen Arthur, Maria und Jack den Tag gemeinsam im Wald.

*****

Der alte Mann lag auf der harten Holzpritsche in seiner Zelle. Nur weil er es gewagt hatte, aus Hunger zu betteln, war er verhaftet worden. Die Schläge, die er dafür bekam, als er von Commander Cups verhört wurde, würde er sein restliches Leben nie mehr vergessen. Und sein Hunger, den er verspürte, seitdem er sich im Gefängnis befand, war mit dem Hunger in der Freiheit nicht zu vergleichen. Er war viel nagender und fraß tief in seinem Inneren an seinen Eingeweiden und auch an seiner Seele. Der Alte bestand nur noch aus Haut und Knochen. Kaum konnte er noch stehen, das Laufen hatte er schon ganz aufgegeben. Sein Bart wuchs und wuchs. Wasser zum Rasieren bekam er nicht, und waschen konnte er sich auch nicht.

Er wusste, dass er stinken musste wie ein Skunk, denn er konnte seinen eigenen Gestank riechen. Deshalb ekelte er sich vor sich selbst. Wenn er doch nur endlich sterben könnte. Das war sein größter Wunsch. Doch der wurde ihm nicht erfüllt. Den Wunsch, seine Freiheit zu erlangen, vielleicht sogar noch einmal in der Natur spazieren gehen zu können, oder die Sonne und den Mond nur noch einmal im Leben sehen zu dürfen, hatte er schon längst aufgegeben. Sein Leben bestand nur noch aus Pein, Quälereien und aus Hoffnungslosigkeit.

*****

Oliver Mooth las Orson Bones Nachricht. Das Erste, was er belustigt dachte, war: „Klar, der Kuckuck ist ein Vogel, was denn sonst."

Es gab also etwas, das auf ihn aufmerksam machte, aber es musste nicht unbedingt ein Vogel sein. Außerdem wurden die Bars in den Höhlen nicht gut besucht. Es gab kaum etwas zu essen und Getränke waren rar. Das einzige, was es im Überfluss gab, war Mineralwasser. Und das gab es entweder auf Lebensmittelmarken oder man musste es teuer mit Geld bezahlen, das es in den Höhlen auch gab. Aber ein Arbeiter konnte Geld kaum gebrauchen. Nur wer zu Menschen Beziehungen im Lebensmittelbereich hatte, konnte die Währung als Zahlungsmittel einsetzen. Ein Glas Mineralwasser, das extra aufbereitet worden war, kostete für einen Arbeiter der Höhlenmenschen immerhin ein Zehntel seines Monatslohnes. Wer keine Beziehungen zu einem Ernährungsschaffenden hatte, konnte also sein Geld in eine Bar tragen. Die Barbesitzer freuten sich darüber, sie kannten nicht nur einen Mitarbeiter des Lebensmittelbereiches, und konnten das Geld, welches sie für das überteuerte

Wasser von den Arbeitern erpressten, gut in Lebensmittelmarken umtauschen. Hunger oder Durst musste die Familie eines Barbesitzers nicht erleiden.

Am Donnerstagabend sollte es tatsächlich soweit sein, dann wollte sich der Wegbereiter mit dem Kuckuck treffen. Er schickte ihm eine entsprechende Nachricht.

Am Abend erzählte er Emily davon. Sie war nicht gerade begeistert. „Ich mache mir Sorgen um dich. Was ist, wenn der Mann ein Spitzel ist?"

„Dann muss ich fliehen, wenn ich es kann, und wir hauen durch den Tunnel auf die Erde zu Arthur ab."

„Wenn du dann noch fliehen kannst. Wenn die Bar eine Falle sein sollte, kommst du da nicht mehr raus. Schreibe ihm eine neue Nachricht und teile ihm einen Ort mit, der in unserer Nähe liegt und offene Fluchtmöglichkeiten bietet. Im Notfall kannst du dich zu uns durchschlagen und wir fliehen zu Arthur."

Oliver dachte einen Moment über Emilys Worte nach. „Das ist eine gute Idee. Ich werde ihm gleich morgen früh eine Nachricht schicken. Die Haupthöhle ist ein guter Ort. Sie liegt gegenüber des Frauengefängnisses, ist nach allen Seiten hin frei und viele Menschen laufen dort umher, sodass der Einsatz von Schusswaffen nur sehr begrenzt möglich ist. Wenigstens dann, wenn keine unschuldigen Menschen verletzt oder getötet werden sollen."

„Die Regierungstreuen haben es bisher noch nicht gewagt, das Feuer zu eröffnen, wenn Passanten dabei in Mitleidenschaft gezogen werden könnten, und werden das auch jetzt nicht tun", antwortete Emily.

Am nächsten Morgen schrieb Oliver dem Kuckuck eine weitere Nachricht:

„Für den Kuckuck: Neuer Treffpunkt zur gleichen Zeit: Haupt-
höhle an dem alten Goldstollen, der zurzeit ungenutzt ist. Der
Wegbereiter."

*****

Am nächsten Abend erzählte Emily ihrem Mann: „Jessica
hat sich heute bei mir über Mrs. Best beschwert. Sie sagte,
dass Mrs. Best sie nicht leiden mag."

„Bildet sie sich das nicht nur ein?", fragte Oliver.

„Ich weiß nicht, aber für mich hörte sich das nicht so an.
Sie meinte, dass Mrs. Best immer nur den anderen Kindern
beim Anziehen und beim Zubinden der Schuhe hilft. Wenn
Jessica Hilfe anfordert, sage ihr Mrs. Best, dass sie das alles
schon allein können sollte. Außerdem bestätigte mir Ian
das. Er hatte das auch schon mehrmals bemerkt, wenn er
Jessica vom Kindergarten abgeholt hat, dass die Best sie alleine lässt."

„Ich werde mal mit Mrs. Best reden, wenn ich Jessica vom
Kindergarten abholen kann. Solange muss sie das noch er-
tragen", antwortete Oliver.

*****

Am Donnerstag um zwanzig Uhr erreichte Oliver in der
Haupthöhle den alten ungenutzten Goldstollen. Langsam
ging er mehrmals davor Auf und Ab und beobachtete die
Menschen. Einen Kuckuck konnte er nicht erkennen. Vielleicht hatte der Kuckuck auf seinem Hemd oder T-Shirt ein
Bildnis eines Tieres. Aber so etwas fiel auf. Olivers Annahme war nicht sehr wahrscheinlich, auch deshalb nicht, weil
niemand in den Höhlen farbenfrohe und auffällige Kleidung trug. Vielleicht war es doch eine blöde Idee gewesen,

den Ort des Treffens in die Haupthöhle zu verlegen. Denn sehr lange durfte er nicht vor dem alten Stollen herum scharwenzeln, das fiel auf.

Dann sah Oliver einen jungen Mann, der unauffällig eine Feder in der Hand hielt. Ob er der Kuckuck war? Plötzlich witterte Oliver eine Falle. Unruhe ergriff von ihm Besitz. Sollte er den jungen Mann ansprechen oder sollte er das besser sein lassen? Aber dann glaubte er, dass es nicht helfen würde, wenn er nichts tat. Immerhin wollte er, dass das Gespräch mit dem Kuckuck stattfand.

Also versuchte Oliver, sich zu beruhigen und anschließend ging er zu dem jungen Mann. „Guten Abend, mein junger Freund, ich bin nicht von hier und jemand hatte mir erzählt, dass es in der Haupthöhle ein Vogelmuseum geben soll. Ich kann es nicht finden. Kennen sie den Weg dorthin?"

„Meinen sie das Vogelmuseum, in dem es auch Vögel mit schlechtem Benehmen gibt? Den Kuckuck vielleicht?" Der junge Mann schien tatsächlich der Kuckuck zu sein.

„Gibt es denn mehrere Vogelmuseen hier? Das bereitet mir jetzt aber Sorgen, welches ist denn nun der richtige Weg?"

Der junge Mann lächelte. „Da gibt es einen Wegbereiter, den sollten Sie fragen."

„Sie meinen, der kann mir sagen, in welchem Museum ich den Kuckuck finden kann?" Jetzt war sich Oliver sicher, den richtigen Mann getroffen zu haben.

„Ich bringe sie zu ihm."

Oliver folgte ihm einige Schritte und sie nahmen auf einer Bank Platz. Nachdem sie sich gegenseitig gemustert hatten, eröffnete Oliver das Gespräch. „Ich danke Ihnen, dass Sie gekommen sind. Wir kennen uns nicht. Jeder von uns musste damit rechnen, dass er in eine Falle läuft. Deshalb habe ich diesen Ort ausgewählt. Wären meine Befürchtungen bestätigt worden, hätte ich eine realistische Fluchtchance gehabt."

„Ich verstehe Sie, es ist in Ordnung. Ich bin Orson, Orson Bones."

„Und ich bin Oliver Mooth. Ich muss Ihnen wohl vertrauen."

„Das haben Sie bereits getan."

„Es scheint mir, Sie sind ein kluges Kerlchen", scherzte Oliver.

„Wenn Sie das so sehen?" Orson Bones grinste Oliver an.

Der fragte: „Sie können uns Waffen besorgen?"

„Ja, Waffen und vielleicht auch Männer, die ihren Kampf unterstützen."

„Beides wäre super."

„Ich kann Ihnen zweiunddreißig Maschinenpistolen mit Magazinen, die dreißig Patronen enthalten, und achtundzwanzig Sturmgewehre beschaffen. Außerdem ein paar Pistolen. Weitere Munition für alle Waffen ist auch dabei, aber ob die für Ihre Zwecke reichen wird, weiß ich nicht."

„Das hört sich gut an. Mit Munition sollte sowieso sparsam umgegangen werden."

„Ein Offizier steht auf unserer Seite, er wird uns unterstützen. Vielleicht können wir auch noch einige Männer für unser Vorhaben gewinnen."

„Wer ist der Offizier?", wollte Oliver wissen.

„Das sage ich Ihnen nicht. Überhaupt will ich keine Namen wissen und werde Ihnen keine geben. Sollte einer von uns in Gefangenschaft geraten, kann er nicht einmal unter der Folter Namen verraten. Der Aufstand ist wichtiger als Sie und ich es sind."

„Ich bin überrascht, wie weitsichtig Sie in ihrem Alter sind." Oliver glaubte, dass der jungen Orson das Lob verdient hatte.

„Wann soll der Aufstand beginnen? Und wohin soll ich die Waffen liefern?"

„So weit sind wir noch nicht. Kann ich Sie kurzfristig darüber informieren? Und können Sie dann die Waffen genauso kurzfristig liefern?" Oliver hoffte, dass es keine Probleme gab, die Waffen zu beschaffen.

„Das kann ich jetzt nicht versprechen. Ich muss mich erst mit dem Offizier beraten. Wenn der Aufstand beginnt, schalten wir die Kommunikationsanlage aus, damit die Regierungstruppen nicht eingreifen können. Also die Kameras, Lautsprecher, Freisprechanlagen und Telefone. Das Signal dafür wird ein lautes Quietschen der Lautsprecher sein.

Wenn wir erst einmal die Regierung kassiert haben, sollte alles andere kein Problem mehr sein. Aber ich muss wissen, wann und wohin ich die Waffen liefern soll." Orson staunte in diesem Moment über sich selbst. Waren das tatsächlich seine Worte, die er eben dem Wegbereiter gesagt hatte?

„Sie sind ein sehr kluger junger Mann", bestätigte Oliver ihm seine Gedanken, „können wir uns nächsten Donnerstag wieder treffen? Vielleicht an diesem Ort zur gleichen Zeit?"

„Okay, wenn nichts Unvorhergesehenes passiert. Wenn wir uns nicht treffen können, dann einen Tag später. Das sollte ich auf jeden Fall hinbekommen." Orson war voller Hoffnung. Der Aufstand musste gelingen!

Oliver bedankte sich bei dem jungen Mann und sie verabschiedeten sich voneinander.

Gefahren

Freya Lee und Lily Emperor hatten einen gemeinsamen Arbeitsplatz. Sie waren für die Pflege und Programmierung der systemrelevanten Computerprogramme der Regierung verantwortlich. Nebenbei kontrollierten sie, wie oft die geheime Internetseite der Rebellen angeklickt wurde. Aus allen Blöcken und Wohngemeinschaften waren es bereits über eintausendfünfhundert Menschen, die Oliver Mooths Aufruf gelesen hatten. Der Gedanke des Aufstandes wurde damit in alle Wohngemeinschaften der Höhlenbewohner getragen. Das war nicht nur sehr positiv, sondern auch sehr wichtig für den Kampf um die Freiheit für alle Höhlenbewohner und sehr vielversprechend für die Organisatoren des Aufstandes.

Noch wussten weder Freya Lee noch Oliver Mooth, dass sie verraten worden waren und die Kommunikation mithilfe der geheimen Webseite nicht mehr lange funktionieren sollte. Commander Cups sorgte für ihre Löschung. Verhaftungen standen bevor. Der Aufstand war in Gefahr. Auf jeden Fall mussten die Rebellen in der folgenden Zeit einige Einschnitte, ja sogar Verluste hinnehmen.

Lily Emperor und Freya Lee befanden sich gerade in ihrer wohlverdienten Mittagspause und hielten sich in der Kantine der Informationsabteilung auf. Diese war eine systemrelevante Abteilung und ihre Mitarbeiter wurden neben ihren Lebensmittelmarken mit einer täglichen zusätzlichen Mahlzeit für ihre Arbeit entlohnt. Deshalb wünschten sich viele junge Leute, wenn sie von der Schule in die Erwerbstätigkeit wechselten, dass sie von den Aufsehern für diese Bereiche ausgewählt wurden. Wer hier arbeiten durfte, litt keinen Hunger.

Freya Lee und Lily Emperor hatten entschieden, dass sie die Mittagspause nutzen wollten, um in den Genuss der zusätzlichen Essenration zu gelangen. Mittags gab es nicht solch einen großen Andrang in der Kantine wie am Morgen, weil sich die meisten Mitarbeiter ihre zusätzliche Ration zum Frühstock abholten.

Die beiden Frauen saßen nebeneinander an einem Tisch. Sie unterhielten sich und aßen dabei eine Suppe mit undefinierbaren Zutaten. Trotzdem war sie schmackhaft. Auch war sie nicht so dünn wie die in den Gefängnissen.

Unter dem Tisch hielten sie sich ihre Hände. Körperkontakt war den beiden Frauen wichtig, denn ihre Liebe zueinander war sehr innig.

Die Tür des großen Raumes, in dem ein diffuses Licht herrschte, wurde geöffnet. Zwei Soldaten traten ein und gingen zum Tisch, an dem der Chef der Informationsabteilung saß und ebenfalls seine Sonderration einnahm. Freya sah, wie die Soldaten mit ihrem Chef sprachen, aber verstehen konnte sie sie nicht, weil sie zu leise sprachen. Jedoch sah sie, dass ihr Chef zu ihnen herüber zeigte. Danach gingen die Soldaten auf sie zu. Freya hatte nur noch so viel Zeit, dass sie Lilys Hand unter dem Tisch drücken konnte.

„Wer von ihnen ist Freya Lee?", fragte einer der Soldaten.

„Ich bin das", antwortete Freya mit leiser Stimme. Angst befiel sie.

„Sie sind verhaftet, ich fordere Sie auf, mit uns mitzukommen!"

Freya stand auf. Dabei sah sie Lily in die Augen und zwinkerte ihr zu. Zu mehr hatte sie keine Möglichkeit. Sie wurde von den Soldaten in die Mitte genommen und abgeführt.

Lily saß wie versteinert auf ihrem Platz. Auf Suppe war ihr der Appetit vergangen. Sie hatte noch nicht realisiert, was soeben geschehen war.

Ihr Chef kam zu ihr an den Tisch. Er war aufgeregt, seine rechte Hand zitterte. „Warum um alles in der Welt wurde Mrs. Lee verhaftet?"

Lily Emperor sah ihm in die Augen und schüttelte den Kopf. „Tut mir leid. Ich weiß es nicht." Warum sollte sie ihm die Wahrheit sagen? Dann wäre das Opfer sinnlos gewesen, das ihre Freundin Freya auf sich genommen hatte.

*****

Zur gleichen Zeit, als Freya Lee verhaftet wurde, hielten sich Emily und Oliver Mooth in der Kindernische ihrer Wohngrotte auf. In Jessicas Bett, das schon alt war und in dem schon ihr Großvater geschlafen hatte, war ein Brett gebrochen. Das flickte Oliver wieder zusammen. Die Kinder saßen am Tisch im Wohnbereich und spielten „Mensch ärgere dich nicht". Jessica hatte bereits drei Figuren im Spiel und Ian nur eine.

Plötzlich jubelte Jessica voller Freude. „Sechs, schon wieder eine Sechs. Ian, ich habe schon wieder eine Sechs, siehst du das?"

Ian nahm das Glück seiner kleinen Schwester mit Großmut und Freundlichkeit auf. „Ja, ich sehe das. Du hast aber auch wieder ein Glück heute. Wie machst du das nur?" Seine Antwort war nicht weniger laut als Jessicas Jubelschrei zuvor. Ihr freudiges Lachen erwiderte er mit einem Lächeln. Sollte sie nur gewinnen, die kleine niedliche Kröte. Wobei er sich wünschte, auch einmal so viel Glück im Spiel zu haben wie seine Schwester.

„Muss ich jetzt die vierte Figur auch raussetzen?" Jessica sah ihren Bruder mit großen strahlenden Augen an.

Ian freute sich, wenn Jessica glücklich war. „Ja, raussetzen musst du sie, aber du musst nicht das Feld räumen. Sind ja alle Steine im Spiel. Du würfelst noch mal und kannst dann einen deiner Steine setzen. Welchen du nimmst, ist egal. Aber denke daran, wenn du werfen kannst, musst du das tun, sonst verlierst du den Stein, mit dem du werfen kannst."

„Ian, ich habe doch aber schon alle Figuren draußen und du nur eine. Wenn ich die werfe, hast du doch keine mehr, mit der du spielen kannst."

„Das macht nichts, dann darf ich wieder dreimal hintereinander würfeln."

„Bist du dann auch nicht traurig, wenn ich deine Figur rausschmeiße?" Das Mädchen schaute ihren Bruder mit einem ernsthaften Gesichtsausdruck an.

„Nein, das ist doch nur ein Spiel. Nun mach schon, Jessica." Etwas ungeduldig wurde er nun doch.

Jessica stützte ihren Kopf auf ihre Fäustchen, blickte Ian von unten schelmisch an und kicherte. „Und wenn du wieder keine Sechs würfelst, bin ich dran. Ian, weißt du was? Ich glaube du verlierst."

„Das macht nichts, Schwesterchen."

Jessica setzte ihren vierten Spielstein raus und würfelte ein zweites Mal. „Eine Vier, Ian."

Ian bemerkte sofort, dass seine Schwester tatsächlich seine einzige Figur, die er im Spiel hatte, werfen konnte und schwieg.

Nacheinander zählte sie alle ihre Spielsteine um vier Felder auf dem Brett weiter. Der Dritte konnte Ians Spielstein werfen. „Siehst du, nun musst du dreimal würfeln." Sie kicherte erneut und warf seine Figur aus dem Spiel.

Der Knabe kam zu keiner Antwort, denn plötzlich wurde die Tür aufgerissen und zwei Soldaten betraten den Raum. Einer bellte sogleich: „Wo sind eure Eltern?"

Jessica, die eben noch so glücklich gewesen war, begann zu zittern, und sah hilfesuchend zu ihrem Bruder hinüber. Sie rutschte von ihrem Stuhl herunter und ging um den Tisch herum. Als sie Ian erreichte, steckte sie ihr kleines, rechtes Händchen in seine linke Hand und schaute ihn mit großen, angstvollen Augen an. Ian zog sie zu sich heran und legte ihr schützend seine Arme um die Schultern. Geistesgegenwärtig rief er: „Mama, zwei Soldaten sind da!"

Emily bekam einen Schreck. Oliver erging es nicht anders, jedoch Emily reagierte als Erste. „Schnell, Oliver, in den Gang mit dir!"

„Und du?"

„Es sind Soldaten, von mir wollen die nichts, vorerst jedenfalls. Sonst hätten sie jemanden für die Kinder mitgebracht. Nun mach schon, Oliver. Wenn ich es schaffe, komme ich heute Abend nach draußen, dann besprechen wir alles. Und wenn nicht, komme ich morgen zu Arthur."

Oliver kroch in den geheimen Gang und Emily schob Jessicas Bett vor das Loch in der Wand. Dann ging sie in den Wohnraum. „Ruhig bleiben", ermahnte sie sich. „Hoffentlich verplappern sich die Kinder nicht", dachte sie. Als sie die Soldaten erblickte, grüßte sie freundlich. „Was kann ich für Sie tun, meine Herren?"

„Wo ist ihr Mann, Oliver Mooth?", fragte der selbe Soldat, der auch schon mit den Kindern gesprochen hatte.

„Der wird noch auf der Arbeit in seinem Büro sein. Warum fragen Sie nach ihm? Soll ich ihm etwas ausrichten, wenn er nach Hause kommt?" Emily hoffte, dass keines der Kinder sich verplapperte.

„Wer ist der Wegbereiter?", fragte der Soldat weiter. Er schien das Kommando zu haben.

„Wie Wegbereiter? Was meinen Sie?" Sie hoffte, dass die Soldaten ihr das abnahmen, wenn sie sich dumm stellte.

Der Soldat wandte sich zu seinem Begleiter, der eine Brille mit dicken Gläsern trug. „Kontrolliere die anderen Räume, ob er sich irgendwo versteckt hat. Und schau auch in die Schränke und unter den Betten nach."

Emily erschrak und hoffte, dass der Soldat das Loch in der Wand nicht bemerkte. Zunächst ging er in den Schlafbereich der Eltern. Danach verschwand er in der Kindernische. Emily hörte seine schweren Schritte, die auf dem unebenen Fußboden laute klackende Geräusche verursachten. Nach wenigen Augenblicken kam er wieder zurück. „Alles in Ordnung. Nur eine Wand ist defekt." Dann drehte er sich zu Emily und fragte: „Wollen Sie das Loch schließen? Führt es zu den Nachbarn?"

„Ja, beim Erdbeben ist es aufgebrochen. Ich habe es bemerkt, als ich Stimmen gehört hatte. Ich will die Zeit nutzen und es schließen, bevor mein Mann nach Hause kommt."

Emily klopfte vor Aufregung das Herz bis zum Hals. Wahrscheinlich wussten die Soldaten nicht, dass an ihrer Kindernische keine Nachbarn angrenzten. Und sie hoffte, dass sich die Kinder nicht verplapperten. Doch Jessica schmiegte sich immer noch angstvoll an ihren Bruder, der sie sanft an sich drückte. Ian jedoch sah seine Mutter mit großen Augen an. Er verstand, warum seine Mutter die Soldaten beschwindelte und schwieg. Nach einer kurzen Pause fragte Emily: „Soll ich nun meinem Mann etwas ausrichten oder wollen Sie noch einmal zu uns kommen?"

„Bitte richten Sie ihrem Mann aus, dass er sofort in die Kommandantur kommen und sich bei Commander Cups melden soll!"

*****

Freya Lee saß in Handschellen vor Commander Cups, der sie musterte. „Kennen Sie die Seite https://hnw.natur-und-leben.com? Sie werden staunen, auch das Passwort kenne ich. Sonneundregen. Das Passwort stimmt manchmal sogar. Nirgendwo regnet es immer, auch im Regenwald nicht. Es gibt sogar geografische Breiten, in denen es eine Regenzeit gibt. Aber selbst dann regnet es dort nicht immer."

Cups war neugierig auf die Antwort dieser Person. Bestimmt würde sie alles abstreiten.

Jedoch zu seiner Überraschung antwortete Freya Lee: „Ja, selbstverständlich kenne ich die Seite."

„Haben Sie diese Seite programmiert?"

Freya überlegte blitzschnell. Wenn sie verneinte, würden die Regierungstreuen vielleicht auch Lily verhaften. Nein, das wollte sie auf keinen Fall. Warum sollte ihre Geliebte auch noch in den Strudel des Verrats gezogen werden? Denn dass sie verraten worden war, konnte sie sich denken. Nur wer war der Verräter? Oder war es eine Verräterin? Egal, besser war es für alle Beteiligten, wenn sie zugab, die Seite programmiert zu haben.

Cups bemerkte ihr Zögern. „Nun, haben Sie oder haben Sie nicht? So schwer kann es doch nicht sein, eine einfache Frage wie diese zu beantworten. Oder war etwa noch eine zweite Person dabei?"

„Nein, das war ich alleine", gab Freya zu.

„Und wer ist der Wegbereiter?"

Wusste der Kerl etwa alles? Freya hatte Angst. Die ließ sie sich aber nicht anmerken. Mutig fragte sie: „Welcher Wegbereiter?"

„Tun Sie bloß nicht so, als wenn Sie nicht wüssten, wer das ist. Sie programmieren eine Seite, auf der der Wegbereiter sich mit einem Kuckuck austauscht, und Sie wissen nicht, wer das ist?"

Freya Lee hatte keine Kinder. Lily Emperor war das Licht in ihrer Welt. Ihre Geliebte wollte sie beschützen. Wenn sie nur wüsste, wer sie verraten hatte. Aber das würde sie wohl nie erfahren. „Nein, ich kenne ihn nicht. Ich habe eine anonyme schriftliche Anfrage bekommen und habe die beantwortet."

„Okay, wie schriftlich? Handschriftlich oder mit einer Mail?"

„Eine Mail!"

„Haben Sie die noch?"

„Nein, Sir, ich habe sie gelöscht. Wie Sie sehen, waren meine Befürchtungen begründet."

„So, so! Sie kennen den Wegbereiter also nicht?"

„Nein, ich habe die Seite programmiert und ihm eine Nachricht mit den Zugangsdaten geschickt. Mehr kann ich Ihnen dazu leider nicht sagen."

„Aber Sie würden das tun, wenn Sie mehr wüssten?"

„Aber gewiss, Sir."

„Weil Sie ja eine so gute und verantwortungsbewusste Staatsbürgerin sind?"

„Ich weiß, es war dumm von mir, die Seite zu programmieren. Ich wusste nicht, wofür sie benutzt werden sollte." Freya Lee versuchte, heil aus der Sache heraus zu kommen.

„Wissen Sie was, Mrs. Lee. Sie lügen mir hier die Taschen voll. Sie löschen die Mail des Mannes, der Sie bittet, die Seite zu programmieren. Sie wählen ein Passwort, das alles aussagt, was es aussagen soll, um einen Umsturz zu organisieren. Sie geben sogar zu, dass Sie gewisse Befürchtungen hatten und deshalb die Mail gelöscht haben. Aber den Anführer dieser Bande wollen sie nicht kennen?"

Freya versuchte noch einmal, Commander Cups mit einer Ausrede etwas milder zu stimmen. „Sir, das Passwort wurde gewünscht. Ich habe mir nichts dabei gedacht, weil ich weiß, dass auf der Erdoberfläche auch mal die Sonne scheint."

„Woher wollen Sie das denn wissen? Sie waren doch noch nie da draußen!"

„Nein, Sir, das war ich wirklich noch nicht. Aber aus den Erzählungen meiner Eltern und Großeltern weiß ich das."

„Gut, Mrs. Lee, wenn Sie mir nicht sagen wollen, dass Oliver Mooth der Wegbereiter ist, werden wir uns zu diesem Thema woanders weiter unterhalten."

Freya fuhr der Schreck in die Glieder. Sie hatte Mühe, sich zu beherrschen. Cups beobachtete seine Gefangene, konnte aber ihren plötzlichen inneren Aufruhr nicht bemerken. „Glauben Sie mir, es gibt Methoden, die es uns erlauben, aus Ihnen die Wahrheit heraus zu bekommen. Nur werden diese Methoden Ihnen ganz und gar nicht gefallen." Das sprach der Sadist, der Cups innerlich beherrschte. Er leckte sich die Lippen und schluckte seinen Speichel herunter.

*****

Am nächsten Tag saßen Emily und Oliver inmitten von Arthurs Gruppe am Lagerfeuer. Emily beendete ihren Bericht mit den Worten: „Ja, und Freya wurde auch verhaftet. Die wollten also auch dich verhaften, Oliver."

Es herrschte Schweigen. Alle dachten über die Ereignisse des Vortages nach. Endlich brach Arthur das Schweigen. „Es muss unter euch einen Verräter geben."

„Ja, davon bin ich auch überzeugt. Ich frage mich nur, wer das sein kann?", antwortete Oliver.

„Vielleicht der Sergeant?", mutmaßte Arthur.

„Nein, das glaube ich nicht. Warum sollte er das tun. Wir hatten gerade Kontakt zueinander aufgenommen und uns das erste Mal getroffen. Nein, das macht keinen Sinn. Wir hatten vereinbart, dass ich ihm sage, wann der Aufstand losgehen soll, damit er die Waffen in die Haupthöhle bringen kann. Wenn ich danach Besuch von solch unliebsamen Herren bekommen hätte, würde ich es auch glauben. Denn dann könnte er verhindern, dass der Aufstand ausbricht. Aber den Termin dafür kennt er jetzt noch nicht. Er hat noch gar nicht genug Beweise gegen mich gesammelt." Oliver war sich sicher, dass seine Worte der Wahrheit entsprachen.

„Du meinst, das ist ein Zufall?", fragte Emily.

„Nein, ein Zufall kann es nicht sein. Ihr habt in eurer Gruppe einen Verräter. Denkt nach, wer es sein könnte. Wer von euren Leuten ist vielleicht erpressbar?" Arthur gab einen Denkanstoß.

Emily antwortete: „Freya und Lily wären vielleicht erpressbar, sie sind homosexuell. Aber die scheiden aus, weil sie sich nicht selbst ans Messer liefern würden."

Oliver überlegte. „Die Lewis' sind viele Jahre mit uns eng befreundet, den traue ich das nicht zu. Die sind immer für uns da gewesen, wenn wir sie brauchten. Beide neiden uns nichts, im Gegenteil haben sie sich immer für uns gefreut, wenn sich unsere Lebenssituation verbessert hatte."

„Da wäre Florence, ihre Tochter hat Asthma und braucht Medikamente. Die gibt es nicht immer", gab Emily zu bedenken.

„Nachdem George Smith aufgeflogen und verschwunden ist, hatte sie entsetzt reagiert. Ich weiß nicht, das kann ich mir von Florence Clark nicht vorstellen", erwiderte Oliver.

„George Smith?", fragte Arthur.

„Ja, George Smith", bestätigte Oliver, „er war ein Spitzel und hat meine Arbeit sabotiert."

„George Smith muss ein Verwandter von mir sein. Ich erinnere mich, dass mein Großvater einen Bruder hatte. Er hat mir viel von ihm erzählt. Dieser George muss der Enkel vom Bruder meines Großvaters sein. Und der ist ein Verräter. So ein Blödmann." Arthur war enttäuscht.

„Egal, wir werden wohl nicht so schnell darauf kommen, wer der Verräter ist. Aber wir müssen vorsichtig sein", meinte Emily und wandte sie sich Oliver direkt zu: „Wo soll ich dir noch ein paar Sachen hinbringen?"

Arthur kam Oliver zuvor. „Natürlich hierher. Oliver bleibt bei uns. Das ist ja wohl klar."

Oliver sah ihm in die Augen. „Danke, Arthur, das weiß ich zu schätzen."

„Ist ja kein Ding. Wir halten zusammen. Das hatten wir uns geschworen. Aber nun sage mal, wie soll es mit dem Sergeanten weitergehen?"

„Ich werde ihn treffen, wenn es soweit ist", meinte Oliver. Danach sah zu Emily. „Gibt es noch die Internetseite?"

„Nein, die ist nicht mehr erreichbar."

„Dann sollten wir uns genau überlegen, wie es weitergehen soll. Aber nicht mehr heute. Das hat auch noch bis morgen Zeit", entschied Arthur.

Etwas später brachte Oliver seine Frau zum Eingang des Tunnels zurück, durch den sie direkt in ihre Wohngrotte gelangte. Er hatte Emily in den Arm genommen, was sie offensichtlich genoss. So schlenderten sie gemeinsam über den weichen Boden der Erde dahin und schwiegen. Dabei genossen sie auch die warme Luft des Sommers. In die Stille des Abends hinein sagte Emily: „Oliver, ich habe Angst."

„Hey, meine Süße, warum denn? Es wird bestimmt alles wieder gut.

„Das hoffe ich! Aber die wollten dich verhaften. Es war unser Glück, dass wir in der Kindernische waren, als die Soldaten kamen und dass die Kinder so gut reagiert haben. Sonst wärst du jetzt im Gefängnis."

„Aber ich bin frei, freier als jemals zuvor, mein Schatz."

„Nein, Oliver, das bist du nicht. Du bist auf der Flucht, aber nicht frei. Ist dir bewusst, was du riskierst. Du bist in den Augen der Regierung ein Verräter und das wird mit dem Tode bestraft."

Oliver blieb stehen und umarmte Emily. „Bitte, Liebes, beruhige dich. Ich weiß das alles selbst. Aber jetzt sind wir so weit gegangen, nun müssen wir unseren Weg zu Ende gehen. Alles andere wäre dumm. Was in den vergangenen Wochen geschehen ist, können wir nicht mehr ungeschehen machen. Wir müssen zusehen, dass wir den Aufstand so gut organisieren, wie wir können, damit wir erfolgreich sind. Wenn uns das nicht gelingt, leiden nicht nur wir darunter, sondern alle Höhlenmenschen. Und das können wir nicht wollen."

„Du hast recht, aber ich habe so ein blödes Gefühl in der Magengegend. Ich mache mir Sorgen um dich und auch um unsere Kinder."

„Das kann ich verstehen. Dann bringe die Kinder zu mir. Bei mir und Arthur sind sie sicher. Und auch du solltest vielleicht bei uns bleiben. Das wäre mir sehr lieb."

„Du meinst, dass das wirklich notwendig ist?"

„Ja, Emily, das ist sogar sehr notwendig, denn mit dir und den Kindern können die mich unter Druck setzen."

*****

Lily Emperor war am Boden zerstört. Sie saß alleine in ihrer Wohngrotte, ihre Augen waren verweint und sie hatte Angst, Angst um Freya. Was würden die Aufseher ihrer Geliebten antun? Wer hatte sie verraten? Und was sollte und konnte sie, Lily, jetzt tun? Sollte sie vielleicht besser untertauchen? Aber das hing von Freya ab, ob das notwendig wurde. Die Frage, die sich für Lily Emperor daraus ableitete, war, ob sie das im Notfall rechtzeitig erfahren würde.

Freya würde, in diesem Punkt war sich Lily sicher, niemals jemanden verraten, schon gar nicht ihre Geliebte. Aber konnte sie standhalten, selbst dann, wenn sie gefoltert werden sollte? Bei diesem Gedanken schossen Lily erneut die Tränen in die Augen. Niemand sollte ihrer Freya ungestraft wehtun dürfen. Es war schon so schwer genug, als homosexuelles Paar leben zu müssen. Schließlich hatten sie sich das nicht selbst ausgesucht. Ihre Sexualität wurde ihnen mitgegeben. Niemand hatte sie gefragt, ob sie nicht viel lieber heterosexuell werden wollten. Die Natur entschied das. Niemand wusste, warum es verschiedene sexuelle Orientierungen gab. Aber Lily wusste, dass sie Freya liebte und sie wieder zurückhaben wollte. Schlimm genug, dass sie keine gemeinsame Wohngrotte bewohnen durften und ständig Gefahr liefen, verhaftet zu werden.

Lily war sich plötzlich sicher, dass Freya auch unter der Folter standhaft bleiben würde. Sie war eine starke Frau, ihre Liebe zu Lily war mindestens genauso groß und stark, wie ihre eigene zu Freya. Wenn sie jetzt untertauchen würde, machte sie sich selbst verdächtig. Und niemand konnte schon jetzt wissen, wann der Aufstand begann, ob er überhaupt noch beginnen konnte. Außerdem lebten sie in getrennten Wohngrotten. Und noch wusste sie gar nicht, warum Freya verhaftet worden war. Das musste sie zuerst herausbekommen, bevor sie überhaupt etwas unternehmen konnte.

Trotzdem entschloss sie sich, für den Notfall einige Sachen einzupacken, damit sie schnell verschwinden konnte, sollte das erforderlich werden.

*****

Als Emily ihre Wohngrotte erreichte, packte sie schnell einige Dinge ein, die sie mit in Arthurs Lager nehmen wollte. Dabei achtete sie darauf, dass die Kinder ihre eigenen Sachen tragen konnten. Schließlich konnte Emily nicht alles selbst mitnehmen. Der Tunnel ließ das nicht zu.

Als sie das erledigt hatte, machte sie sich auf den Weg zum Kindergarten. Normalerweise holte Ian seine Schwester von dort ab, weil er von der Schule daran vorbei kam und es ihm gefiel, Jessica mitzubringen. Der Junge liebte sie sehr und war stolz darauf, dass auch er sie schon das eine oder andere Mal beschützen konnte und es auch durfte.

Emily sah auf ihre Uhr. Es wurde Zeit, dass sie in den Kindergarten kam. Sie fragte sich, warum der Junge noch nicht mit Jessica zuhause war. Das war sehr ungewöhnlich, denn Ian war in diesen Dingen sehr zuverlässig. Ein Grund mehr für Emilys Angst. Sie ahnte Schlimmes. Mehrere Eltern standen mit ihren Kindern vor den Räumlichkeiten, die als Kindergarten dienten. Als sie herankam, grüßte sie freundlich. Die Eltern, aber auch die Kinder erwiderten ihren Gruß ebenso freundlich. Emily und Oliver organisierten jedes Jahr zur Weihnachtszeit für die Kinder eine Feier, bei der die Jungen und Mädchen zusätzliche Leckereien erhielten. Das vergaßen die Eltern ihnen nicht.

Emily ging in einen Raum hinein, in dem sie ihre kleine Jessica vermutete, doch der Raum war leer. Daraufhin suchte sie die anderen Räume ab, konnte aber weder Jessica noch Ian finden. Wo mochten die Kinder nur stecken?

Sie gesellte sich zu den anderen Eltern. Archie Lewis war zwischenzeitlich auch mit seinem Kind erschienen. Als Emily Mooth und Archie Lewis sich sahen, gingen sie auf einander zu und gaben sich die Hand.

„Wie geht es euch", wollte Archie Lewis wissen.

„Ach, Archie, hör bloß auf. Die wollten Oliver verhaften. Und die Kinder sind jetzt auch noch nicht zuhause. Ian holt Jessica doch immer ab, sie hätten schon längst dort sein müssen. Und Freya wurde gestern auch verhaftet."

„Das ist ja alles furchtbar! Weiß man schon Näheres darüber?"

„Nein, aber ich denke, wir wissen es, womit das zusammenhängt."

Archie Lewis nickte nachdenklich. In diesem Augenblick kam Mrs. Best aus der Tür. Emily entschuldigte sich und ging der Erzieherin entgegen. „Hallo, Mrs. Best, ich wollte Jessica abholen, konnte sie aber nicht finden."

„Es tut mir leid, Mrs. Mooth, Ihnen das mitteilen zu müssen, aber ich darf Ihnen auf Anordnung von Commander Cups Ihre Kinder nicht übergeben. Sie sind in meine Obhut überantwortet worden."

„Wie bitte, habe ich richtig gehört? Commander Cups hat angeordnet, mir meine Kinder vorzuenthalten?" Emily war wütend.

„Bitte, nicht so laut, Mrs. Mooth." Die Kindergärtnerin flehte Emily Mooth an.

„Nicht so laut? Ich schrei' hier so laut 'rum, wie es mir passt. Sie sind hier Erzieherin und hatten unser Vertrauen." Emily schrie die Frau unbeherrscht an.

„Die Regierung hat Ihnen auch vertraut, Mrs. Mooth. Mit Verschwörern hat sie es gar nicht so gerne zu tun. Außerdem befolge ich nur eine Anweisung des Commanders, wenn ich mich um Ihre Kinder kümmere." Auch Mrs. Best wurde nun lauter. Sie fühlte sich nicht wohl in ihrer Haut. Was sollte sie denn auch anderes tun, als den Regierungsbeamten zu gehorchen? Besonders Commander Cups schien ihr ein sehr unangenehmer Mensch zu sein. Sein Ruf, der ihm vorauseilte, ließ sie vor Angst und Schrecken erschaudern.

Zu allem Überfluss wurden jetzt auch noch die anderen Eltern, die mit ihren Kindern vor dem Kindergarten standen und sich miteinander unterhielten, auf sie und Emily Mooth aufmerksam.

Eine Mutter sagte: „Sie können der Frau doch nicht ihre Kinder wegnehmen, die Kinder gehören zu ihren Eltern."

Archie Hoffman versuchte, als Freund der Familie Mooth ebenso auf Mrs. Best einzuwirken. „Mrs. Best, haben sie denn gar kein Herz? Cups hat nicht das Recht, ihnen solche Anweisungen zu geben. Also, bitte, holen Sie Mrs. Mooths Kinder."

Andere Eltern hatten nicht so viel Verständnis wie die fremde Mutter und Archie Lewis. Sie rückten der Erzieherin sehr nahe und beschimpften sie.

Bisher fühlte sich Mrs. Best aufgrund der plötzlich aufgetretenen Situation nicht wohl, aber jetzt befürchtete sie sogar Handgreiflichkeiten. Der Angstschweiß trat ihr auf die Stirn. In welch gefährliche Situation hatte Commander Cups sie nur gebracht? Sie war doch nur eine Frau! Sollte Cups doch tun, was er wollte, aber sie in so eine dumme Angelegenheit hineinzuziehen, war eine Ungeheuerlichkeit. Und das Schlimmste daran war, dass sie sich dieser überaus unangenehmen Situation nicht entziehen konnte.

„Mrs. Best, was Sie tun, ist großes Unrecht, das sollten Sie doch wissen! Das könnte für Sie noch sehr unangenehme Folgen haben", meinte Archie Lewis.

Jemand anderes forderte Mrs. Best auf: „Nun machen sie schon und bringen sie Mrs. Mooth ihre Kinder!"

Mrs. Best dachte: „Was ist das heute nur für ein scheiß Tag. Erst erpresst mich Commander Cups, der von der Regierung alle Freiheiten bekommt, um das System zu schützen, und dabei nutzt er es für seine eigenen Interessen schamlos aus. Und jetzt bin ich den wütenden Eltern hilflos ausgeliefert. Was soll denn heute noch alles passieren?" Aber sie sagte etwas ganz anderes: „Was soll ich denn machen. Wenn ich die Kinder rausgebe, werde ich sterben!" Dann begann sie zu weinen.

Die letzten Worte der Frau saßen. Stille kehrte ein. Einige Eltern bekamen Mitleid mit der Erzieherin. Erinnerungen an Gerüchte wurden wach. An jedem Gerücht schien etwas Wahres zu sein. Man hörte dies und das und auch über die Familie Smith hatte man etwas gehört. War sie tatsächlich umgebracht worden? Wurde das Gerücht über ihren Tod jetzt traurige Gewissheit? War Commander Cups ein Mörder? Niemand konnte das mit Bestimmtheit wissen. Aber diese Annahme war aufgrund Mrs. Bests Bemerkung nicht mehr unbegründet. Wurde Mrs. Best durch Cups wirklich bedroht? Drohte der Kerl ihr mit dem Tode?

„Dann sagen Sie mir doch wenigstens, wo meine Kinder sind", forderte Emily.

„Verstehen Sie denn nicht!?", flehte Mrs. Best. Aber dann sagte sie noch, um Emily zu beruhigen: „Bitte glauben Sie mir, Ihren Kindern geht es gut."

Mit diesen Worten drehte sich die Frau um und verschwand.

Emily eilte zurück zu ihrer Wohngrotte. Sie war vor Wut außer sich. „Was tut man den Menschen in den Höhlen nur an", dachte sie, „es wird Zeit, dass wir den Aufstand beginnen und ihn auch gewinnen." Sie überlegte, wo sich ihre Kinder befinden mochten. Es gab nur zwei Möglichkeiten. Entweder sie befanden sich im Kindergarten oder in Mrs. Bests Wohngrotte.

Den Kindergarten schloss Emily aus, das Risiko, dass die Kinder von dort entkommen konnten, war zu groß. Die vielen verschiedenen Räume, die nicht verschlossen werden konnten, waren für Kinder zum Verstecken wie geschaffen. Auch Mrs. Best war einmal unaufmerksam. In solch einem Augenblick würden Ian und Jessica ein Versteck finden und wenn die Erzieherin sie suchen würde, wäre das eine gute Chance für die beiden, zu ihrer Mutter zu fliehen. Nein, der Kindergarten war für die dauerhafte Unterbringung zweier Kinder gegen ihren Willen nicht geeignet. Emily war sich ganz sicher, dass Mrs. Best Ian und Jessica bei sich zu Hause beaufsichtigen würde und beruhigte sich etwas. Sie nahm an, dass die Erzieherin ihre Kinder nicht sinnlos foltern lassen würde. Aber trotzdem glaubte sie, dass sie Ian und Jessica, falls sie freche Antworten geben sollten, ganz bestimmt körperlich bestrafen würde. Das war noch ein Grund mehr, ihre Kleinen schnell zu befreien.

Emily eilte nach Hause und trank ein Glas Wasser, als es an der Eingangstür zu ihrer Wohngrotte klopfte. Sie öffnete die Tür. Vor ihr standen Lily Emperor und Archie Lewis.

„Kommt rein, ihr beiden", sagte Emily. Sie verspürte immer noch Wut auf Commander Cups und Mrs. Best.

Lily sagte: „Archie hat mir erzählt, was passiert ist. Was hast du jetzt vor?"

„Zu Oliver gehen, er muss wissen, was hier abgeht."

Lily erwiderte: „Dann kommen wir mit. Ich glaube, es wird Zeit, dass Oliver den Sergeanten trifft. Besser noch, Archie geht an Olivers Stelle zu ihm. Wir brauchen Waffen, wenn wir Freya und eure Kinder befreien wollen. Außerdem wird es hier zu gefährlich. Wir sollten den geplanten Aufstand in die Tat umsetzen."

Archie Lewis ergänzte: „Und wenn wir ehrlich sein sollen, möchten wir uns auch einmal ansehen, wie es da draußen so aussieht."

„Dann lasst uns aufbrechen." Emily ging mit ihren Freunden in die Kindernische, zog Jessicas Bett zur Seite und wies auf das Loch in der Wand. „Da geht es raus."

Als Lily und Archie verschwunden waren, kroch sie hinterher. Mit einer Schnur, die Emily an ein Bein des Bettes gebunden hatte, zog sie das Möbel an seinen Ort zurück. Sollte ein Spitzel in die Grotte eindringen, musste man den ja nicht sofort auf den geheimen Gang aufmerksam machen.

Ein Plan

Der Befehl von Commander Beaver lautete, den Verschluss einer defekten Maschinenpistole zu reparieren. Für Orson Bones war das eine Strafarbeit, die er immer wieder aufschob. Als der Termin nahte und er endlich daran gehen wollte, kam etwas dazwischen. Er fluchte wie ein Hafenarbeiter. Natürlich kam es trotzdem, wie es kommen musste. Als Commander Beaver die Erfüllung seines Befehls kontrollierte, musste er feststellen, dass es keine Befehlserfüllung gab.

„Ja, sind Sie denn von allen guten Geistern verlassen? Sie haben meinen Befehl missachtet. Ja, Sie haben sich sogar geweigert, meinen Befehl auszuführen!", schrie Commander Beaver Sergeant Bones an. Der junge Mann stand vor seinem Vorgesetzten stramm und musste eine lange Schimpfkanonade über sich ergehen lassen. Orson Bones Kameraden konnten jedes Wort mit anhören, obwohl sie sich nicht einmal in unmittelbarer Nähe der Waffenkammer aufhielten. So wütend und aufgebracht hatten sie den stellvertretenden Chef der Einheit noch nie erlebt. Sie kannten ihn als einen ruhigen Offizier, der gerne mit den Soldaten lachte, aber auch sauer auf die Regierung war. Daher befürchteten sie, dass Beaver Gefahr lief, strafversetzt zu werden. Das wäre keinesfalls in ihrem Interesse, denn wer immer Beaver ersetzen würde, wäre höchstwahrscheinlich schlechterer Natur als dieser sonst so gutmütige Commander.

Die Soldaten waren überrascht. Solch eine lange und vor allem sehr laute Moralpredigt war niemand vom Commander Beaver gewöhnt. Der schrie sich förmlich die Lunge aus den Hals! Armer Bones! Und jetzt kam auch noch in gleicher Lautstärke der Strafbefehl.

„Und damit Sie als Waffenmeister endlich begreifen, dass ich es nicht dulde, dass Sie so unverantwortlich mit unseren Waffen umgehen, werde ich Sie Commander Cups melden. Haben Sie das verstanden, Sergeant?"

„Ja, Sir, das habe ich", schnurrte Orson Bones herunter.

„Außerdem befehle ich Ihnen, dass Sie den Verschluss bis heute Abend, null Uhr, repariert haben! Genau um null Uhr erwarte ich Sie mit der Waffe in meinem Büro zur Meldung der Befehlserfüllung!" Orson Bones Kameraden vernahmen die Worte des Offiziers.

Endlich ließ Beaver den jungen Mann stehen und rauschte wutentbrannt davon. Es dauerte keine fünf Minuten, als Orson von seinem ersten Kameraden Besuch erhielt.

„Scheiße, was war das denn? So habe ich den ja noch nie erlebt. Wird der jetzt auch wie Cups? Hoffentlich nicht", sagte ein überraschter Matt Day.

Orson wischte sich den Schweiß von der Stirn. Ob das Angstschweiß oder Schweiß von den warmen Temperaturen im Raum war, vermochte Matt Day, nicht zu erkennen.

„Scheiße, Mann, ich weiß auch nicht, was das eben sollte. Ich meine, er hat ja recht. Mir aber gleich zu sagen, dass er mich Cups melden will, halte ich für überflüssig", erwiderte Orson.

„Weißt du was?", fragte Matt.

„Was soll ich denn wissen?"

„Ich habe da was im Internet gelesen. Jemand plant einen Aufstand!" Matt flüsterte, nachdem er sich nach allen Seiten umgedreht hatte, um sich zu vergewissern, dass sie niemand hören konnte.

„Bist du verrückt, Matt, lass das bloß niemanden hören. Du kommst in Teufels Küche!"

„Sind wir das nicht schon?"

„Wie meinst du das?"

„Dass es sich lohnt, die Aufständischen zu unterstützen", flüsterte Matt Day.

Orson überlegte schnell, ob das eine Falle sein könnte, aber Matt war bisher immer ehrlich zu ihm gewesen. Orson war davon überzeugt, dass der Kamerad ihn auch jetzt nicht reinlegen wollte. Trotzdem schluckte er und sah sich sicherheitshalber noch einmal um, um sich davon zu überzeugen, dass wirklich niemand lauschte, bevor er antwortete: „Ich stehe schon mit dem Anführer von denen in Verbindung."

„Das ist ja krass." Matt war überrascht und sein Gesicht strahlte wie die Sonne am blauen Himmel. „Kann ich dabei sein?"

Orson freute sich. Wieder einer mehr, auf den er zählen konnte. Das musste er nachher Beaver erzählen. Jedoch antwortete er: „Klar, wir reden später darüber!" Dann setzte er noch schnell hinzu: „An einem sicheren Ort."

Nach und nach suchten ihn weitere Kameraden auf. Teilweise verliefen die Gespräche mit ihnen ähnlich wie das mit Matt Day.

Genau um null Uhr klopfte Orson Bones an die Bürotür des Commanders Beaver. Nach einem „Herein!" trat der Sergeant ein und meldete sich entsprechend den militärischen Vorschriften.

„Komm, lass gut sein, mein Junge, wir sind alleine. Cups, der Sauhund, ist auf der Oberfläche in eine teure Villa zum Essen eingeladen worden. Den sehen wir vor acht oder neun Uhr nicht wieder. Also, was gibt es Neues? Setz' dich doch, niemand wird uns stören."

Einige Offiziere und Unteroffiziere wussten, dass es für die Elite einen Ausgang zur Erdoberfläche gab. Die Männer, die davon Kenntnis hatten, arbeiteten wie Commander Beaver oder Sergeant Orson Bones in einer leitenden Position. Sie unterlagen dem Geheimnisschutz und waren verpflichtet, darüber zu schweigen. In gewisser Weise schwebte über ihnen das Damoklesschwert, denn wer es wagte, anderen Höhlenbewohnern von diesem Ausgang zu erzählen, riskierte ihren und den eigenen Tod. Da aber auch die Höhlenmenschen leben wollten, hielten sie sich an ihr diesbezügliches Schweigegelübde.

Außerdem hatte Orson auch darüber Kenntnis, dass sich die Elite auf der Erdoberfläche einige Villen und große Gärten angeeignet hatte. Dort wurden alle die Dinge produziert, die man dem allgemeinen Volk vorenthielt. Und das alles hoffte Orson Bones, mithilfe von Oliver Mooth zu beseitigen. Auch er wollte auf der Erdoberfläche und nicht in den Höhlen leben.

„Ihr Auftritt hat mir eine Menge Mitleid eingebracht. Außerdem wollen uns einige Kameraden bei einem Aufstand unterstützen. Viele sind unglücklich, das habe ich deutlich aus den Unterhaltungen herausgehört", erzählte Orson.

Doch Beaver unterbrach ihn sofort: „Warte! Das ist natürlich gut. Aber trotzdem sollten wir vorsichtig sein. Ich will keine Namen wissen. Sollte ich hochgenommen werden, kann ich in einem Verhör keine Namen nennen, auch unter Folter nicht. Wir müssen die Männer schützen. Wie viele sind es denn?"

„Elf Mann haben sich gemeldet. Sie wissen von dem Aufstand, aber nicht, dass Sie dabei sein werden."

„Das ist gut, und lass' es dabei bewenden. Die Jungs müssen das nicht wissen. Wenn wir im Ernstfall von Cups zu den Waffen gerufen werden, gibst du nur den Jungs eine Waffe, von denen du sicher bist, dass sie regierungsfeindlich gesinnt sind. Die anderen bekommen keine Waffe, die nehmen wir selber mit. Die regierungstreuen Soldaten sperren wir in die Waffenkammer ein, dort können sie keinen Schaden anrichten. Was ist mit dem Wegbereiter?"

Orson erzählte ihm von seinem Gespräch mit Oliver Mooth, nannte aber dessen Namen nicht.

„Am Donnerstag könntest du ihn also wieder treffen?"

„Das kommt darauf an, ob er die Waffen haben will."

Beaver sah dem jungen Mann prüfend ins Gesicht. „Welche Waffen willst du ihm bringen? Und wer hilft dir dabei? Waffen sind schwer."

„Namen soll ich Ihnen doch keine nennen!"

„Nein, die will ich auch nicht hören. Aber wer hilft dir dabei, die Waffen zu verstecken, und an welche Waffen denkst du?"

„Die Ersatzwaffen. Es sind Sturmgewehre und Maschinenpistolen. Insgesamt 50 Stück. Es werden mir Jungs helfen, die sich heute Abend als Befürworter des Aufstands gezeigt haben."

Beaver brummte leise vor sich hin, ehe er seine Gedanken aussprach. „Sei vorsichtig, es können auch Spitzel dabei sein. Nimm eine Pistole mit. Notfalls erschieß den Spitzel, wenn du ihn sicher als Spitzel erkennst. Du darfst keine Bedenken dabei haben. Es geht nicht nur um deine Sicherheit, sondern um den Erfolg des Aufstands."

„Der Wegbereiter und ich hatten uns bei unserem ersten Treffen darauf geeinigt, dass auf ein lautes Quietschen der Lautsprecheranlage die Kameras, Telefone und Lautsprechen ausgeschaltet werden. Können Sie das hinkriegen, Commander?", fragte Bones.

„Klar, das ist eine gute Idee. So kann uns niemand in die Quere kommen.

Frage ihn auch, wohin wir unsere Truppe führen sollen, um sie unterstützen zu können. Hilfreich wäre natürlich zu wissen, wann der Aufstand beginnen soll."

Orson bestätigte Beavers Worte, danach trennten sie sich.

*****

„Kannst du dich noch an die Zeit erinnern, als damals die Pandemie ausgebrochen war?", sprach Peter Foster. Vor über fünfzig Jahren war er Angestellter der Stadtverwaltung gewesen. Als die Pandemie ausbrach, nahm er mit seiner jungen Frau und seinen Freunden und Parteikollegen, wie tausende andere Menschen auch, eine Grotte in den Höhlen in seinen Besitz. Dort schenkte ihm seine Elli drei wundervolle Kinder. Peter Foster war Politiker durch und durch und nutzte die sich ihm bietende Gelegenheit und stieg in seiner Partei auf. Die Enge des Höhlenverbundes half ihm dabei. Geduldig wartete er auf seine Chance, die er nach acht Jahren Aufenthalt in den Höhlen am Meer endlich bekam. Er wurde Regierungschef. Als solcher bestimmte er nicht nur die Richtung der Politik. Mit seiner Skrupellosigkeit und Korruption war er für die Versklavung der Menschen in den Höhlen maßgeblich verantwortlich. Wenn er an die damaligen Verhältnisse dachte, musste er lachen. „Wie die Menschen uns in die Höhlen gefolgt waren! Tatsächlich hatten die geglaubt, dass wir sie wieder in ihre heiß geliebte Stadt zurückkehren ließen!" Sein alter fetter Körper wurde durch sein Lachen regelrecht durchgeschüttelt. „Daran darf ich gar nicht denken, ha, ha, ha …"

Er ergriff den vor ihm stehenden Weinkelch und schüttete sich seinen Inhalt in den Schlund. Danach bediente er sich schon zum dritten Male von der Fleischplatte, die in der Mitte des großen Esstisches stand. Ein großes Stückchen vom Wildschwein führte er sich zum Munde und biss herzhaft hinein. Das saftige Fleisch war zart und sehr schmackhaft zubereitet worden. Vorher hatte der Alte bereits vom Rotwild und vom Hirsch probiert, wobei auch diese Stückchen so groß waren, dass von ihnen ein normaler Mann satt geworden wäre. Entsprechend fettleibig war Peter Foster, der sein Leben lang nur die feinsten Speisen gegessen hatte.

Auf einer anderen Fleischplatte hatten die Köche verschiedenes Geflügel angerichtet. Fasane lagen neben Hühnerkeulen, Enten- und Gänsebrüsten und das Fleisch von Puten und Perlhühnern vervollständigte die Gaumenfreuden der am Tisch versammelten Menschen der Regierungselite. Auf einem dritten, großen Teller lagen verschieden große Fleischstückchen von Kaninchen, Lämmern und Rindern sowie unterschiedliche Sorten Schweinefleisch.

Zwischen den Fleischplatten standen Gemüseplatten mit Blumen-, Rot- und Weißkohl, Brokkoli, Bohnen, Erbsen und Wurzeln. Auch Spargel und Schwarzwurzeln, die ein besonderes und herausragendes Gemüse waren, konnte die sich selbst ernannte Elite genießen.

Solche Leckereien waren für die Höhlen- und Waldbewohner unvorstellbare Speisen. Für die Kinder der Höhlenbewohner gab es Mehlsuppe zum Frühstück. Die Waldmenschen konnten zwar jagen, aber auch für sie blieben die Speisen der Elite nur in ihren Träumen ein Genuss.

Verschiedene Biersorten und Weine wurden vom Hauspersonal auf einen Fingerzeig hin gereicht. Wenn jemand von den vornehmen Damen und Herren das Aussehen eines Dieners oder einer Dienerin beschreiben sollte, hätte er oder sie das nicht gekonnt. Die Bediensteten waren ihre Haussklaven und keines Blickes würdig.

„Oh, ja, das muss eine lustige Zeit gewesen sein!", ließ sich ein junger Mann vernehmen, der beinahe wie Commander Cups aussah. Er war die jüngere Ausgabe des verhassten Armee- und Geheimdienstchefs der Wohngemeinschaft und des Blockes, in der Oliver Mooth mit seinen Freunden lebte.

„Oh, ja, mein Sohn, das war es", sagte Peter Foster.

Commander Cups meinte: „Leider durfte auch ich diese Zeit nicht miterleben. Erst ein Jahr später habe ich das Licht dieser Welt erblickt!"

„Dafür kannst du aber auf deinen Vater stolz sein, wie heute dein Junge auf dich", glaubte eine Frau in Cups Alter, erwähnen zu müssen.

„Das bin ich, Mutter, darauf kannst du dich verlassen", erwiderte ihr Sohn. Doch dann wechselte er das Thema. „Aber wisst ihr was? Miller hat ein neues Wochenendgrundstück gefunden. Eine riesige Villa im Küstenwald. Einige Gesetzlose mussten daraus vertrieben werden, aber was gehen die uns an? Jedenfalls baut Miller dort Getreide an, um sein eigenes Brot zu backen. Auf den Kleie-Mist haben wir doch alle keinen Appetit mehr. Wenn es ihm gelingt, eigenes Brot zu backen, will er es unter uns verteilen."

Miller fühlte sich verpflichtet, seinem jungen Freund für dessen Worte zu danken. Dabei biederte er sich Foster, der immer noch sehr einflussreich war, noch mehr an. „Danke, mein lieber Freund, deine Fürsprache ist mir nicht unangenehm. Mit meiner Frau habe ich beschlossen, Wein und Rum herzustellen. Zuerst den Wein und danach wird der gebrannt. Ist zwar kein richtiger Rum, aber der wird gut sein. Wir haben in der Villa Rezepte gefunden, wie man Wein und Schnaps herstellen kann. Jeder von Euch soll eine Flasche als Kostprobe davon bekommen, wenn wir mit der Herstellung Erfolg haben sollten."

„Das werdet ihr bestimmt. Davon bin ich überzeugt", ließ sich Fosters Altherrenstimme vernehmen, „ich finde es toll, dass sich die jungen Leute so sehr für unser Wohl interessieren!"

„Das sollten sie auch", meinte Commander Cups, „immerhin sorgen wir dafür, dass sie sich einer angenehmen Freizeitbeschäftigung hingeben können und nicht arbeiten müssen."

„Und dass sie sich miteinander vergnügen können, wie sie es wollen, ha, ha, ha ..." Das Lachen des alten Foster erfüllte den großen Speisesaal der Villa.

Cups stimmte in das Gelächter des fetten Kerls ein. Dann beruhigte er sich wieder etwas und rief: „Die kennen doch nur ein Vergnügen! Ha, hi, hi, hi ..."

„Papa, so kannst du das aber nicht sehen", beschwerte sich sein Sohn prustend, „immerhin arbeiten wir doch auch wie die Bienen oder wie unsere Sklaven!"

„Ja, ja", bestätigte Miller, „schließlich hängt an unserer Villa ein riesiger Garten dran, und wir müssen nicht nur den Wein ernten, sondern auch das andere Obst und das viele Gemüse, von dem wir euch reichlich abgeben werden."

„Dafür geben wir dir von anderen Dingen ab. Und überhaupt, warum lasst ihr die Ernte nicht von den Leuten aus den Höhlen einbringen?", fragte eine brüskierte aufgedonnerte Lady.

„Damit die sehen, was wir alles besitzen? Das ist keine gute Idee. Die wollen das dann auch haben und werden aufmüpfig. Das können wir nicht ernsthaft wollen", erklärte Cups, „außerdem glaube ich, dass da etwas im Busch ist. Die bereiten etwas vor. Eine Frau habe ich schon verhaften lassen, ein Mann ist auf der Flucht. Aber das wird ihm nichts nutzen. Dafür habe ich seine Kinder."

„Und was machst du mit den beiden, wenn du auch den Kerl hast?", fragte Cups Sohn seinen Vater.

„Was schon. Du weißt doch, dass Sklaven zu funktionieren haben. Wenn sie das nicht mehr tun, dann wirft man sie weg", antwortete der Commander.

„Sie wollen sie also hinrichten lassen?", fragte Miller.

„Selbstverständlich! Wir können es nicht zulassen, dass solche aversiven Elemente an unseren Grundfesten rütteln. Warum fragen Sie, wollen Sie dabei sein, wenn die beiden sterben werden?", antwortete Cups mit einer Gegenfrage.

„Gerne würde ich das. Ich habe noch nie gesehen, wenn ein Mensch getötet wird. Das ist bestimmt interessant", meinte Miller.

Cups schnalzte mit der Zunge und leckte sich die Lippen: „Wenn es soweit ist, sage ich Ihnen Bescheid. Dann können Sie mir sagen, welche Hinrichtungsart Sie wünschen und Ihr Wunsch soll erfüllt werden. Schließlich wollen wir doch alle unseren Spaß haben."

Foster begann, wie wild zu lachen. Kaum konnte er sich beruhigen und mühselig brachte er unter seinem Gelächter hervor: „Oh, ja, das Fußvolk will auch gutes Essen haben. Aber die sollen mal schön ruhig bleiben und für uns arbeiten! Alles andere wird sie teuer zu stehen kommen. Mein lieber Cups, Sie machen das schon richtig."

Dann wechselte der fette, alte Mann das Thema. An die Menschen, die in den Höhlen lebten, musste man keine weiteren Gedanken verschwenden. Deshalb fragte er Miller: „Ich hörte, dass ihr Nutten in den Höhlen sammelt und diese den jungen Herren zuführt!"

Cups Frau war alarmiert und rief ihrem Sohn zu: „Mensch, Junge, pass bloß auf, dass dir dieses ungebildete Volk keine Geschlechtskrankheit verpasst, wenn du dich mit denen vergnügen willst!"

Dem Angesprochenen war die Bemerkung seiner Mutter peinlich. Aber Foster, der neben ihm saß, schlug dem jungen Mann, der nicht einen einzigen Tag in seinem Leben ernsthaft gearbeitet hatte, auf die Schulter und sagte: „Das muss dir aber keineswegs peinlich sein. Glaubst du etwa, dass wir nicht auch in allen Betten herumgefickt haben, als wir noch jung waren? Heute seid ihr jung! Ihr sollt euren Spaß haben und ficken und uns Soldaten zeugen!" Die Party wurde durch den Alkoholgenuss der Gäste immer wilder und ausschweifender. Auch Cups fand sich im Bett einer von ihm verachteten jungen Frau wieder. Seine eigene Frau war ihm zu unansehnlich geworden. Achtung vor Frauen hatte er nicht, und auf den Spaß im Bett wollte er nicht verzichten. Was waren Menschen überhaupt wert? Für Cups und seines Gleichen: Nichts!

*****

Emily trat ins Freie. Die Sonne strahlte ihr genau ins Gesicht und für einen Moment streckte sie sich aus. Endlich geschafft!

Vor ihr hatte Lily den Tunnel verlassen, nach dieser erschien auch schon Archie Lewis' Kopf in der Öffnung der Felswand. Als auch er mit beiden Beinen vor der Höhle stand, blickte er sich neugierig um. Er sah das Meer, den Wald und die weißen Schäfchenwolken am blauen Himmel, dazu das gleißende Licht der Sonne. Außerdem spürte er die Wärme ihrer Strahlen auf seiner Haut.

Endlich strahlte auch er wie die Sonne die beiden Frauen an und hauchte ihnen mit heiserer Stimme entgegen: „Oh Mann, ist das schön hier!"

Auch Lily hatte noch nie in ihrem Leben die Höhlen verlassen und sie bestätigte Archies Worte. „Alleine schon für diesen Anblick hat es sich gelohnt, hierherzukommen.

Wenn doch nur Freya hier wäre und das alles sehen könnte!"

„Das wird sie bestimmt bald können. Davon bin ich überzeugt", sagte Emily.

Nach wenigen Minuten erreichten sie das Lager der Waldmenschen. Arthur Smith und Oliver Mooth saßen gemeinsam an der Blockhütte und unterhielten sich angeregt. Als Oliver die Ankömmlinge entdeckte, sprang er auf und lief seiner Frau entgegen. Als er sie in seine Arme nahm, war sie gegen ihre aufkommenden Tränen machtlos. Emily spürte plötzlich die Anspannung von sich abfallen und eine tiefe Traurigkeit überfiel sie. Sie war eine starke Frau, aber die Ereignisse der letzten Tage, die sich beinahe überschlugen und Aufregung in ihr Leben gebracht hatten, raubten ihr ihre Ausgeglichenheit, die sie sonst so sehr auszeichnete. Emily ließ alles, was sie in den Händen hielt, fallen und klammerte sich an ihrem Mann fest. Sie war am Ende ihrer Kräfte und auch am Ende ihrer psychischen Belastbarkeit angekommen.

„Die Kinder, Oliver, die Kinder …", brachte sie noch hervor, bevor sie begann, hemmungslos zu weinen.

„Was …, wo sind denn die Kinder? Du wolltest sie doch mitbringen!"

„Sie sind uns weggenommen worden …, von der Best und Cups hat ihr das befohlen!" Emily schluchzte.

„Diese Best, ich konnte sie noch nie leiden! Wie kann sie uns das nur antun? Das hat Cups nicht umsonst getan, das schwöre ich dir!" Oliver war aufgebracht, konnte sich wie Emily vor Angst und Schrecken kaum beherrschen. Auch seine Wut war grenzenlos.

Jetzt legte er seine Arme schützend um seine Frau und drückte sie ganz fest an seine Brust. Emily schmiegte sich an ihn. In diesem Moment brauchten sie beide den engen Körperkontakt zum anderen.

Lily und Archie gingen rücksichtsvoll ein paar Schritte weiter, um dem Paar ein bisschen Privatsphäre zu gewähren. Sie sahen sich im Lager um und bemerkten Arthur, der immer noch an der Blockhütte saß. Er erhob sich und ging den beiden Fremden entgegen. Sie reichten sich die Hände und Arthur Smith hieß Lily Emperor und Archie Lewis willkommen. Danach fragte er: „Ist etwas mit den Kindern der beiden?"

Lily nickte: „Sie haben sie Emily weggenommen." Dann erzählte sie, was am Kindergarten geschehen war.

Als sie endete, meinte Arthur: „Der Cups scheint mir ein richtiges Schwein zu sein. Der Kerl muss weg!" Dann besann er sich, sah den Gästen nacheinander in die Augen und sprach: „Aber bitte, lasst uns zur Blockhütte gehen, dort können wir uns in Ruhe unterhalten. Kann ich euch etwas zu trinken anbieten? Möchtet ihr etwas essen?"

Die Angesprochenen sahen sich gegenseitig überrascht von so viel Herzlichkeit und Gastfreundschaft in ihre Gesichter. „Wenn es keine Umstände macht?", erwiderte Lily.

„Warum sollte das Umstände machen?" Arthur Smith verschwand in der Hütte und kam nach wenigen Augenblicken mit einer rothaarigen Schönheit zurück. Beide hielten ein Tablett in ihren Händen und stellten es auf den Tisch ab, den Arthur selbst gebaut hatte. Mit einem freundlichen Lächeln begrüßte die Frau die Neuankömmlinge: „Ich bin Maria. Wollen wir noch einen Moment auf Emily und Oliver warten? Sie werden bestimmt gleich zu uns kommen."

Dabei verteilte sie die schönsten Leckerbissen, die Archie und Lily je gesehen hatten. Ihre Nasen erreichte ein Duft, der ihnen das Wasser im Munde zusammenlaufen ließ. Archie entwich etwas Speichel aus seinem Mund und verschämt wie ein kleiner Junge wischte er sich den Sabber mit dem Ärmel seines Hemdes vom Kinn ab. „Ich bitte um Entschuldigung, das ist mir jetzt aber peinlich."

„Das muss es nicht, wir wissen doch, dass ihr in den Höhlen nicht solch gutes Essen bekommt. Wenn man zum ersten Mal so etwas sieht, dann können einem die Reflexe bestimmt einen Streich spielen", entgegnete Maria gutherzig und verständnisvoll.

Emily hatte sich in der Zwischenzeit beruhigt und kam nun mit ihrem Mann zu den anderen. Die Speisen wurden von ihnen gelobt und ungeniert langten alle zu und genossen die verschiedenen Geschmacksrichtungen der Fleisch- und Gemüsespeisen. Auch mehrere Obstsorten hatten Maria und Arthur bereitgelegt. Die Gäste wurden dazu genötigt, von allem zu probieren. Es herrschte trotz des Schmerzes, den Emily und Oliver wegen des Kindesentzuges erlitten, eine gelöste Stimmung, die von Lily und Archie ausging, weil sie die köstlichen Speisen so sehr genossen.

Nachdem alle satt waren, beschlich Archie eine merkwürdige Müdigkeit. „Ich könnte jetzt schlafen."

„Das nennt man Fresskoma", sagte Arthur und lachte.

„Gerne würde ich erfahren, wie ihr das gemacht habt, dass alles so gut schmeckt. Aber ich glaube, wir haben jetzt doch wichtigere Dinge zu besprechen", meinte Archie und sah die anderen der Reihe nach an.

„Das glaube ich auch!", bestätigte Oliver und fuhr fort, „Emily hat mir erzählt, was passiert ist. Es wird Zeit, dass wir uns wehren. Cups wird immer verrückter und gemeiner, niemand stoppt ihn. Also müssen wir handeln. Aber wenn wir uns für einen Aufstand entscheiden, brauchen wir Unterstützung. Alleine schaffen wir es nicht, unsere Ziele durchzusetzen."

Oliver machte eine Pause, damit seine Worte von den anderen aufgenommen und verstanden werden konnten. Dabei sah er seinen Freunden nacheinander in die Augen. Alle nickten zustimmend. Er räusperte sich und sagte mit belegter Stimme: „Uns muss auch bewusst sein, dass wir dabei sterben können!"

Niemand sagte etwas, aber wieder stimmten sie ihm mit einem Nicken zu.

„Am Donnerstag muss ich in die Höhle. Abends werde ich den Sergeanten treffen, der uns die Waffen liefern will."

An dieser Stelle wurde Oliver von Archie unterbrochen. „Ist es nicht besser, du bleibst hier und ich gehe für dich dahin? Wenn du erwischt wirst, ist unser Aufstand beendet, noch bevor er begonnen hat."

„Nein, das ist so nicht richtig. Ihr könnt unseren Aufstand nicht nur von mir abhängig machen. Ich bin ersetzbar. Arthur ist auf unserer Seite und wird uns unterstützen. Sollte ich tatsächlich ausfallen, dann muss einer von Euch die Fäden in seine Hände nehmen. Außerdem kennt Orson Bones mich. Wenn du ihn ansprichst, Archie, wird er in dir einen Spitzel vermuten und sich nicht zu erkennen geben. Er wird es abstreiten, dass er mich kennt. Das würde das Ende unserer Rebellion bedeuten. Keine Waffen, keine Unterstützung, keine Freiheit auf unserer schönen Erde", erklärte Oliver.

„Und wie willst du unerkannt in die Höhle gelangen?", fragte Emily.

Maria sprang für Oliver ein. „Ich habe noch einige Sachen, mit denen ich Olivers Aussehen verändern kann. Er bekommt eine Perücke und Schminke ins Gesicht. Das sorgt dafür, dass er nicht erkannt werden kann."

„Aber dann erkennt Orson mich doch auch nicht", protestierte Oliver.

„Das ist doch egal, du erkennst ihn doch und er wird sich an deine Stimme erinnern", meinte Arthur.

„Ja, das könnte klappen", glaubte Oliver.

„Hast du einen Plan, wie wir vorgehen wollen?", fragte Archie Lewis.

„Ja, Arthur und ich haben uns Gedanken darüber gemacht. Zuerst brauchen wir die Waffen. Vorausgesetzt ich treffe Orson am Donnerstag. Dann werden wir sie wahrscheinlich am Sonntagmorgen abholen können.

Danach wird Emily mit Lily die Kinder befreien. Wenn sie wirklich bei Mrs. Best sind, sollte es keine Probleme geben. Nur wird die Best danach Cups informieren, das ist ja klar. Aber das macht nichts, wenn er zwei oder drei Soldaten zu ihr schickt, um die Kinder zurückzuholen.

Ihr bringt die Kinder zu unserer Wohngrotte und sie sollen sich sofort auf den Weg nach draußen machen. Ihr müsst schnell handeln, denn euch werden Soldaten verfolgen.

Ian und Jessica sollen sich mit Arthurs Sohn Jack hier in der Blockhütte verstecken. Rechts in der Ecke befindet sich unter dem Stroh eine Falltür. Wenn hier Soldaten auftauchen, verschwinden sie dadurch in eine kleine Höhle. Jack kennt sie. Dort gibt es ein weiteres Versteck. Da gehen die Kinder hin und wenn die Soldaten die Höhle finden sollten, wird sie leer sein. "

Oliver war in Fahrt gekommen und unterrichtete sie über seinen und Arthurs Plan: „Emily, Lily und Florence werden Freya und die anderen Insassinnen aus dem Frauengefängnis befreien. Archie", Oliver sah zu seinem Freund hin, „du wirst ihnen helfen. Vielleicht nimmst du noch ein paar Männer mit. Im Frauengefängnis gibt es viele bewaffnete Aufseher. Seid vorsichtig, ich will euch alle lebend wiedersehen."

Er machte eine Pause, damit seine Worte auf die Freunde wirken konnten. Dann fuhr er fort: „Emily, die Kinder müssen um neun Uhr befreit werden. Danach geht ihr zum Frauengefängnis und um zehn Uhr beginnt ihr mit dem Überfall. Zur gleichen Zeit werden die Soldaten, wie Orson mir das versprochen hat, das Kommunikationsnetz ausschalten. Ich werde es ihm am Donnerstag noch einmal sagen.

Ich hoffe, dass alles so klappt, wie wir es geplant haben.

Ebenfalls um zehn Uhr wird Arthur mit seinen Leuten die Villa der regierungstreuen Elite im Küstenwald angreifen. Somit ist sichergestellt, dass keine Soldaten die Befreiung Freyas behindern. Mit den Aufsehern müsst ihr allein fertig werden."

Archie dachte nach. „Gut, aber das ist nur eine kleine Protestaktion, noch kein Aufstand. Wie soll es danach weitergehen?"

„Ich werde auch um zehn Uhr mit einigen Männern das Gefängnis der Männer angreifen. Dann haben wir an drei verschiedenen Orten Aktionen laufen. Dazu kommt eine Stunde früher die Befreiung unserer Kinder. Das bedeutet, dass Cups seine Kräfte aufteilen muss und so seine Macht empfindlich geschwächt wird. Er kann mit seinen Leuten nicht überall sein. Erst recht dann nicht, wenn Orson Bones einer von denen sein sollte. Der wollte nämlich noch einige Soldaten zum Aufstand mitbringen."

„Trotzdem sind wir nicht genug Leute, um siegen zu können", warf Archie ein.

Arthur antwortete: „Wir glauben, dass viele Menschen auf unserer Seite sind und spontan mitmachen werden. Wenn es uns gelingt, das Kommunikationsnetz auszuschalten, die Gefängnisse unter Kontrolle zu bringen und auch noch einige Soldaten auf unsere Seite zu ziehen, haben wir die Machtzentrale der Regierung gewaltig erschüttert, wenn nicht sogar vernichtet. Wir müssen darauf vertrauen, dass sich unseren Aktionen noch viele andere Menschen anschließen. Und wenn wir in eurer Wohngemeinschaft unsere Aktionen starten, werden sich uns auch in anderen Wohngemeinschaften viele Leute anschließen. Die Zeit ist reif für eine Rebellion. Überall gibt es viele unzufriedene Menschen. Auf die bauen wir!"

*****

Am Donnerstag um zwanzig Uhr traf sich Oliver Mooth mit Orson Bones. Als der Soldat eintraf, gab Oliver sich ihm zu erkennen. Schnell waren sie sich einig. Kurz vor neun Uhr am Sonntag sollten die Waffen in der Haupthöhle den Aufständischen zur Verfügung stehen. Um neun Uhr sollte also der Aufstand mit der Befreiung von Ian und Jessica beginnen.

*****

Am Samstagabend saß Commander Cups an seinem Computer und prüfte seine Nachrichten. Eine davon stammte von Florence Clark.

„Morgen um zehn Uhr gibt es im Frauengefängnis einen Aufstand. Freya Lee soll befreit werden. Ich werde dabei sein, mich aber so verhalten, dass ich keinen Schaden anrichten kann.

Oliver Mooth befindet sich in der Nähe des Küstenwaldes bei einer Gruppe Gesetzloser."

Cups ahnte, dass mehr als nur die Befreiung von Freya Lee geplant sein musste. Aber was konnte das sein? Die Clark hatte ihm doch bestimmt nicht alles mitgeteilt, was

194

sie wusste. Also gut, die würde er sich noch einmal vornehmen müssen. Ob es tatsächlich der Wahrheit entsprach, was sie ihm geschrieben hatte? Ein Aufstand im Frauengefängnis? Nein, das konnte er nicht glauben. So blöde konnte doch kein Mensch sein. Das Frauengefängnis lag gegenüber der Haupthöhle. Von innen konnte es gut verteidigt werden, weil es sehr verwinkelt war und den Aufsehern deshalb gute Schutzmöglichkeiten bot. Außerdem war es möglich, aufgrund der kleinen Zellen in kürzester Zeit viele Hinrichtungen zu vollziehen. Und man konnte aus den benachbarten Wohngemeinschaften durch die Haupthöhle den Aufsehern frische Truppen zuführen und so die Rebellen in die Zange nehmen. Wer kam bloß auf solch eine Schnapsidee. Der Aufstand im Frauengefängnis war schon jetzt zum Scheitern verurteilt. Davon war Commander Cups überzeugt.

Dann wendete er seine Gedanken Oliver Mooth zu. Der war draußen bei den Gesetzlosen? Wie um alles in der Welt war er dahin gekommen? Gab es vielleicht einen geheimen Ausgang, von dem er, Cups, nichts wusste? Ob er sich mit Beaver beraten sollte? Aber was sollte das bringen? Beaver wusste auch nicht mehr als er selbst. Außerdem war der Kerl ihm unterstellt und der würde das tun, was er, Commander Cups, ihm befahl.

Angst hatte Cups nicht, aber ein ungutes Gefühl beschlich ihn trotzdem. Er musste seine Macht ausspielen und den Aufstand unterbinden. Er allein war hier der Macher, nicht dieses kleine Licht Oliver Mooth. Der Aufstand im Gefängnis ging bestimmt auf das Konto dieses blöden Heinis. Na, dem wollte Cups schon noch zeigen, wer hier der Boss war. Den Kerl wollte er ins Gefängnis stecken, ihm würde nichts anderes übrig bleiben, als zu leiden.

Cups nahm sich vor, Oliver Mooth persönlich zu vernehmen, sobald sie diesen Querulanten verhaftet haben würden. Dann sollte der Kerl schon sein blaues Wunder erleben. Immerhin war Cups früher einmal ein Verhörspezialist gewesen. Aber das war schon lange her. Jetzt war er der Commander, also der Befehlshaber dieses Bereiches. Und bald vielleicht der gesamten Armee?

Nun, zuerst war das Problem Mooth zu lösen. Und als Commander hatte er das Recht, das Verhör selbst durchzuführen. Und dabei konnte er nebenbei wieder zum Foltermeister werden. Wie der Kerl winseln sollte, ja, einige tolle Instrumente hatte er immer noch in seinem Folterkeller stehen. Die wollte er unbedingt beim Verhör des Oliver Mooth anwenden.

Plötzlich kam ihm eine Idee. Das Frauengefängnis lag doch der Haupthöhle gegenüber. Wenn er dem Verantwortlichen für die Waffenkammer befahl, die gesamten Ersatzwaffen dorthin zu schaffen, konnte er ohne Probleme einige Reservekräfte an Ort und Stelle mit Waffen versorgen. Anschließend konnte er sich dann mit diesen Kräften den Aufständischen entgegenwerfen. Ihnen den Weg abschneiden. Die waren dann doch schon im Gefängnis und würden dort auch bleiben. Cups beglückwünschte sich zu dieser Idee.

Er griff zum Telefon und wählte die Nummer des wachhabenden Unteroffiziers. Nach nur drei Sekunden wurde das Gespräch angenommen. Cups befahl: „Da Bones heute Abend dienstfrei hat, werden Sie ihn anweisen, die Ersatzwaffen in die Haupthöhle zu schaffen, sobald er wieder zurück ist. Seine Kameraden sollen ihm dabei helfen. Ich brauche die Waffen morgen, am Sonntag, um neun Uhr fünfundvierzig. Setzen Sie unsere Einheit in Alarmbereitschaft. Im Frauengefängnis ist ein Aufstand geplant!"

Der Aufstand

Sonntag, der Tag des Aufstandes. Commander Cups ahnte nicht, dass er mit seinem Befehl, die Ersatzwaffen in die Haupthöhle schaffen zu lassen, den Aufständischen half, sich dieser anzunehmen. Schon um acht Uhr lagen die Waffen an Ort und Stelle und wurden von den Rebellen abgeholt. Neben den Sturmgewehren und Maschinenpistolen befanden sich einige Pistolen, die Orson Bones ebenso in die Haupthöhle bringen ließ.

Die ersten Rebellen, die sich eine Waffe abholen wollten, waren Emily Mooth und Lily Emperor. Orson Bones und Oliver Mooth hatten vereinbart, dass Orson bis neun Uhr fünfzehn in der Haupthöhle blieb, um die Waffen auszugeben und eventuelle Fragen der Rebellen zu ihrem Gebrauch zu beantworten. Bis zu diesem Zeitpunkt sollten die Rebellen bewaffnet sein, weil sie anschließend mit Auseinandersetzungen mit Cups Reserve zu rechnen hatten.

Die beiden Frauen begrüßten den Sergeanten, der freundlich ihren Gruß erwiderte. „Sie sind also Orson, von dem mir mein Mann erzählt hat?", fragte Emily.

„Genau der bin ich, Mrs. Mooth", antwortete der junge Sergeant, „Sie wollen sich auch eine Waffe abholen?"

„Haben Sie nur diese großen Dinger? Damit können wir jetzt kaum durch die Höhlen gehen. Wir wollen zuerst Emilys Kinder befreien", sagte Lily Emperor und wies mit den Händen auf die Maschinenpistolen und Sturmgewehre.

„Da haben Sie wohl recht, noch müssen wir niemanden alarmieren und denen zeigen, dass ihre Zeit der Vergangenheit angehört. Nein, ich habe noch einige Pistolen dabei, die ich auch gereinigt habe. Sie sind einsatzbereit. Ich würde Ihnen empfehlen, diese Waffen zur Befreiung Ihrer Kinder mitzunehmen", erwiderte der junge Mann.

Er entnahm einer Kiste ein Exemplar, erklärte den Frauen ihre Handhabung und übergab sie Lily Emperor. Danach händigte er eine weitere Pistole an Emily aus. Die Frauen hatten sich am Morgen beim Ankleiden aus praktischen Gründen Hosen und Jacken angezogen. Jetzt verschwanden die Waffen im Hosenbund unter den Jacken.

Lily und Emily verließen Orson Bones und machten sich auf den Weg zu Mrs. Bests Wohngrotte. „Hoffentlich sind die Kinder wirklich bei dieser Schlampe, sonst laufen wir Gefahr, dass alles aus dem Ruder läuft", meinte Lily.

„Wo sollen sie sonst sein. Die Best hatte mir ja gesagt, dass Cups angeordnet hatte, die Kinder in ihre Obhut zu geben. Im Kindergarten wird sie Ian und Jessica nicht kontrollieren können. Ein Kindergefängnis gibt es nicht. Ich will jetzt auch nicht daran denken, dass vielleicht alles umsonst gewesen sein könnte", antwortete Emily besorgt.

Ethan Page kam ihnen entgegen. Der junge Mann war ein guter Bekannter der Lewis' und hatte durch sie die Zugangsdaten zur geheimen Internetseite bekommen. Nach einem gemeinsamen Gespräch mit ihnen hatte er sich den Rebellen angeschlossen. „Gehen Sie jetzt zu ihren Kindern, Mrs. Mooth?", fragte er nach einem freundlichen Gruß.

„Ja, ich hoffe, dass sie wirklich bei der Best sind", antwortete Emily.

„Das will ich meinen. Ich habe mit einigen Freunden gesprochen und sie für unsere Sache gewinnen können. In der Haupthöhle wird bald die Hölle los sein, wenn Cups' Leute merken, dass sie keine Waffen bekommen."

„Was macht ihr mit denen?", fragte Lily den jungen Mann.

„Die werden wir in der Haupthöhle im alten Stollen, der zurzeit nicht benutzt wird, gefangen setzen und von zwei Mann mit Maschinenpistolen bewachen lassen. Das sollte funktionieren. Niemand will sterben, Mrs. Emperor, auch Cups' Leute nicht. Wir werden ihnen androhen, dass sie erschossen werden, wenn sie zu fliehen versuchen sollten. Sie müssen ohnehin erst an den Wachen vorbei, und wenn die nicht gerade schlafen, brauchen Cups' Leute an eine Flucht nicht zu denken. Wenn der Aufstand für uns erfolgreich verläuft, dürfen sie danach nach Hause zu ihren Familien gehen", antwortete Ethan Page.

„Super, meinte Emily, es beruhigt mich, dass an alles gedacht ist. Toi, toi, toi für nachher, dass uns alles gut gelingen mag. Ich drücke Ihnen die Daumen, Mr. Page."

Sie verabschiedeten sich und gingen weiter. Einige Minuten später waren sie an ihrem Ziel angekommen. Emily klopfte an die Tür, hinter der sie ihre Kinder vermutete. Lily Emperor postierte sich so neben Emily, dass Mrs. Best sie nicht sehen konnte, wenn sie die Tür öffnete. Vorher hatten sich die Freundinnen davon überzeugt, dass die Tür nach innen aufging.

Als Mrs. Best beim Öffnen Emily erblickte, wollte sie schnell wieder die Tür schließen. Doch Lily Emperor war schneller. Sie warf sich mit ihrer ganzen Kraft dagegen. Die Tür schwang erneut auf und prallte gegen Mrs. Best. Die Erzieherin schrie auf und stürzte. Emily und Lily liefen in die Wohngrotte und warfen die Tür ins Schloss zurück.

Eine große Beule bildete sich an der Stirn der Kindergärtnerin. Sie lag benommen auf dem Boden und stöhnte schmerzgeplagt mehrmals auf. Emily fragte energisch: „Wo sind meine Kinder?"

Mrs. Best sah ihr ins Gesicht: „Das sage ich ihnen nicht!"

Lily zog ihre Pistole und entsicherte sie. „Antworten Sie, oder ihr letztes Stündlein hat geschlagen!"

Die am Boden liegende Frau hatte Angst. In welch eine Situation war sie schon wieder durch den Commander Cups geraten. Warum sollte eine schwache Frau wie sie ihren Kopf für diesen Tyrannen hinhalten? Mit schwacher Stimme antwortete sie: „Im Nebenraum."

Während Lily Mrs. Best bewachte, sah Emily nach ihren Kindern. Als sie die Tür öffnete, sah sie Ian und Jessica auf dem Boden ein Puzzle zusammenfügen. Schnell sprangen die beiden auf und liefen ihrer Mutter entgegen. Die Kinder warfen sich förmlich gegen sie. Emily freute sich, die beiden wieder in ihre Arme schließen zu können. Also hatte sie mit ihren Überlegungen recht gehabt. Sie drückte ihre Kinder fest an sich. Tränen der Freude rannen ihr übers Gesicht. Sie war froh, dass es beiden Kindern gut ging.

„Ist alles in Ordnung mit euch?", fragte Emily.

„Warum soll denn nicht alles in Ordnung sein?", fragte Ian.

„Könnte doch sein, dass euch jemand wehgetan hat", meinte die in diesem Moment glückliche Mutter.

„Nein, Mama", antwortete Ian, „Mrs. Best war sehr nett zu uns und hat uns viel schönes Essen gegeben. Ich glaube, ich habe einen dicken Bauch bekommen."

„Dann ist es ja gut, mein Süßer, dann lasst uns jetzt nach Hause gehen."

Statt einer Antwort meldete sich Jessica zu Wort, die mit ihrer Mama gekuschelt und sie sehr vermisst hatte: „Wo ist Papa, Mama?"

„Papa muss heute arbeiten, meine kleine süße Maus." Emily erzählte den Kindern nichts vom Aufstand, weil sie das nicht verstanden hätten. Ian vielleicht, aber Jessica mit Sicherheit nicht. Die Kinder sollten sich um ihren Vater keine Sorgen machen. Außerdem wusste niemand, was heute noch geschehen sollte. Vielleicht waren Ian und Jessica am Abend schon Waisen. Aber diesen Gedanken schob Emily schnell wieder weit von sich.

Als sie an Mrs. Best vorbeigingen, um sie zu verlassen, sah Emily ihr ins Gesicht. „Die Kinder haben mir erzählt, dass sie zu ihnen sehr nett und fürsorglich waren. Vielen Dank dafür. Außerdem entschuldige ich mich für ihre Kopfverletzung. Das sollte nicht passieren."

Zu Emilys Erstaunen erwiderte die Frau: „Ist schon gut. Ich hätte genauso gehandelt. Nicht Sie sind die Schuldige, sondern Cups. Trotzdem werde ich in einer halben Stunde den Commander über die Befreiung ihrer Kinder informieren."

„Ich weiß, dass Sie das tun müssen." Emily drehte sich um und ging. Nun galt es, schnell nach Hause zurückzukehren. Die Zeit war knapp.

*****

Zur gleichen Zeit saßen sich Commander Beaver und Matt Day in der Kommandozentrale gegenüber. Matt Day war von Orson Bones auf Beavers Anfrage geschickt worden, weil Bones sich für den beginnenden Aufstand bereithalten musste.

Bones hatte Commander Beaver darüber informiert, auf welche Objekte die Rebellen sich mit ihren Kampfhandlungen an diesem Tag konzentrieren wollten, und dass Oliver Mooth der Anführer des Aufstandes war.

Beaver überlegte, wie er Cups ausschalten konnte. Außerdem wollte er sich vergewissern, ob Matt Day zuverlässig war. „Matt", sprach er den jungen Mann vertraulich an.

„Ich höre, Sir", erwiderte Matt interessiert.

„Wie stehst du zu Cups?" Beaver ging direkt auf sein Anliegen los.

Matt war über diese Frage überrascht. Was sollte er dazu sagen? Dass er glaubte, dass Cups ein Arschloch war? Das ging nicht. Immerhin war Beaver dessen Stellvertreter und er hatte sehr gut im Gedächtnis behalten, wie dieser seinen Kumpel Orson niedergemacht hatte, als der den Verschluss der Maschinenpistole nicht repariert hatte. Deshalb fragte er vorsichtig: „Wie soll ich das verstehen, Sir?"

„Glaubst du, dass Cups ein guter Mensch ist und du dich auf ihn verlassen kannst? Vertraust du ihm?" Beaver wusste, dass er sich weit aus dem Fenster lehnte, aber Bones hatte zu Day Vertrauen, also sollte das Risiko gering sein. Nicht umsonst sollte Day mit ihm heute seinen Dienst versehen.

„Ich weiß nicht, Sir, ich kenne Cups zu wenig."

Das war eine diplomatische Antwort mit der Beaver nicht zufrieden war. „Gut, dann will ich dir eine andere Frage stellen: Kann ich mich auf dich verlassen, egal was passiert?"

Matt sah seinen Vorgesetzten mit großen Augen an. „Sie wollen doch nicht etwa …"

„Doch, mein Junge, heute wird etwas Ungewöhnliches und vielleicht für uns Gefährliches geschehen. Aber ich möchte vorher gerne wissen, ob ich mich in jeder Situation auf dich verlassen kann, ob du mir zur Seite stehst und mir hilfst."

Plötzlich wusste Matt Day, was Commander Beaver meinte. „Natürlich können Sie sich auf mich verlassen, Sir."

„Gut, mein Junge, das freut mich." Beaver dachte nach.

Matt bemerkte das und wollte ihn nicht stören, obwohl er noch so viele Fragen hatte. Doch dann sagte der Commander: „Ich habe einen Auftrag für dich. Es sollte gerade noch klappen, dass du Orson Bones in der Haupthöhle antriffst. Bitte gehe zu ihm und bringe ihm die Handfunkgeräte aus dem Schränkchen vom Befehlsstand. Und eines davon gibst du mir. Beeile dich aber. Ich brauche dich gleich wieder hier."

Matt tat, was Beaver ihm aufgetragen hatte. Der junge Mann war total aufgeregt. Er freute sich, vielleicht endlich diesem ganzen Schlamassel zu entkommen. Aber er hatte auch Angst, dass er, wenn es zu Kampfhandlungen kommen sollte, den Abend nicht mehr erleben würde. Matt versuchte, sich selbst zu beruhigen.

Etwas später traf er in der Haupthöhle ein und übergab Orson Bones die Funkgeräte. „Sage mal, Orson, hast du Angst, dass du vielleicht erschossen werden könntest, wenn wir kämpfen müssen?"

„Na, klar habe ich davor Angst. Aber du darfst gar nicht daran denken. Je mehr du daran denkst, desto größer ist die Wahrscheinlichkeit, dass genau das passieren wird. Denke nicht daran, dann bist du nicht abgelenkt, sondern sei wachsam und pass' mehr auf. Und schon steigt die Wahrscheinlichkeit wieder, dass du überlebst", erklärte Orson.

Das erschien Matt Day einleuchtend zu sein. Er dankte Orson Bones für seine erklärenden Worte, verabschiedete sich von ihm und eilte zurück zu Beaver in die Kommandozentrale. Er meldete seinem Vorgesetzten: „Sir, es ist alles erledigt. Ich habe Orson noch angetroffen."

Beaver dankte ihm und ließ Matt den Befehlsstand übernehmen, der sich prompt an das Schaltpult setzte.

In diesem Moment kam Cups in die Kommandozentrale. Matt Day sprang von seinem Stuhl auf und salutierte vorschriftsmäßig.

Beaver blieb gelassen.

„Ich will einen Blick auf die Monitore werfen. Will wissen, was überall los ist. Im Frauengefängnis soll ein Aufstand stattfinden. Ist da vielleicht schon etwas zu erkennen, Soldat Day?"

Dem jungen Mann wurde ganz heiß. „Nein, Sir, es ist alles ruhig", antwortete er.

Dann wandte sich Cups Commander Beaver zu und sagte: „Ich wurde darüber informiert, dass im Frauengefängnis um zehn Uhr ein Aufstand ausbrechen soll. Aber irgendwie habe ich das Gefühl, dass das nicht alles ist. Seien Sie wachsam, Beaver. Ich will nicht, dass wir Probleme bekommen. Sicherheitshalber habe ich die Reserve mobilisiert. Die wissen Bescheid und sind rechtzeitig vor Ort, um eingreifen zu können. Sollen die nur versuchen, das Frauengefängnis zu stürmen. Und innen habe ich auch meine Vorkehrungen getroffen."

„Sie hatten mich darüber aber noch gar nicht informiert, Cups. Das finde ich nicht gut. Ich muss doch über solche wichtigen Dinge Bescheid wissen, wenn ich Dienst habe. Wie soll ich sonst für eine wirksame Gegenwehr sorgen?", beschwerte sich Beaver.

„Ich weiß das doch selbst erst seit gestern Abend. Sollte ich Sie etwa in Ihrer Wohngrotte stören? Ich habe alles organisiert, was zu organisieren möglich war und jetzt bin ich doch hier. Ich übernehme die Kommandozentrale und den Befehlsstand und Sie stehen mir zur Seite, bis wir den Schlamassel überstanden haben."

Danach drehte Cups sich zu Matt Day. „Legen Sie besonderes Augenmerk auf das Frauengefängnis. Ich will sofort wissen, wenn dort etwas geschieht. Haben Sie das verstanden?", fragte Cups im Befehlston. Es war ihm deutlich anzumerken, dass er nervös war.

„Ja, Sir", antwortete Matt Day.

„Ich kann nicht glauben, dass jemand so dumm ist, ein Gefängnis zu überfallen. Dort sind doch bewaffnete Aufseher", meinte Beaver. Er wusste, dass um zehn Uhr der Aufstand beginnen sollte. Die Rebellen, allen voran Oliver Mooth, warteten auf sein Signal – die quietschenden Lautsprecher. Er war verwirrt. Wie sollte er es schaffen, zur gleichen Zeit die Kommandozentrale lahmzulegen und zur Waffenkammer zu eilen, um dort über die Soldaten, die die Aufständischen unterstützen wollten, den Befehl zu übernehmen? Wie konnte er Cups ausschalten? Die Zeit lief.

„Eben drum, es ist so dumm, dass man vielleicht doch damit rechnen muss. Aber die werden ihr blaues Wunder erleben", meinte Cups.

Noch fünf Minuten. Beaver löste vorsichtig - und von Cups unbemerkt - den Gurt seines Pistolenhalfters, damit er seine Waffe, wenn es notwendig werden sollte, schneller herausziehen konnte. Auch entsicherte er sie. Cups starrte neben Matt Day auf die Monitore.

Nur noch vier Minuten, bis der Aufstand planmäßig beginnen sollte. Dass Cups die Kommandozentrale verlassen würde, dafür gab es zu allem Übel keine Hoffnung mehr. Plötzlich klingelte ein Telefon am Befehlsstand. Cups ging ran. Dann begann er zu fluchen: „Diese beiden Drecksweiber! Da schicke ich sofort Soldaten hin und lasse sie verhaften. Das haben die nicht umsonst getan!"

Dann legte er auf und befahl Beaver mit gerötetem Gesicht: „Befehlen Sie zwei Soldaten zu den Mooths und auch zwei zu der Emperor. Die beiden Weiber sollen sofort verhaftet werden!"

Beaver schaute zur Uhr. Sie zeigte die zehnte Stunde an. Cups würde die Kommandozentrale nicht freiwillig räumen. Er musste handeln. „Nein, Commander Cups, ich enthebe Sie ihres Postens. Sie sind verhaftet!"

Aus Cups' Gesicht entwich alle Farbe. Er stammelte: „Was erlauben Sie sich?! Das ist Befehlsverweigerung! Ja, das ist sogar Meuterei! Dafür bringe ich Sie vors Kriegsgericht!"

Beaver ließ Cups nicht aus den Augen. Matt Day starrte Beaver ungläubig an. Es war also wirklich wahr? Beaver läutete den Aufstand ein? Jetzt sollte es losgehen? In diesem Augenblick? Schon hörte er die Frage seines Chefs: „Matt, weißt du, wie die Lautsprecher übersteuert werden?"

„Ja, Sir …", Matt konnte seine Antwort nicht vollenden.

„Dann tue es. Sofort. Und löse für die Truppe den Alarm aus …", weiter kam Beaver nicht. Cups stürzte sich auf ihn. Doch Beaver, der damit gerechnet hatte, dass sich sein Vorgesetzter nicht so leicht ergeben würde, holte aus und schlug mit eisenharter Faust zu. Cups, der diese Reaktion Beavers nicht vorhergesehen hatte, lief in den Schlag hinein. Beavers Faust krachte wie ein Granitbrocken gegen seine Nase. Es knackte laut und Cups jaulte auf.

Ruhig sagte Beaver zu ihm: „Cups, geben Sie auf. Es hat keinen Sinn, sich zu wehren!"

„Niemals, du Schwein! Du hast mir die Nase gebrochen, dafür erschieße ich dich!", rief Cups wütend.

Matt übersteuerte indessen die Lautsprecher. Die schrien plötzlich mit einem grellen, quietschenden Geräusch förmlich auf. Deshalb verstand Beaver Cups' Worte nicht. Als das Geräusch nachließ befahl Beaver: „Matt, alles ausschalten, sofort!"

Dadurch war Beaver abgelenkt. Cups nutzte seine sich ihm bietende Chance, zog seine Pistole und richtete ihren Lauf auf Beaver. Das bemerkte dieser zu spät. Hasserfüllt schleuderte Cups ihm seine Worte entgegen: „Na, du Sauhund, hast du mich unterschätzt? Hast dich von deinem Komplizen ablenken lassen? Jetzt ist Schluss! Hände hinter den Kopf!"

Matt drückte schnell den Hauptschalter. Die Bildschirme erloschen. Die Lautsprecher gaben ein letztes knackendes Geräusch von sich. Ebenso knackte die Freisprechanlage. Die gesamte Kommunikationsanlage funktionierte nicht mehr. Matt hatte Cups' Worte vernommen. Er wusste, dass der miese Commander auch ihn zur Verantwortung ziehen würde, wenn er nicht schnell genug handelte. Unter dem Tisch schaute er nach einem schweren Papierkorb aus Eisen, den warf er Cups zwischen die Schulterblätter. Krachend fiel der Behälter vom Rücken des verhassten Mannes auf den Boden.

Cups stöhnte auf und drehte sich leicht zu Matt um. Dabei bewegte er unbewusst den Arm mit der Pistole fort von seinem Ziel. Beaver erkannte seine Chance. Schnell entnahm er seinem Halfter die Pistole, überlegte nicht lange und schoss. Die Kugel schlug Cups ins rechte Knie. Der schrie auf. Noch im Fallen schoss er auf seinen Kontrahenten, aber verpasste ihn knapp. Die Kugel pfiff an Beavers Ohr vorbei. Deshalb schoss Beaver noch einmal. Cups sackte in sich zusammen. Reglos blieb er am Boden liegen. Matt ging ein paar Schritte auf ihn zu und erblickte mitten auf Cups' Stirn ein kleines, beinahe rundes Loch.

„Ist er tot?", fragte der junge Mann ungläubig.

Beaver antwortete: „Ja, er ließ mir keine andere Wahl. Ich wollte ihn nicht erschießen, sondern vor ein ordentliches Gericht stellen. Aber nun ist es vorbei." Beaver besann sich und setzte hinterher: „Komm, Junge, wir müssen zur Waffenkammer."

*****

Am frühen Morgen wachte Jack aus einem beunruhigenden Traum auf. Er hatte Angst. Angst um seinen Vater.

Und Angst um Maria, die ihm eine Mutter geworden war. Was heute geschehen sollte, hatte ihm sein Vater am vorigen Abend erzählt und ihm dabei erklärt, warum die Erwachsenen ihre Waffen gereinigt und kontrolliert hatten. Sie wollten eine Villa angreifen. Eine große Villa. Sie wollten die Menschen, die darin wohnten, vertreiben, weil sie böse waren und dafür sorgten, dass er mit seinem Vater, Maria und den anderen Erwachsenen, die mit ihnen hier im Wald lebten, kein richtiges Zuhause hatten. Der Junge wusste, dass es in der Nähe eine Villa gab, aber wenn sie die besuchen wollten, wurden sie von dort vertrieben. Die bösen Menschen hatten dafür sogar schon einen Mann aus ihrer Gruppe getötet.

Außerdem hatte sein Papa ihm erklärt, dass es ein großes Unrecht war, dass sie nicht gemeinsam friedlich zusammenleben durften und dass dieses Unrecht endlich beendet werden musste. Niemand habe das Recht, ihnen das Leben schwer zu machen und der Papa wollte jetzt mit den Höhlenmenschen gemeinsam dafür sorgen, dass sich ihr Leben verbesserte.

Und er sollte die Kinder des Höhlenmenschen, der jetzt bei ihnen wohnte, in die versteckte Höhle bringen und dort mit ihnen warten, bis die Erwachsenen zurückkommen würden. Ob sie ihr Versprechen halten konnten? Jack hoffte es.

Aber auch Arthur, Jacks Vater, hatte eine unruhige Nacht. Immer wieder ging er im Geiste seinen Plan zum Angriff auf die Villa durch. Hatte er auch nichts übersehen? Alles hing davon ab, dass sie sich von zwei Seiten unbemerkt anschleichen konnten. Um Punkt zehn Uhr würden sie mit der Erstürmung des Gebäudes beginnen.

Arthur war sich sicher, dass es eine schwierige Aufgabe sein würde. Denn die Menschen in der Villa waren bewaffnet und konnten durchaus gut schießen. Aber der Überraschungseffekt war auf ihrer Seite und sollte ihm und seinen Leuten den nötigen Vorteil verschaffen. Dass einige Frauen dabei sein würden, gefiel ihm jedoch gar nicht. Vor allem nicht, dass Maria mitkämpfen wollte. Er wollte es ihr ausreden, sagte ihr, dass er dabei verwundet oder gar getötet werden konnte, und sie dann für seinen Jungen da sein musste. Aber seine Argumente hatte sie nicht akzeptiert. Er hatte sie gebeten, sie angefleht, aber auch das nutzte nichts.

Es war Zeit zum Aufstehen. Nach der Morgentoilette und dem Frühstück war es soweit. Arthur drückte seinen Sohn liebevoll an sich. „Ich weiß, mein Junge, du bist ein tapferer junger Mann und wirst dich um Ian und Jessica kümmern, wenn die gleich hierher kommen. Macht keinen Unsinn und passt immer schön auf. Wenn fremde Menschen kommen, versteckt ihr euch. Wenn niemand kommt, dürft ihr draußen spielen. Aber seid dabei immer auf der Hut, damit ihr hört, wenn jemand kommt."

Danach kniete sich Maria vor den Fünfjährigen hin und auch sie nahm ihn in ihre Arme. „In der Blockhütte habe ich euch etwas zum Essen und zum Trinken hingestellt. Vergiss nicht, alles gerecht aufzuteilen!"

Jack versprach es.

Als Arthur mit seinen Leuten unterwegs zur Villa war, ging Maria neben ihm. „Du wärst besser bei den Kindern geblieben", sagte er.

„Was soll das, das hatten wir doch lang genug ausdiskutiert. So viele Leute sind wir nicht, jede Hand wird gebraucht. Außerdem will ich auch meinen Anteil leisten." Maria war gereizt.

„Ja, ich weiß das, Maria, aber ich mache mir Sorgen um dich. Kannst du das denn nicht verstehen?" Seine Worte sprach er sanft aus.

„Doch, ich verstehe das, denn ich mache mir auch um dich Sorgen. Aber ich würde nie von dir verlangen, dass du zu Hause bleiben sollst."

„Das ist doch etwas anderes, ich muss dabei sein!" Deutlich betonte er das Wort muss.

„Siehst du, und ich auch."

Sie gingen schweigend weiter, bis die Villa in Sicht kam. Arthur blieb stehen, nahm sie in seine Arme. „Pass auf dich auf. Ich liebe dich!"

Maria erwiderte die Umarmung, küsste ihn und sagte: „Du auf dich auch. Viel Erfolg und bleibe bitte am Leben."

Die Gruppe teilte sich auf. Eine Hälfte ging mit Arthur, die andere mit Maria.

Vorsichtig schlich Arthur der Villa entgegen. Seine Leute gingen hinter ihm. Mehrmals blieb er stehen, um das Gebäude und das Gelände vor sich zu beobachten. In diesen Momenten hielt seine Gruppe auf sein Zeichen hin ebenfalls an. Wenn Arthur ein weiteres Signal mit seiner Hand gab, schlichen sie sich weiter an. Das Buschwerk gab ihnen Deckung. Zwei Soldaten bewachten die Villa. Arthur vermutete, dass auf der anderen Seite des Hauses ebenso Wachposten aufgestellt waren und hoffte, dass Maria sie bemerkte und nicht in ihr Verderben lief.

Maria war genauso wachsam wie ihr Freund. Umsichtig führte sie ihre Gruppe an. Bei den Waldmenschen, wie sie sich selbst bezeichneten, seitdem sie von den Höhlenmenschen wussten, war sie beliebt und anerkannt. Wenn es ein Problem gab, kümmerte sich Maria darum. Sie sorgte sich um die Kinder, kochte Mahlzeiten für die Gruppe und wusch im Meer die Wäsche. Wenn jemand Streit mit einem anderen hatte, war sie eine gute Schlichterin. Außerdem war sie eine erfolgreiche Jägerin. Das alles war der Grund dafür, weshalb Maria diese Gruppe anführte. Einerseits zu

Arthurs Bedauern, aber andererseits war er auch stolz darauf, dass sie einstimmig von ihren Gruppenmitgliedern zur Anführerin gewählt worden war.

Maria entdeckte einen Zaun, der sich um das Gebäude herumzog. Durch das Gebüsch waren sie vor den Wachmännern verborgen. Mit einem Bolzenschneider schnitt sie in den Stacheldrahtzaun ein Loch, das groß genug für sie und ihre Leute war. Zwei Männer gingen voran und schlichen sich lautlos an die Wachposten heran. Sie ergriffen sie von hinten, schlugen sie nieder und versteckten sie gefesselt und geknebelt im Buschwerk.

Maria näherte sich dem Hintereingang. Es war genau zehn Uhr und drei Minuten.

Auf der anderen Seite war es Arthur, der sich mit seinen Leuten an den besser bewachten Vordereingang heranschlich. Er hoffte, dass die beiden Magazine seiner Maschinenpistole mit je dreißig Schuss für den Kampf um die Villa ausreichten. Vielleicht fand er im Gebäude mehr Munition, die er für den weiteren Kampf verwenden konnte.

Aus einem offenen Fenster drang Musik. Eine halb nackte Frau stand mit dem Rücken zum Fenster und rief ins Zimmer hinein: „Los, komm her zu mir, ich will ficken!"

Arthur hoffte, dass sie sich nicht umdrehen würde und seine Männer entdeckte. „Das Ficken wird ihr gleich vergehen", dachte er. Endlich hörte er das Zeichen von Maria zum Angriff: Das wunderschöne Trillern, das einer Amsel glich. Mit einer Vogelstimme trillerte er zurück.

Die Türen wurden aufgetreten. Überraschte Uniformierte starrten sie wie versteinert an, fingen sich jedoch schnell wieder. Ein Schuss fiel. Jemand fluchte lautstark. Eine Frau schrie. Weitere Schüsse fielen. Auch Arthur hatte aus seiner Maschinenpistole drei Schuss im Einzelfeuer abgegeben. Menschen starben. Arthur sah vor sich einen Mann mit einer Pistole in der Hand tot zusammenbrechen. Aus dem Augenwinkel nahm er wahr, dass ein Mann in Zivil nur zwei Meter von ihm entfernt ebenso tot umfiel. Er registrierte, dass dieser Mann einer von seinen Leuten war. Arthur stürmte eine kleine Treppe hoch. Als er den Absatz erreichte, befand er sich in einem langen Flur, der sich links und rechts von ihm erstreckte. Gegenüber sah er Maria eine Treppe herauf kommen. Mehrere Männer kamen aus den Zimmern auf den Flur gestürmt und schossen wild um sich. Arthur warf sich Schutz suchend auf den Boden. Keine Sekunde zu früh. Eine Kugel streifte seine Jacke. Im Ärmel befand sich nun ein Riss. Er schoss zurück. Neben ihm schrie ein junger Mann auf. Er fiel auf den Boden und blieb leblos liegen. Ein Geschoss hatte sein rechtes Auge getroffen und drang bis in sein Gehirn vor. Blut besudelte sein Gesicht.

Die Schießerei ebbte ab. Nur noch vereinzelt fielen Schüsse. „Feuer einstellen!", rief jemand. Verwirrt sahen sich die Rebellen an. Die Stimme gehörte weder zu Arthur noch zu Maria. Niemand schoss mehr.

Die gleiche Person, die zum Feuer einstellen aufforderte, rief jetzt: „Wir ergeben uns!"

„Kommt heraus und legt die Waffen nieder", forderte Maria. Ihre und Arthurs Leute blieben in Deckung.

Türen klappten. Junge Leute erschienen im Flur. Waffen wurden auf den Boden gelegt.

„Tretet zurück!", rief Arthur, der seine Widersacher genau beobachtete.

Als die Gegner in einem sicheren Abstand von den abgelegten Waffen standen, kamen die Waldmenschen erleichtert aus ihrer Deckung hervor. Maria ging mit einem strahlenden Lächeln auf Arthur zu. Dabei blickte sie in die glücklichen Gesichter ihrer Freunde. Sie umarmte ihren Arthur.

„Wir haben es geschafft!", sagte sie. Sie flüsterte ihm die Worte leise in sein Ohr.

Ein Knall! Ein Geschoss flog durch den Gang. Arthur spürte Blut in sein Gesicht spritzen. Marias Lächeln erstarb. Ihre Arme um seinen Hals erschlafften, ihre Beine gaben nach.

„Maria!" schrie Arthur. Verzweifelt versuchte er, sie hochzuhalten, aber er schaffte es nicht. Vorsichtig legte er sie auf den Boden.

„Maria! Oh, mein Gott! Nein! Maria!" Arthurs verzweifelte Schreie hallten durch die Villa.

Ein weiterer Schuss fiel. Dann noch einer und noch einer.

Jemand rief: „Du feiges Schwein erschießt niemanden mehr von uns!" Die Stimme gehörte Mason, einem Mann, der Marias Gruppe angehörte. „Alle mit dem Gesicht zur Wand, aber schnell!" Mason drehte sich zu seinen Kameraden um. „Los, durchsucht sie. Wer noch eine Waffe in seinen Klamotten versteckt hält, wird erschossen. Beeilt euch!"

Zwei junge Männer hatten eine Pistole in ihrer Hosentasche. Beide waren erst sechzehn Jahre alt. Mason zwang sie vor sich auf die Knie. Die anderen wurden in den Keller getrieben und in einem fensterlosen Raum eingeschlossen. Mason zielte mit seiner entsicherten Pistole auf die zwei knienden Jugendlichen. Sie hatten ihre Hände hinter ihrem Kopf verschränkt. Es fiel ihnen schwer, sich zu beherrschen. Beide hatten Angst. Sie wollten leben und nicht sterben. Ihre Todesangst ließ ihre Körper beben.

Arthur saß vor Maria auf dem Boden. Er ließ seinen Tränen freien Lauf und schämte sich nicht dafür. Wut und Trauer erfüllten ihn. Mit tränenerstickter Stimme rief er:

„Nein! Nein, nicht Mason, davon wird Maria auch nicht mehr lebendig."

„Aber die wollten vielleicht noch jemanden von uns feige ermorden!", rief Mason aufgebracht zurück.

„Ja, vielleicht wollten sie das", antwortete Arthur leise. Immer noch liefen die Tränen über sein Gesicht. Er wischte sie sich mit einem Ärmel weg. Sein Schmerz um Maria hatte ihn für einige Minuten nicht klar denken lassen und dadurch hatte er die Führung Mason überlassen. Der konnte aber mit dieser Verantwortung nicht umgehen, erkannte der um seine Maria trauernde Anführer. Er musste sich zusammenreißen und seine Truppe wieder anführen. Morden wollten sie nicht, aber um ihre Freiheit kämpfen. An diesem Ort hatten sie den Kampf gewonnen. Dafür gab Maria ihr Leben. Sie hätte nicht gewollt, dass ihre Leute junge Menschen hinmordeten. Arthur ging zu Mason hinüber. Wenige Sekunden später erreichte er ihn und die vor ihm knienden jungen Männer. „Schau sie dir doch an, Mason! Sie sind doch noch halbe Kinder. Sie sollen für ihre Taten büßen. Aber nicht für einen Mord, den sie nicht begangen haben. Wir sind doch keine Mörder. Bring sie zu den anderen in den Keller hinunter. Zwei Mann sollen sie bewachen. Die Frauen sollen sich um Maria und die Verletzten kümmern. Wie viele von uns haben es nicht geschafft?"

„Mit Maria drei", antwortete eine Frau.

„Bringt die Toten nach Hause und wascht sie. Zieht ihnen etwas Nettes an und bereitet ihr Begräbnis vor. Wir wollen sie heute Abend beerdigen. Nach einer kurzen Pause fügte er hinzu und sah dabei seine Männer an: „Und wir gehen in die Höhlen und werden sehen, wo wir gebraucht werden!" Fassungslos und trauernd ging Arthur seinen Männern voran. Als er an Maria vorbeiging, blieb er einen Augenblick stehen. Er schüttelte seinen Kopf. Die Blutlache, die sich langsam unter Maria ausbreitete, berührte die Spitzen ihres roten Haares, das er an ihr bewundert und geliebt hatte. Es hatte seine Maria zu einer ganz besonderen Frau gemacht. Wie oft hatte er es ihr aus dem Gesicht gestrichen, wenn der Wind es über ihre Haut streicheln ließ? Sie hatten von einem gemeinsamen Kind geträumt und wie es mit einem roten lockigen Haarschopf aussehen würde. Ein Spielkamerad für Jack, ein Produkt ihrer Liebe. Die Freude, ihr Kind aufwachsen zu sehen, würde sich jetzt nie mehr erfüllen. All das war jetzt nicht mehr möglich. Wie sollte er Jack beibringen, was passiert war? Zum zweiten Mal hatte der Junge seine Mutter und er seine Frau verloren. Ein Schicksal, das Vater und Sohn ihr Leben lang prägen und verbinden würde. Arthur ließ seinen Tränen freien Lauf. Dann schüttelte er den Kopf. Seine Stimme war noch tränenerstickt. Leise sagte er: „Maria, ich liebe dich so sehr, wie soll ich ohne dich leben und wie soll ich Jack beibringen, dass er nun auch dich verloren hat?"

Er wandte den Blick ab und ging seiner Truppe voraus. Plötzlich legte sich eine Hand auf seine Schulter. Mason ging schweigend neben ihm.

*****

Ian und Jessica verschwanden im Tunnel und krochen in Richtung Freiheit.

„Ian, es geht heute noch viel besser als neulich, als wir durch diesen Tunnel krochen." Jessica war ausgelassen und fröhlich. „Guck mal, ich muss gar nicht mehr auf dem Bauch kriechen."

„Papa hat doch den Tunnel noch etwas vergrößert, weißt du denn nicht, wie viel Sand und Steine er nach draußen in den Wald gebracht hat."

215

„Ich weiß, ich habe es gesehen. Ja, der Sand und auch ganz viele Steine waren dabei."

„Sand heißt das, Schwesterchen. Einfach nur Sand und ganz viele Steine", verbesserte Ian sie.

„Ja, ja, Sand. Woher soll ich das wissen. Mal heißt es der Sand, dann den Sand und dann einfach nur Sand. Da kann man auch mal durcheinanderkommen."

Ian grinste. „Nun mach schon, damit wir hier endlich rauskommen."

„Wir sind doch schon da, Ian. Du musst mich nicht immer rumkommandieren."

„Das tue ich doch gar nicht."

„Doch, das tust du." Jessica kicherte vor sich hin. Manchmal ließ sich Ian aber auch leicht verärgern.

„Nein, das tue ich nicht."

„Doch du tust es!" Jessica konnte sich vor Freude kaum noch halten. Sie stellte sich vor den Ausgang und versuchte, ihrem Bruder den Weg zu versperren, in dem sie vor ihm hin und her sprang, als er ins Freie treten wollte.

Ian gönnte ihr den Spaß und tat genervt: „Jessica, nun mach schon, ich will hier raus!"

„Schon wieder. Du kommandierst mich schon wieder."

„Nein Jessica, das mache ich nicht. Ich will hier nur raus und kann nicht an dir vorbei. Würdest du jetzt bitte den Ausgang freigeben?" Plötzlich begann er, sich tatsächlich zu ärgern, und war sichtlich von seiner kleinen Schwester genervt. Warum nur mussten Mädchen manchmal so doof sein?

Jessica lief lachend aus dem Tunnel heraus. Sie warf sich auf den Boden, drehte sich auf den Rücken und schüttelte sich vor Lachen. Ian kroch neben sie und sah sie mit einem Kopfschütteln an. „Du bist eine kleine Kröte."

Jessica kicherte. „Nein, das bin ich nicht."

Ian war versöhnt. Er liebte seine Schwester, konnte ihr nie lange böse sein und fiel in ihr Lachen ein. Sie begannen, sich im weichen Sand zu raufen. Ian kitzelte Jessica, sie wehrte sich, so gut sie das konnte, aber gegen Ian hatte sie keine Chance. Schließlich war er vier Jahre älter als sie. Lachend rief er: „Kröte, Kröte, du bist eine kleine Kröte, ja, du bist eine kleine Kröte!"

Dann besann er sich. „Mama hat gesagt, wir sollen nicht trödeln. Lass uns Jack suchen."

Bereitwillig stand Jessica auf, klopfte sich den Sand von ihrem Kleidchen und steckte ihre Hand in Ians. Sie sah ihren großen Beschützer mit einem Lächeln in ihrem süßen Gesichtchen von unten in die Augen. Ian mochte es, wenn sie ihn so ansah, das wusste sie. Gemeinsam fanden sie ihren Weg zum Lager der Waldmenschen.

Als sie es erreichten, saß Jack vor der Blockhütte und wartete schon auf seine beiden Spielkameraden. Er freute sich, dass sie endlich da waren. „Ihr kommt aber spät. Die Erwachsenen sind schon lange weg."

„Hallo", begrüßte Ian den Jungen. Er sah sich um. „Und was sollen wir jetzt machen?"

„Maria hat gesagt, wir dürfen spielen. Aber wenn Fremde kommen, sollen wir uns verstecken und auf Maria und Papa warten", antwortete Jack.

„Dann sind wir ganz alleine?", fragte Jessica.

„Ja. Maria hat uns Essen und Trinken hingestellt. Wir sollen es uns teilen und uns nicht streiten."

So begann ein Tag voller Spaß für die drei Kinder, deren Freundschaft an diesem Ort begann. Eine Freundschaft, die ein Leben lang halten sollte.

Jedoch ahnte Jack nicht, dass er Maria an diesem Morgen das letzte Mal in seinem Leben gesehen hatte.

*****

Orson Bones öffnete die Waffenkammer und bereitete sich auf die Waffenausgabe vor. Kaum war er damit fertig, als auch schon das Alarmsignal ertönte. Innerhalb einer Minute liefen die ersten Soldaten herbei und stellten sich in einer Reihe vor dem Ausgabefenster an. Normalerweise bekamen die Soldaten ihre Waffe gegen eine Waffenkarte ausgehändigt, auf der unter anderem der Name des Soldaten, dem das Gewehr vorübergehend anvertraut wurde, als auch die Nummer der Waffe stand.

Orson übergab dem ersten Mann seine Waffe. Zum zweiten sagte er: „Warte bitte einen Moment." Er wandte sich den Männern zu und erklärte: „Commander Beaver hat mir befohlen, nur bestimmten Leuten ihre Waffe auszuhändigen. Die folgenden Soldaten treten bitte vor, um ihre Waffe abzuholen."

Er begann mit den ersten zwei Namen: „Miller, Locke ..."

„Was soll das denn schon wieder, so ein Scheiß!", beschwerte sich jemand.

„Das weiß ich nicht", log Orson, „ich führe nur einen Befehl aus."

Als Orson den regierungsfeindlichen Soldaten ihre Waffen übergeben hatte, erschienen endlich Matt Day und Commander Beaver. Sofort fragte ein Mann: „Sir, warum bekommen wir unsere Waffen nicht? Ist das hier eine Übung?"

„Nein, das ist keine Übung." Beaver beobachtete die waffenlosen Männer, als er weitersprach. „Ich habe das Kommando übernommen. Beim Versuch, Commander Cups zu verhaften, widersetzte er sich mir mit Waffengewalt. Leider musste ich ihn erschießen."

Ein Raunen ging durch die Männer.

Beaver atmete tief durch, bevor er weitersprach.

„Unsere Regierung hat uns belogen und uns für ihre Interessen missbraucht, ja, uns sogar versklavt. Auf der Erde gibt es schon seit sehr langer Zeit keine Pandemie mehr. Die Gefahren für die Menschheit sind auf der Erde geringer als in den Höhlen. Hier erkranken und sterben wir an Mangelernährung. Der Entzug des natürlichen Sonnenlichtes ist ebenfalls ungesund. Ich bin kein Arzt, aber ich weiß, dass wir die Sonne brauchen, um Depressionen zu verhindern. Auf der Erdoberfläche werden wir keinem solchen Mangel ausgesetzt sein und gesund leben können. Die Lebenserwartung außerhalb der Höhlen ist viel höher als in ihnen.

Soeben hat in unseren Höhlen ein Aufstand begonnen. Wer sich mir anschließen will, und so die Rebellion unterstützen möchte, tritt vor."

Etwa die Hälfte der Männer trat vor. Beaver ließ jetzt auch ihnen ihre Waffen aushändigen. Die restlichen Gewehre verteilte der Commander unter den Soldaten, die sich seinem Befehl unterstellt hatten. Somit standen einigen der Männer im bevorstehenden Kampf zwei Gewehre zur Verfügung.

In der Waffenkammer befand sich nun keine einzige Waffe mehr. Beaver befahl, die Männer, die sich ihm nicht anschließen wollten, in die Waffenkammer einzusperren. Bevor er abrücken ließ, sprach er zu seinen Männern:

„Ich danke euch für euer Vertrauen. Ich bitte euch, im Kampf nicht leichtsinnig zu sein. Es wird scharf geschossen. Ich möchte keinen von euch verlieren. Aber trotzdem ist es unwahrscheinlich, dass wir alle heute Abend noch leben werden. Wer jetzt noch aussteigen möchte, tritt vor."

Er wartete einen Moment. Niemand trat aus den Reihen der Soldaten hervor. Beaver fuhr fort: „Ich danke euch.

Passt auf euch auf und bleibt gesund. Wir gehen nun zum Männergefängnis. Dort schließen wir uns den Aufständischen an und werden die Gefangenen befreien. Wir brauchen das Gefängnis für unsere Gegner."

*****

Archie Lewis, Lily Emperor, Emily Mooth und Florence Clark waren zur Haupthöhle unterwegs. Dort trafen sie auf Ethan Page, der ihnen bei der Befreiung des Frauengefängnisses mit einigen Männern helfen sollte. Die Soldaten aus Cups' Reserve waren auch schon eingetroffen. Sie waren von dem Treiben, das hier herrschte, überrascht. Anstatt sie mit Waffen auszurüsten, wurden sie verhaftet.

Trotzdem gab es Männer unter ihnen, denen nicht nur gefiel, was vor ihren Augen geschah. Sie waren schon seit langer Zeit mit ihrem Leben unzufrieden. Auch sie wollten draußen den Tag erleben, sie wollten fühlen, wie es war, durch den Regen zu laufen oder ein Sonnenbad zu nehmen. Sie wollten die Pflanzen auf der Erdoberfläche kennenlernen. Auch wollten sie sich manchmal in ihrem Leben richtig satt essen und vor allem wollten sie, dass ihre Kinder gesund aufwachsen konnten. Einige von ihnen hatten auf der geheimen Internetseite gelesen, was der Wegbereiter und der Kuckuck dort geschrieben hatten, bevor diese gelöscht wurde. Warum sollte so eine Seite gelöscht werden, wenn sie Forderungen enthielt, die für ein normales Leben nur allzu natürlich waren. Was konnte den Regierenden gefährlich werden? Auf jeden Fall hatten sie dort gelesen, dass der Wegbereiter für die Menschen in den Höhlen ein freies Leben anstrebte und es keine Pandemie gab. Die Regierung hatte sie belogen. Und das nicht nur erst seit ein paar Tagen.

Auch sie wollten in Freiheit leben und was der Wegbereiter und der Kuckuck anstrebten, war nichts Unrechtmäßiges. Aber Menschen als Sklaven zu missbrauchen, war ein großes Unrecht. Wie konnten sie jetzt dabei zusehen, dass andere Männer und Frauen für sie ihr Leben riskierten? Diese Menschen kämpften nicht nur für ihre eigenen Familien, sondern für die Freiheit aller Höhlenbewohner.

Einige Männer schauten zu ihren Kameraden herüber. Mit wortlosen Gesten verständigten sie sich. Es gab Männer, die die Aufständischen unterstützen wollten. Aber diese hatten auch Gegner, die, wenn sie dazu die Möglichkeit bekämen, zu den Waffen greifen und ein Blutbad anrichten würden.

Die Befürworter des Aufstandes schafften es, eine Gruppe zu bilden. Aber ihre Sicherheit wäre in Gefahr gewesen, wenn sie sich als solche zu erkennen gäben. Als sie beisammen saßen, rief auf ein Zeichen der anderen jemand den Bewachern zu: „He, ihr, unter uns gibt es Männer, die mit euch gemeinsam kämpfen wollen!"

„So so, wollt ihr das?", fragte ein Wachtposten zurück.

„Und ob wir das wollen. Holt euren Anführer, soll der entscheiden, ob wir mit euch kämpfen dürfen!"

„Das geht nicht, einer von uns darf nicht mit euch alleine gelassen werden!"

„Wir haben Zeit. Ruft euren Anführer, wenn er in eurer Nähe kommt. Sagt ihm, dass wir helfen wollen."

Fünf Minuten später kamen Archie Lewis und Ethan Page zu ihnen. Sie wollten sich davon überzeugen, dass es den Gefangenen gut ging und alles in Ordnung war, bevor sie ihren Angriff beginnen wollten.

Der Mann, der mit seinen Bewachern gesprochen hatte, rief ihnen zu: „He, ihr, ihr riskiert euren Arsch auch für unsere Familien. Lasst uns euch helfen! Bitte!"

„Und wie stellt ihr euch das vor?", fragte Archie Lewis.

„Gebt uns Waffen und teilt uns euren Männern zu."

„Und dann erschießt ihr uns, wenn ihr die Gelegenheit dazu habt! Ne, ne, nicht mit uns!" Archie Lewis war skeptisch.

Ein anderer Mann rief ihm zu: „Dann gebt mir ein Messer! Mir ist es egal, womit ich kämpfe. Ich werde auch einen Aufseher eigenhändig erwürgen, wenn es sein muss!"

Ethan Page glaubte dem Mann. Seine Körperhaltung, sein Tonfall, als er sprach, überhaupt alles an ihm erschien Ethan ehrlich zu sein. Konnten sie sich leisten, auf solche Männer zu verzichten? „Wir haben tatsächlich nicht genug Waffen für alle. Wer keine Waffen hat, ist schnell ein Opfer im Kugelhagel. Wir wollen nicht unnötig das Leben von Menschen opfern."

„Das tut ihr doch dar nicht, wenn ihr uns kämpfen lasst. Wir können uns zusammen tun und gemeinsam Waffen für uns erbeuten!", rief ein dritter Mann.

Archie Lewis und Ethan Page sahen sich gegenseitig ins Gesicht. „Lass uns kurz miteinander reden", meinte Ethan.

Archie nickte und sie gingen einige Schritte zur Seite, um sich ungestört zu beraten.

Ethan schaute Archie in die Augen. „Sie meinen es ehrlich!"

„Du magst recht haben, aber trotzdem haben wir keine Waffen für sie. Wir haben nicht das Recht, sie als unsere Schutzschilde zu missbrauchen.

„Das ist richtig. Aber warum sollen wir den Vorschlag des einen Mannes nicht aufgreifen? Jeweils drei Mann kämpfen zusammen. Wenn sie alle eine Schusswaffe erobert haben, helfen sie ihren Kameraden oder beteiligen sich direkt an unserem Kampf."

„Du glaubst, dass sie es ehrlich meinen?", Archie war immer noch misstrauisch.

„Ja, davon bin ich überzeugt." Selbstsicher vertrat Ethan seine Meinung.

„Dann lass uns mit ihnen sprechen." Da Ethan sich nur sehr selten in Menschen irrte, vertraute Archie seinem Urteil.

Fünf Minuten später standen die Freiwilligen vor ihnen. Archie ergriff das Wort. „Die Aufseher des Gefängnisses sind gut bewaffnet und uns überlegen. Auch sind sie im Kampf besser geschützt als wir. Denn sie befinden sich hinter sicheren Mauern. Wir brauchen jeden Mann, um das Gefängnis befreien zu können. Aber eine Waffe haben wir nicht für euch alle. Leider haben wir nicht genug."

„Ihr wolltet uns vorhin unterstützen. Wollt ihr das immer noch?" Ethan Pages Stimme klang fordernd.

„Selbstverständlich will ich das! Es wird Zeit, dass endlich mal etwas passiert. Cups regiert hier beinahe schon alleine. Ich habe genug von seinen Schweinereien. Ich will kein Sklave sein. Und wenn es auf der Erde wirklich so schön ist, wie der Wegbereiter geschrieben hat, will ich das auch sehen. Und nicht nur ich. Alle sollten da oben leben und wohnen dürfen", sagte einer der Männer.

Die meisten von ihnen nickten zu seinen Worten. Ein anderer sagte: „Es ist eine Schande, was die mit uns machen. Menschen werden erschossen, wenn man sie nicht mehr braucht. Das muss ein Ende haben."

Auch einige andere sprachen sich für die Rebellion mit ähnlich glühenden Worten aus.

Archie Lewis übernahm jetzt das Wort: „Dann, Männer, heiße ich euch herzlich willkommen. Ich bin Archie Lewis und euer Anführer. Es geht in wenigen Minuten los. Einige Waffen haben wir noch zu vergeben, aber nicht alle von euch können eine bekommen. Wer von euch hat denn noch irgendetwas, das als Waffe benutzt werden kann?"

Einige Messer kamen zum Vorschein. Im Nahkampf konnte man sie gut einsetzen. Deshalb entschied Archie Lewis, dass jeweils drei Männer, die ein Messer bei sich hatten, gemeinsam in den Kampf ziehen sollten. Ihre Aufgabe war es, sobald die Öffnung des Gefängnisses im Feuergefecht erzwungen worden war, sich im Nahkampf von den Aufsehern eine Schusswaffe zu besorgen. Erst wenn alle drei eine Schusswaffe erkämpft hatten, sollten sie an vorderster Linie mitkämpfen. Damit waren die Männer einverstanden.

Florence Clark wollte auch mitkämpfen. Sie wusste, dass sie ihre Freunde schändlich verraten hatte und das wollte sie wieder gutmachen. Sie hatte ihrem Vergewaltiger zwar mitgeteilt, dass sie keinen Schaden anrichten wollte, aber das war ihr egal. Sie hatte eine Schuld zu begleichen. Deshalb würde sie sich nicht beirren lassen und alles daran setzen, um zu helfen, dass das Frauengefängnis Cups' Schergen entrissen werden konnte und somit Freya Lee zu befreien. Sie war davon überzeugt, dass ihre Schuld aus dem Verrat an Ihren Freunden mit einem weiteren Verrat wenigstens teilweise wieder ausgeglichen werden konnte. Bei einem Sieg der Rebellen über die Regierung und deren Elite würde bestimmt herauskommen, was sie getan hatte. Aber dann hatte sie bereits bewiesen, dass auch sie sich gegen Cups und das noch bestehende System gestellt hatte, das nun abgelöst werden sollte. Sie hoffte, dass sie auf diese Weise das Vertrauen ihrer Freunde nicht ganz verlieren würde.

Archie Lewis befahl seinen Leuten, in Stellung zu gehen. Mit Ethan Page ging er zum Eingang des Gefängnisses. Plötzlich quietschten die Lautsprecher in einem lang anhaltendem Ton. Dann verstummten sie genauso plötzlich wieder. Der Wächter des Gefängniseingangs blickte verständnislos drein. Alle seine Systeme waren plötzlich ausgefallen. Sein Computer funktionierte nicht mehr, die Lautsprecher blieben stumm und die Kameras übertrugen keine Bilder mehr. Es war keine Kommunikation mit anderen Bereichen möglich. Was war geschehen? In sein Blickfeld geriet ein Mann. Er öffnete das Fenster, um in Erfahrung zu bringen, welches Anliegen dieser hatte. Doch plötzlich sah er sich drei Männern gegenüber. Zwei von ihnen hielten Sturmgewehre, der Dritte eine Maschinenpistole in den Händen. Die Läufe der Waffen waren auf ihn gerichtet.

„Öffnen Sie die Türen des Eingangs", forderte Ethan Page ihn auf.

„Das kann ich nicht machen, dann werde ich in das andere Gefängnis einziehen", antwortete der Wächter ängstlich.

„Das werden Sie tun, wenn Sie meiner Aufforderung nicht nachkommen!", meinte Ethan Page ganz ruhig.

„Aber ich bitte Sie, meine Herren, das geht doch nicht!", flehte der Wächter beinahe.

Jetzt war es Archie Lewis, der sich einmischte: „Schluss jetzt, wir haben keine Zeit, erschieß ihn Ethan und dann gehe rein und öffne die Türen!"

„Nein, Bitte, nicht schießen, ich habe doch eine Familie!" Jetzt flehte der Wächter sie wirklich an und ging zur ersten Tür. Sie schwang auf, kurz darauf die Zweite.

Die Rebellen stürmten ins Gefängnis. Gleichzeitig eröffneten die Aufseher das Feuer. Emily, Florence und Lily mussten in Deckung gehen, wie alle anderen Kämpfer auch.

Schüsse peitschten durch die Luft. Getroffene Männer fielen, manche mit einem Schrei auf den Lippen, andere blieben stumm. Auf beiden Seiten gab es Tote und Verwundete.

Florence Clark bemerkte, dass in ihrer Nähe ein junger Rebell von einer Kugel getroffen wurde. Sie kroch zu ihm. Er lag auf dem Rücken, rang nach Luft und stöhnte. Blut trat aus seiner Hüfte aus.

Florence öffnete ihm die Hose und zog sein Hemd hoch. Genau in diesem Moment sah sie aus dem Augenwinkel, dass ein Mann auf sie zielte. Schnell nahm sie die Maschinenpistole des jungen Mannes und schoss auf ihren Angreifer. Sein Kopf wurde zurückgerissen und er fiel hinterrücks auf den kalten steinigen Boden. Schon hatte Florence das Hemd des Verletzten zerrissen und drückte es auf die Wunde. Danach sagte sie zu ihm: „Komm, Kleiner, hilf mir, dich hier wegzuziehen. Ich bringe dich in Sicherheit."

Er tat, was er konnte, auch wenn es ihm schwerfiel. Der notdürftige Verband, den Florence Clark ihm angelegt hatte, färbte sich rot durch das noch immer austretende Blut. Sie hatte dem jungen Mann unter die Achseln gefasst und zog ihn. Er stieß sich mit den Füßen ab. Auf diese Weise bewegten sie sich Meter um Meter auf eine schützende Mauer zu. Kugeln pfiffen an Florence vorbei. Wie durch ein Wunder wurde sie nicht getroffen. Es fehlte nur noch ein Meter. „Junge komm, gleich haben wir es geschafft", rief sie ihrem Schützling zu.

Einmal noch ziehen. Endlich, er war in Sicherheit. Vor Erschöpfung legte sich Florence neben den jungen Mann. Nur einen Augenblick ausruhen. Eine Kugel prallte hinter ihr gegen einen Stahlpfeiler. Das Geschoss bekam eine andere Richtung. Plötzlich durchzuckte Florence Clark ein starker Schmerz. Blut trat aus ihrem Bein aus. Es fühlte sich taub an. Für beide war der Kampf beendet.

*****

Emily und Lily liefen von Pfeiler zu Pfeiler – immer dann, wenn niemand schoss. Auf diese Weise erreichten sie den Zellenblock. Allmählich hörten die Schüsse auf. Die beiden Frauen wandten sich den Gefangenen in ihren Zellen zu, die primitiv und unmenschlich waren. Nicht einmal ein Tier würden Lily und Emily so halten, wie hier die Menschen eingesperrt waren. Kaum Platz zum Bewegen. Zwei mal zwei Meter maß so eine vollkommen finstere Zelle. Die Gefangenen mussten nach der Entscheidung des Kampfes aus ihren Zellen getragen werden. Diese Löcher zu öffnen und die Frauen selbstständig hinaus gehen lassen, war nicht möglich. Es stank nach Urin und Kot. Emily und Lily konnten kaum atmen.

Dann sahen sie Freya. Lily stürzte mit einem Aufschrei des Entsetzens zu ihr. Auf den ersten Blick sah man der Gefangenen an, dass sie schlimm gefoltert worden war. Ein Auge war blutunterlaufen. Die Haare waren in Büscheln ausgerissen. Als Lily in dieser Dunkelheit genauer hinsah, erkannte sie an Freyas Körper viele blaue Flecke, die entstanden waren, als sie von Commander Cups gefoltert worden war. Die arme Frau litt starke Schmerzen.

Lily entwickelte nicht nur Wut, sondern Hass. Hass auf das System, Hass auf Cups, Hass auf die Höhlen, Hass auf die ganze Welt. Wie konnte man einen Menschen derart foltern? Diese Frage stellte sie sich wieder und wieder. „Freya, Liebste, deine Qualen sind vorbei, ich werde dich jetzt mitnehmen und dann gehen wir nach Hause. Ich werde dich pflegen, bis du wieder gesund bist. Emily ist auch hier, sie wird uns helfen."

Lily blickte sich hilfesuchend um, aber Emily war nicht mehr da. Diese bemerkte, dass Lily sich um Freya kümmerte. Es gab noch mehr gefangene Frauen, die Hilfe benötigten und genauso furchtbar misshandelt worden waren wie die arme Freya.

Lily beugte sich erneut zu ihrer Freundin herunter. „Liebes, ich gehe Hilfe holen, ich bin gleich wieder bei dir."

Sie verließ Freya und hoffte, jemanden zu finden, der helfen konnte.

Emily befand sich einige Zellen weiter und hörte plötzlich einzelne Schüsse. Die Schüsse kamen näher. Entsetzen und Angst ergriffen von Emily Besitz. Sie musste handeln. Vorsichtig ging sie an die Tür der Zelle, in der sie sich befand. Sie sah in die Richtung, aus der die Schüsse kamen. Ihr Verstand setzte für einen kurzen Moment aus. Was sie wahrnehmen musste, erzeugte in ihr Unverständnis und Hass. Unverständnis dafür, dass Menschen so grausam sein konnten. Unverständnis dafür, dass Menschen so voller Hass sein und schlimmer handeln konnten als das gierigste Raubtier der Welt. Sie überlegte nicht lange. Sie tat, was sie tun musste. So schnell sie konnte, zog sie ihre Pistole und schoss auf den Aufseher, der von Zelle zu Zelle ging und die armen Frauen darin erschoss. Schon die erste Kugel, die Emily auf ihn abgab, streckte ihn nieder. Emily wartete einen Augenblick. Der Mann bewegte sich nicht mehr. Vorsichtig ging sie zu ihm. Bei ihm angekommen, stellte sie fest, dass er tot war.

*****

Lily war auf Archie Lewis gestoßen und schilderte ihm, was geschehen war. Sofort ging er mit ihr zu Freya zurück. Als sie einige Meter gegangen waren, hörten sie aus der Richtung, in die sie gingen, vereinzelte Schüsse. Ihre Schritte wurden schneller. Insbesondere Lily packte die Angst.

Angst um Freya. Die Schüsse verstummten. Lily und Archie waren erleichtert.

Als sie Freyas Zelle erreichten, sahen sie Emily. Sie hielt Freya in ihren Armen und weinte. Ihr Körper bebte, laut schluchzte sie. Als Emily Archie und Lily wahrnahm, stotterte sie mit tränenerstickter Stimme, immer wieder von Schluchzern geschüttelt: „Ich habe ihn erschossen, diesen Schweinehund, der die armen Frauen einfach so erschoss, als wären sie nur ein Stück Vieh. Für Freya kam ich einen Schuss zu spät!"

Lily brach zusammen. Archie Hoffman konnte nur noch verhindern, dass sie sich nicht verletzte.

*****

Der alte Mann war völlig vereinsamt. Er wusste nicht, ob es Tag oder Nacht war. In langen Abständen brachte man ihm eine kleine Schüssel in seine Zelle, die eine dünne, ungesalzene Suppe enthielt. Die Suppe bestand mehr aus Wasser als aus Gemüse. Fleisch war darin nicht enthalten.

Der Hunger tat weh, aber jetzt würde er bald sterben, weil er schon seit Tagen nichts mehr zu essen bekommen hatte. Ob der Sterbeprozess noch abgewendet werden konnte? Daran glaubte er nicht. Wenn er langsam wieder an Nahrung gewöhnt würde, könnte sein Tod vielleicht noch verhindert werden, aber so …

Er hatte sich mit dem Sterben abgefunden. Wenn er tot war, war er erlöst und die Quälerei hatte ein Ende. Aber leider war es noch nicht soweit.

Wenn er gewusst hätte, dass nicht er, sondern viele andere, ihm fremde Menschen den Tod fanden, darunter sehr viele junge Menschen, hätte er mit seinem Schöpfer gehadert. Aber er wusste es nicht.

*****

Die Waffen waren an die Männer ausgeteilt worden. Oliver wusste, dass er sich auf seine Kämpfer verlassen konnte. Es waren Männer, die er entweder zu seinen Freunden zählte oder aus gemeinsamen Arbeitsaufgaben kannte.

Er und Emily hatten ein Funkgerät bekommen. Als er seines einschaltete rauschte es zunächst, dann war es ruhig. Dieses Funkgerät war alt und einfach zu bedienen. Er hoffte, die Regierungstreuen konnten den eingestellten Funkkanal nicht abhören.

Er schaute zur Uhr. Es war gleich zehn. Ein lautes Quietschen der Lautsprecheranlage war das Signal zum Beginn der Rebellion. Die Männer waren eingewiesen, die Stellungen bezogen. Oliver wollte zunächst nach dem Signal die Aufseher zu einer freiwilligen Übergabe des Männergefängnisses an die Rebellen bewegen. Es war ähnlich wie das Frauengefängnis aufgebaut. Es lag auf der anderen Seite der Wohngemeinschaft, dem Frauengefängnis im Grunde gegenüber. Die Zellen waren nur etwas größer als die der Frauen.

Es knackte im Funkgerät. Anschließend rauschte es. Wieder Knacken. Dann eine Frauenstimme: „Oliver, kannst du mich hören?"

„Ja, was gibt's Emily, ist alles in Ordnung?"

„Bei uns ja. Den Kindern geht es gut. Sie sind zu Jack unterwegs."

Oliver atmete erleichtert auf. Seine beiden Lieblinge waren wieder in Freiheit. „Da fällt mir aber ein großer Stein vom Herzen, ach was, ein Felsen ist es. Du musst den Knall gehört haben", scherzte er.

„Ja, Oliver, so geht es mir auch. Jetzt muss alles andere klappen."

„Emily, ich habe keine Zweifel daran. Pass auf dich auf und danke für die Nachricht, dass es den Kindern gut geht. Ich liebe dich!"

Emily antwortete, bevor sie das Gespräch beendete: „Ich liebe dich auch!"

Endlich quietschten die Lautsprecher. Das war ein ohrenbetäubender Krach. Für Oliver das Signal, das Wort an die Aufseher zu richten. Er stand auf und hielt sich das Sprachrohr, das er sich organisiert hatte, vor den Mund.

„Achtung! Hier spricht der Wegbereiter!" Er wartete einen Moment, bevor er weitersprach. Tatsächlich kehrte im Gefängnis Ruhe ein.

„Meine Kameraden und ich rufen euch auf, uns das Gefängnis zu übergeben."

Wieder machte er eine kurze Pause. Keiner rührte sich.

„Wir sind nicht länger gewillt, die Sklaven der Regierung zu sein. Sie beutet uns aus und unterdrückt uns. Mit eurer Hilfe und von unserer Arbeit lebt die Regierung in Saus und Braus und verwehrt uns ein Leben in Freiheit. Schließt euch uns an. Wir müssen uns nicht gegenseitig beschießen und töten. Draußen ist genug Platz für uns alle. Eine Pandemie, die uns töten könnte, gibt es nicht. Wir sollten Freunde sein und keine Feinde. Wer sich uns …"

Ein Knall unterbrach ihn. Das war die Antwort eines der Aufseher auf Olivers Ansprache. Ein Geschoss flog auf ihn zu. Es drang in seine linke Schulter ein. Er hörte es laut krachen, als die Kugel den Knochen in zwei Teile zerbrach. Danach spürte Oliver einen scharfen Schmerz. Er ging in die Knie und somit unbewusst in Deckung.

Logan Carter sprang zu ihm. „Scheiße, Oliver, was jetzt? Bist du in Ordnung?"

„Mein Schlüsselbein hat es erwischt. Ist schmerzhaft aber es hält mich nicht vom Kampf ab", erwiderte er.

Es knackte im Funkgerät. Ein Mann, dessen Stimme Oliver nicht kannte, rief ihn: „Wegbereiter, hallo Wegbereiter, bitte melden!"

Von Schmerzen gequält sprach Oliver Mooth in das Gerät: „Ja, ich bin hier, was gibt's?"

„Hier ist Commander Beaver. Ich habe das Kommando über die Männer der Einheit übernommen, die es kaum abwarten können, die Regierung hinwegzufegen. Die anderen sitzen hinter Schloss und Riegel. Commander Cups ist tot. Die Lage scheint unter unserer Kontrolle zu sein." Er stockte. „Du hörst dich gequält an, was ist los?"

Oliver atmete tief durch, um den Schmerz unter Kontrolle zu bekommen. „Danke für die guten Nachrichten, Commander. Ich bin soeben verletzt worden, auf mich wurde geschossen. Mein linkes Schlüsselbein ist gebrochen. Aber ich mache weiter."

„Wo kann ich mit meinen Männern helfen?", wollte Beaver wissen.

„Könnt ihr zum Männergefängnis kommen? Die sind hier sehr verbissen und sagen uns den Kampf an."

„Wir sind schon unterwegs! Beaver Ende!"

Oliver gab den Befehl zur Eröffnung des Feuers. Er hatte seine Männer vor Beginn der Kämpfe aufgefordert, nur dann zu schießen, wenn sie ein Ziel hatten, um Munition zu sparen.

Vereinzelt fielen Schüsse. Jemand im Gefängnis schrie auf. Also wenigstens eine Kugel hatte schon getroffen. Oliver hoffte, dass der Kerl aufgeben musste. Er beobachtete das Gefängnis. Jemand schaltete dort das Licht aus. Die Aufseher waren in der Dunkelheit kaum zu erkennen. Eine wilde Schießerei begann. Immer wieder schrie ein Mann auf. Auf beiden Seiten.

Oliver hatte seine Schulter von Logan Carter verbinden lassen, so gut es eben ging. Jetzt nahmen sie den Kampf auf und stürmten vorwärts. Zwei weitere Männer gesellten sich zu ihnen. Eine Kugel pfiff, ein dumpfer Aufprall, ein Mann brach tot zusammen. Sie hatten keine Zeit, sich um ihn zu kümmern, der Beschuss war zu heftig. Oliver warf sich auf den Boden und kroch wie eine Robbe dem Eingang des Gefängnisses entgegen. Dabei schmerzte seine Schulter noch mehr, aber er hielt durch und erkannte am Tor mehrere Verteidiger. Ihm schien es beinahe so, dass sich alle Aufseher zum Eingang begeben hatten, um den vor Eindringlingen zu verteidigen.

Oliver und seine Männer fanden hinter einem Felsbrocken Deckung. Carter schrie auf. Er rief: „Scheiße, mich hat es erwischt. Mein Bein, so ein Scheiß."

Eine weitere Kugel traf Olivers letzten Begleiter. Blut spritzte. Der Mann war sofort tot. Oliver sah, dass sich am Eingang mehrere Aufseher postiert hatten. Er zielte mit seinem Gewehr und traf. Der Mann brach zusammen und blieb leblos liegen. Zielen, schießen. Zielen, schießen. Und noch einmal zielen, schießen. Nicht jede Kugel traf, aber einige schon.

*****

„Was ist das nur für ein Krach da draußen?", dachte der alte Mann. „Was ist das nur für ein Geschrei und welch ein schreckliches Geknatter! Was geht da nur vor sich? Die Aufseher drehen jetzt wohl ganz durch. Die erschießen doch nicht etwa Gefangene? Vielleicht kommen sie auch zu mir?"

Er hatte keine Angst vor dem Tod. Sollte der nur kommen und ihn erlösen.

*****

Es entwickelte sich ein blutiger Kampf. Menschen auf beiden Seiten starben in einem sinnlosen Kugelhagel.

Commander Beaver und seine Soldaten hörten schon aus der Ferne den Lärm der tobenden Kämpfe, soweit man in so einem riesigen Höhlenverbund überhaupt von Entfernungen sprechen konnte. Schnell waren die Soldaten am Gefängnis der Männer angekommen und halfen den Rebellen. Gerade noch rechtzeitig trafen sie ein. Zu diesem Zeitpunkt stand Oliver Mooth auf sich alleine gestellt mehreren Aufsehern in einem aussichtslosen Kampf gegenüber. Orson Bones und Matt Day eilten ihm zu Hilfe. Nach einigen Minuten gesellten sich vier weitere Soldaten zu ihnen. Allmählich ebbte das Feuergefecht ab. Das war der Zeitpunkt für Commander Beaver, um mit dem Sprachrohr beide Seiten zu einem Waffenstillstand aufzufordern. Er erklärte den Aufsehern, dass ihr Kampf aussichtslos sei, und machte ihnen unmissverständlich klar, dass jeder, der nicht sofort die Waffen niederlegte, sterben musste.

Oliver staunte über Beavers Überzeugungskraft. Klar, der Commander war Berufsoffizier und hatte das gelernt. Da konnte Oliver nicht mithalten.

Die Aufseher kamen Beavers Aufforderung nach. Sie begaben sich, nachdem sie ihre Waffen abgegeben hatten, in seine Obhut, die einer Gefangenschaft gleichkam.

Als sie entwaffnet und unter Kontrolle gebracht waren, gingen Beaver, Matt Day und Oliver ins Gefängnis hinein. Durch eine gefängniseigene Lautsprecheranlage gab der Commander bekannt:

„Hier spricht Commander Beaver. An meiner Seite befindet sich Oliver Mooth, der Anführer unserer Bewegung. Ich gebe bekannt, dass alle Häftlinge, die sich keines Gewaltverbrechens schuldig gemacht haben, sofort in Freiheit gesetzt werden. Ihr könnt euch uns anschließen. Wir brauchen jeden Mann, um die Regierung auszuschalten und unsere Freiheit zu erlangen. Draußen, außerhalb der Höhlen, werden wir uns eine neue Gesellschaft aufbauen. Niemand muss in diesen Höhlen leben."

Danach gingen die drei Männer zu den Gefangenen, um sie aus ihren Pferchen zu befreien. Der Schock war groß. Sogar Tiere hielt man nicht in solch unwürdigen Ställen, in denen diese ausgemergelten Menschen als Gefangene der Regierung leben mussten. Diesen armen Menschen war nichts anderes geblieben, als vor sich hin zu vegetieren und auf ihre Befreier zu warten. Viele brauchten sofort ärztliche Hilfe. Oliver wies an, alle verfügbaren Ärzte sofort ins Gefängnis bringen zu lassen.

Die Befreier waren überzeugt, dass es nicht noch schlimmer kommen könnte. Bis sie den alten Mann fanden. Beaver war fassungslos. Er schimpfte und fluchte beinahe unaufhörlich.

Oliver erkannte den Mann, der nur noch aus Haut und Knochen bestand. Jede einzelne Rippe stach aus dem Körper hervor. Er war kaum bei Bewusstsein. Seine Augen starrten unbeteiligt an die Decke. Die Arme und Beine bestanden nur noch aus Knochen und Haut. Ein langer Bart stand struppig von seinem Gesicht ab. Die Nase ragte übergroß daraus hervor. Der arme Mann, der mehr tot als lebendig war, lag in seinen eigenen Exkrementen und seinem eigenen Urin. Es stank bestialisch in seiner Zelle.

Der Anführer der Rebellen erklärte mit Tränen in den Augen: „Der alte Mann hatte es gewagt, vor dem Laden, in

235

dem wir unsere Lebensmittelmarken einlösen, um etwas zu Essen zu betteln. Meine Kinder erzählten mir, dass er verhaftet worden war. Sieh ihn dir an. Die wollten den armen Kerl hier verhungern lassen. Diese gemeinen Verbrecher! Der Ärmste muss langsam wieder aufgebaut werden. Wenn das überhaupt noch möglich ist!"

Energisch forderte Beaver Matt Day auf: „Wir brauchen dringend einen Arzt. Er soll sofort kommen und sich um ihn kümmern. Der alte Mann soll alles bekommen, was er benötigt. Ich will, dass er am Leben bleibt. Und nun lauf und komm mir nicht ohne einen Arzt zurück!"

Der junge Mann war so schockiert, dass ihm alle Farbe aus dem Gesicht gewichen war. Aber ohne zu zögern, führte er den Befehl aus.

*****

Schon während der Kämpfe in Oliver Mooths Wohngemeinschaft breitete sich die Neuigkeit über die Rebellion wie ein Lauffeuer in den anderen Wohngemeinschaften aus. Obwohl oder vielleicht auch gerade deshalb, weil das Kommunikationsnetz von Beaver ausgeschaltet worden war, wirkte die Mundpropaganda. Die anderen Wohngemeinschaften waren wesentlich kleiner. Die gesamten Verwaltungen der Regierung und die Gefängnisse befanden sich in der Hand der Rebellen.

Soldaten außerhalb Beavers Einheit halfen ihnen in allen Wohngemeinschaften und der Aufstand endete flächendeckend mit einem Sieg für sie.

Nachdem die Gefangenen aus den Gefängnissen befreit und die Aufseher getötet oder verhaftet worden waren, konnte die Regierung auf keine militärische Hilfe mehr hoffen, da das Militär die Rebellen unterstützte.

Auf beiden Seiten waren durch die Kämpfe viele Tote und Verletzte zu beklagen. Die Regierungsmitglieder und die Verantwortlichen der Verwaltungen wurden verhaftet. Die Gefängnisse hatten nach der Befreiung der vielen unschuldigen Menschen genug Platz für die machtbesessenen Menschenschinder.

Am Abend nach dem Ende der Kämpfe begleiteten Orson Bones und Matt Day Commander Beaver und Oliver Mooth in die Kommandozentrale, um ihnen zu helfen, Cups' Chaos zu beseitigen. Auch musste dessen Leiche fortgeschafft werden. Matt Day und Orson Bones übernahmen diese Aufgabe.

Nachdem Beaver Oliver einen ersten Überblick über die Aufgaben der Einheit gegeben hatte, kehrten Orson und Matt zu ihnen zurück und wandten sich anderen Aufgaben zu. Beaver schaltete das Kommunikationsnetz wieder ein und Oliver Mooth hielt eine Rede.

„Liebe Bewohner dieser Höhlen, ich wende mich an alle Menschen der Blöcke und Wohngemeinschaften. Im Namen aller Kämpfer für ein freies Leben auf der Erdoberfläche danke ich euch für eure Unterstützung und für eure Tapferkeit während der Kämpfe. Ein besonderer Dank gilt den Waldmenschen, die uns in unserem Kampf da draußen, aber auch hier in den Höhlen unterstützt haben. Unser Sieg ist grandios und allumfassend. Wir haben heute einen großen und entscheidenden Schritt für unsere Freiheit getan. Wir haben die Regierung abgesetzt und sie und ihre Verbündeten in Gefangenschaft genommen. Vorübergehend haben wir die Regierungsgeschäfte übernommen.

Leider können nicht alle unsere Kämpfer den Sieg erleben. Sie gaben ihr Leben für unsere Freiheit. Ihnen wollen wir für immer dankbar sein.

Ich verspreche euch, dass sich unser Leben ab heute radikal verbessern wird. Außerhalb dieser Höhlen gibt es für uns alle einen Platz. Die Pandemie, die vor vielen Jahrzehnten ausgebrochen war, gibt es nicht mehr. Wir werden die Höhlen verlassen. Doch bevor wir das tun können, müssen wir uns noch einige wenige Tage gedulden. Wir brauchen Häuser, in denen wir wohnen können. Und wir brauchen Schutz vor der Sonne, denn wir sind nicht an das UV-Licht gewöhnt. Alles, was wir zum Leben brauchen, werden wir in den nächsten Tagen suchen und finden. Und dann gehört die Welt dort draußen uns. Bleibt gesund, wir bauen uns ein neues Leben auf.

Weitere Informationen werden folgen."

Oliver und seine drei neuen Freunde konnten den Jubel der Menschen, nachdem er die letzten Worte gesprochen hatte, hören. Er drang aus den Stollen und Tunneln zu ihnen in die Kommandozentrale.

Beaver entnahm einem Schrank vier Gläser und eine Flasche. Er schenkte jedem der Anwesenden ein Glas ein. „Ich will keine lange Rede halten, aber ich möchte dir, Oliver, aufrichtig für deinen Einsatz danken. Du warst die treibende Kraft dieser Rebellion. Ohne dich würden wir noch in zehn Jahren in diesen Höhlen leben. Lasst uns anstoßen auf deinen und unseren gemeinsamen Erfolg und auf ein schönes neues Leben."

„Was ist das für ein Getränk?", fragte Matt.

„Frag nicht, sondern trink, oder soll ich es dir befehlen?", fragte der Commander lachend. Sie tranken.

Orson, Matt und Oliver wurden feuerrot im Gesicht und schnappten wie Karpfen nach Luft. Mit heiserer Stimme fragte Matt: „Sir, was ist das nur für ein Gesöff?"

„Das ist etwas ganz Besonderes", antwortete Beaver lachend, „das ist 55-prozentiger Rum. Wenn man den nicht gewöhnt ist, zieht er einem die Schuhe aus."

Oliver schaute theatralisch an sich hinunter. Die anderen Augenpaare folgten seinem Blick.

„Der zieht wirklich die Schuhe aus. Gut, dass ich keine Löcher in meinen Strümpfen und keine Schweißfüße habe."

Während seiner Rede an die Wald- und Höhlenmenschen hatte sich Oliver von den anderen unbemerkt seine Schuhe ausgezogen. Die Lacher hatte er jetzt auf seiner Seite.

Beaver wurde ernst. „Oliver, eine unangenehme Sache habe ich aber noch."

„Und welche?"

„Es geht um Florence Clark. Ich habe vorhin, während du deine Rede gehalten hast, einige Akteneinträge von Cups gefunden. Florence Clark ist eine Verräterin. Sie hat unseren Angriff auf das Frauengefängnis an Cups verraten und ihm auch Freya Lee ausgeliefert. Auch dich hat sie an Cups verraten."

„Florence Clark? Nein, das ist unmöglich."

„Leider nein, hier sind die Beweise", Beaver drehte sich zu einer Akte auf dem Schreibtisch um und reichte sie Oliver.

Während dieser in der Akte las, nutzte Orson die Gelegenheit, Beaver zu fragen: „Brauchen Sie uns noch, Sir?"

„Nein, mein Junge, ihr dürft gerne gehen. Wir sehen uns morgen um zehn Uhr und werden besprechen, was noch alles zu tun ist. Morgen brauche ich euch, heute nicht mehr. Geht feiern oder schlafen, tut was ihr wollt. Und nehmt euch und euren Freunden aus dem Schrank ein paar Flaschen Rum mit. Ihr habt euch das verdient. Aber ich möchte morgen früh keine Schnapsleichen vorfinden!"

Die beiden jungen Männer gingen jeder mit einem fröhlichen Lächeln und zwei Flaschen Rum zu ihren Kameraden. Matt Day hatte außerdem noch eine gute Nachricht für sie. Beaver beabsichtigte, nur noch Freiwillige beim Militär zu beschäftigen.

„Und was willst du mit Florence Clark machen?", fragte Beaver Oliver, nachdem sie beide alleine waren.

„Sie morgen früh verhaften und mit dir gemeinsam verhören."

*****

Am nächsten Tag saßen Oliver Mooth und Commander Beaver Florence Clark gegenüber. Ihre Tochter Isabella befand sich bei Lily Emperor. Sie hatte sich bereit erklärt, für das Mädchen zu sorgen, solange es notwendig sein würde. Lily mochte die Kleine sehr.

Als Florence vor Oliver stand, konnte sie seinem Blick nicht standhalten. Ihre Beinverletzung schmerzte, sie war müde und weil sie nicht wusste, wie ihre Zukunft aussehen würde, war sie stark verunsichert.

Oliver eröffnete das Gespräch. „Florence, wir waren gute Kollegen und Freunde. Emily und ich haben dir blind vertraut und einige andere taten das auch. Ich verstehe nicht, warum du das getan hast. Was hat dich veranlasst, Freya, mich und unseren Angriff auf das Frauengefängnis an Cups zu verraten? Freya wurde deshalb gefoltert und erschossen. Ist dir das bewusst?"

Florence kauerte wie ein Häufchen Elend auf ihrem Stuhl. Sie weinte hemmungslos und schluchzte, obwohl sie das unterdrücken wollte. Sowohl Beaver als auch Oliver erlebten in Florence Clark einen erbitterten Kampf um ihre Selbstbeherrschung. Mehrmals wollte sie zum Reden ansetzen, aber es gelang ihr einfach nicht. Die Frau war gebrochen.

Schon am Abend hatte sie gewusst, was geschehen würde. Sie hätte entkommen können, aber sie entschied sich dagegen. Sie wollte endlich reinen Tisch machen. Mit der Schuld, Freyas Tod auf dem Gewissen zu haben, glaubte sie, nicht leben zu können. Aber sie musste leben, Isabellas wegen. Das Mädchen brauchte sie.

Endlich gelang es ihr, sich zu beruhigen. „Ja, das ist mir bewusst. Ich wollte euch nicht verraten und schon gar nicht wollte ich, dass Freya stirbt. Ich sah keinen Ausweg mehr, als Cups mich erpresst hat."

Wieder begann sie zu weinen.

„Womit hat er dich erpresst, Florence?", fragte Oliver.

„Er wollte mir Isabella wegnehmen und sie töten! Was hätte ich denn tun sollen!", schluchzte sie erneut los.

„Warum bist du nicht zu mir gekommen? Wir hätten doch einen Ausweg finden können. Zu Emily hättest Du auch gehen können. Gemeinsam hätten wir einen Weg gefunden, um dich und Isabella zu schützen", antwortete Oliver mitfühlend.

„Ich hatte Angst, große Angst, Cups hatte mich in der Hand! Er hat mich sogar vergewaltigt! Er hat mir mit dem Tod meines Kindes gedroht. Ich musste doch mein kleines Mädchen retten!", klagte sie. Ihre Worte wurden zunehmend leiser.

Mitleid überkam Oliver, aber ob er ihr jemals verzeihen konnte, wusste er in diesem Augenblick noch nicht.

Florence richtete sich leicht auf. „Ich will mich nicht drücken. Ich werde jede Strafe annehmen. Nur bitte versprecht mir, dass Isabella nichts geschieht!"

„Was denken Sie denn, Mrs. Clark", ergriff Beaver das Wort, „wir sind keine Vergewaltiger oder Mörder. Wir werden uns doch nicht an Kindern vergreifen. Wir sind nicht wie Cups."

„Danke!", sagte Florence erleichtert, aber auch sehr leise.

Oliver dachte nach. Er wandte sich an Beaver. „Können wir uns unter vier Augen besprechen?"

Beaver stand auf und ging voran, Oliver sah Florence ins verweinte Gesicht. „Wir werden gleich wieder hier sein. Warte bitte solange auf uns."

Florence nickte und begann erneut zu weinen. „Wo soll ich denn hin? Natürlich warte ich. Ich will das jetzt hinter mich bringen!"

Oliver nickte ihr zu und folgte Beaver, der in einem Nebenraum verschwand.

Oliver übernahm das Wort. „Florence befand sich mit ihrer Tochter in einer besonderen Situation. Sie glaubte, dass sie uns verraten musste, um ihre Tochter zu retten. Ich kenne Florence als verantwortungsvolle und hilfsbereite Frau. Sie wurde durch Cups in eine Situation gebracht, in der niemand sein möchte. Sie glaubte, sich zwischen ihrer Tochter und der Freundschaft zu uns entscheiden zu müssen. Beides zusammen konnte sie nicht haben. Sie wollte niemanden verraten und musste es aber trotzdem tun. Um unsere Freundschaft zu retten, verriet sie nur so viel, damit Cups zufrieden war und wir keinen Ärger bekommen sollten. So etwas geht natürlich nicht auf. Aber Cups muss sie so sehr unter Druck gesetzt haben, dass sie keinen Ausweg gesehen hatte und sie sich nicht traute, uns um Rat zu fragen. Welch ein widerliches Schwein dieser Kerl war!"

„Was machen wir jetzt mit ihr?", fragte Beaver.

„Rechtlich hat sie sich nicht strafbar gemacht. Freyas Tod hat sie nicht zu verantworten, obwohl er ihr auf den Schultern lastet. Außerdem hat sie beim Sturm auf das Frauengefängnis mutig mitgekämpft. Wahrscheinlich versuchte sie, ihren Verrat wieder gut zu machen."

„Du meinst, wir sollen sie laufen lassen?"

„Ja. Dann kann sie sich um ihre Tochter kümmern und uns helfen, eine neue Gesellschaft aufzubauen. Ich glaube, dass sie das gerne tun möchte. Auch hätte sie eine Chance, über die Vergewaltigung hinwegzukommen. Ich hoffe, dass ihr das gelingen wird, denn ich gönne es ihr. Sie ist keine Täterin, sie ist ein armes Opfer."

„Danke, ich sehe das genauso wie du."

Als sie wieder zu Florence zurückkehrten, sagte Oliver: „Florence, wir haben uns beraten. Du musst dir von uns vorwerfen lassen, dass du, auch wenn du dich in einer sehr kritischen Situation befunden hast, zu uns kein Vertrauen hattest. Wenn du mit uns gesprochen hättest, hätten wir uns überlegen können, was du Cups verraten darfst, ohne dass es uns geschadet hätte. Und genau das hätte ich von dir erwartet." Er holte tief Luft, bevor er weitersprach. „Cups war ein Verbrecher. Er hat seine gerechte Strafe bekommen. Wir können und wollen dich nicht bestrafen. Wir haben Verständnis für deine Situation. Aber vertrauen kann ich dir nicht mehr, wenigstens nicht jetzt. Meines und das Vertrauen vieler unserer Freunde musst du dir erst wieder verdienen. Das wird für dich nicht unmöglich sein, aber auch nicht leicht. Vorerst musst du damit leben, dass wir dir gegenüber eher skeptisch eingestellt sind. Alles andere musst du mit dir selbst ausmachen."

Florence sah Oliver mit großen verweinten Augen an, danach ging ihr Blick zu Beaver. „Ich darf wieder gehen?", fragte sie ungläubig.

„Ja, mach aus deiner Tochter einen ehrlichen Menschen und sei ihr eine gute Mutter!"

Das neue Leben

Am Tag nach dem Aufstand öffneten die Menschen auf Anweisung des Commanders Beaver und Oliver Mooths die Höhlen. Die zugemauerten Eingänge wurden mit Hammer und Meißel mühselig aufgebrochen. Man kam überein, die Höhlen in dem Zustand zu erhalten, in dem sie sich jetzt befanden. Sie sollten, falls wieder einmal eine gefährliche Pandemie ausbrach, den Menschen als Zufluchtsstätte dienen. Aber das wollte eigentlich niemand. Außerdem sollte in der Wohngrotte, in der Emily und Oliver mit ihren Kindern noch einige Tage leben mussten, ein Museum eingerichtet werden. Die Menschen späterer Generationen sollten dort über das Leben der Höhlenmenschen aufgeklärt werden.

Beaver und Oliver beteiligten sich an den Aufräumarbeiten in den Höhlen, die Spuren des Aufstandes mussten beseitigt werden. Die Ärzte und Schwestern hatten alle Hände voll zu tun, denn es gab viele verwundete Menschen, die medizinische Hilfe und Pflege benötigten.

Auch die Soldaten wurden zu den Tagesaufgaben eingesetzt. Vorerst sollte es keine militärischen Übungen geben. Die Organisation und der Aufbau einer neuen Gesellschaft waren wichtiger als die Landesverteidigung, weil nicht mit Überfällen zu rechnen war.

Der zugemauerte Höhleneingang, der zur Wohngemeinschaft Olivers führte und der von Olivers Großvater zugemauert worden war, war freigeräumt. Diese Nachricht erreichte die Menschen. Jubel hallte durch die Höhlen. Nach und nach kamen gleiche Meldungen aus den anderen Wohngemeinschaften, die einen zugemauerten Zugang zur Außenwelt besaßen. Auch Oliver und Emily wollten mit ihren Kindern die Höhlen für einige Stunden verlassen.

„Oliver, sieh doch nur, die Menschen sind alle gelöst, zufrieden und glücklich. Ich habe noch nie in so viele lächelnde Gesichter gesehen", meinte Emily.

„Was mich am meisten dabei freut, ist, dass sie rücksichtsvoll miteinander umgehen. Sie alle wissen, dass sie die Sonne sehen werden und die Natur genießen können. Es ist erstaunlich, dass sie so viel Geduld aufbringen und nicht drängeln!", antwortete Oliver.

Nach und nach kamen die Höhlenmenschen hinaus in die Natur. Auch ihnen erging es nicht anders als Oliver und Emily Mooth oder Archie Lewis und Lily Emperor vor ihnen. Sie bestaunten die Blumen, das Gras, die Wiesen und den blauen Himmel mit der Sonne, oder auch das Meer mit seinem gleichsamen und beruhigendem Wellenrauschen. Sie waren entzückt, wenn sich ein Vogel in ihre Nähe wagte, oder sich ein Schmetterling auf ihre Hand setzte.

Viele von ihnen begriffen erst jetzt, was ihnen jahrelang vorenthalten worden war. Darauf reagierten die Menschen unterschiedlich. Einige wurden zornig, andere freuten sich, endlich die Natur erleben zu dürfen. Und noch andere weinten vor Glück und freuten sich auf ein schönes zukünftiges Leben.

Oliver und Emily beobachteten die Menschen, beantworteten Fragen und halfen ihnen, sich in der fremden Umgebung zurechtzufinden.

Dann sahen sie ihren Freund Arthur, der mit Jack an der Hand auf sie zu kam. Sie begrüßten sich. Jack hatte verweinte Augen. Der Junge trauerte um Maria. Emily nahm ihn in ihre Arme und drückte ihn zärtlich an sich. Jack dankte es ihr, indem er ihr seine Ärmchen um ihren Hals legte und sich an sie anschmiegte. Auch Arthur sah traurig aus. Trotzdem sagte er: „Ich möchte euch einen Vorschlag machen. Auch wenn es Familien gibt, die um liebe Menschen trauern, so waren diese Opfer nicht umsonst. Wir können jetzt alle in Freiheit leben. Wollen wir nicht ein Fest organisieren? Ein Fest, auf dem sich die Höhlen- und Waldmenschen besser kennenlernen können. Wir sind gerne bereit, dafür unsere Vorräte zu plündern."

„Das ist eine gute Idee", erwiderte Oliver, „darüber haben Beaver und ich bereits gesprochen. Wir werden das Fest organisieren. Aber behaltet eure Vorräte. Wir haben viele leckere Dinge gefunden, die uns von dieser verbrecherischen Regierung vorenthalten wurden, die sollen auf diesem Fest den Menschen zugutekommen. Ein Teil davon wenigstens. Der Rest wird auf alle Familien verteilt. Auch auf eure. Auf jeden Fall danke ich dir für deinen Vorschlag. Es ehrt dich und deine Freunde, dass ihr bereit seid, für uns ein Fest auszurichten. Aber dafür haben wir genug Vorräte gefunden. Du wirst staunen, was wir alles gefunden haben. Davon konntet selbst ihr nur träumen, mein Freund." Er machte eine kleine Pause. Dann fragte er: „Arthur, möchtest du uns nicht unterstützen? Wir müssen uns neu organisieren, eine Regierung muss eingesetzt und später demokratisch gewählt werden. Viel Arbeit kommt auf uns zu. Ich habe auch schon mit Archie Lewis gesprochen. Der ist auch dabei."

„Klar helfe ich mit. Und deine zweite Frage?" Arthur sah Oliver an, dass er noch etwas auf dem Herzen hatte.

„In der Nähe gab es einmal eine Stadt. Weißt du, ob es die noch gibt?" Er bemerkte, dass Emily, die neben ihm stand, plötzlich ganz blass wurde und sich setzen musste. Er machte sich Sorgen um sie und schickte sie in die Wohngrotte zurück, wo sie sich ausruhen sollte. Ian und Jessica begleiteten sie. Die letzten Tage waren für Emily nicht leicht gewesen. Zu viele Sorgen hatten sie geplagt, zu viel

Elend hatte sie gesehen und zu viele Schrecken hatte sie erleben müssen.

Als Emily mit den Kindern gegangen war, beantwortete Arthur Olivers Frage: „Ja, etwa eine halbe Stunde zu Fuß von hier befindet sich die Stadt. Teilweise hat sich die Natur die Stadt zurückgeholt, aber das sind nur wenige Randgebiete. Die Stadt ist in einem erstaunlich guten Zustand, wenn man bedenkt, dass sie über 50 Jahre nicht mehr bewohnt wurde. Wir sollten sie uns ansehen und schauen, was wir gebrauchen können. Die Häuser müssen bestimmt saniert oder renoviert werden. Dafür benötigen wir Material. Wir müssen in die Stadt gehen und den Bauzustand der Gebäude prüfen. Aber wer kann so etwas heute noch? Wer zum Beispiel hat Ahnung von Statik?" Arthur dachte kurz nach. „Wollen wir das morgen erledigen? Ich kenne die Stadt, und kann helfen."

„Wir erledigen das nach dem Fest, Arthur. So viel Zeit muss sein. Die Vorbereitung des Festes nimmt uns jetzt genug in Anspruch.

Aber ich möchte dich noch etwas fragen, Arthur. Nicht, dass ich neugierig bin. Aber es interessiert mich eben. Wenn es eine Stadt in der Nähe gibt, warum wohnt ihr dann nicht dort? Wäre euer Leben in der Stadt nicht viel einfacher und vor allem auch sicherer gewesen?"

Arthur überlegte einige Augenblicke, ehe er antwortete: „Weißt du, Oliver, das kann ich dir nicht so leicht beantworten. Als die Pandemie damals ausbrach, war das eine verdammt harte Zeit für unsere Großväter. Georges Opa hatte es rechtzeitig in die Höhlen geschafft, bevor die Menschen wie die Fliegen wegstarben.

Aber mein Großvater war ein absolutistisches Familienoberhaupt. Er hatte immer geglaubt, er sei alleine für die Familie verantwortlich und müsse für sie sorgen. Meine

Oma hatte es mit ihm nicht leicht. Wenn sie mal gegen ihn aufbegehrte, hatte er sie das spüren lassen. Also gab sie irgendwann nur noch klein bei."

In Erinnerung sah er in die Ferne.

„Meine Mutter hat mir einmal erzählt, dass er die Pandemie nicht ernst nahm, als sie ausbrach. Sie existierte für ihn nicht. Georges Großvater hatte ihn immer davor gewarnt. Aber mein Opa wollte nichts davon wissen. Dann begann das große Sterben. Die Menschen fielen oft auf der Straße um und waren einfach tot. Sie waren so geschwächt, dass sie ihren Weg oft nicht mehr schafften. Wer weiß, wo die armen Leute hin wollten. Mein Großvater bekam es schließlich, mit der Angst zu tun. Ihm wurde bewusst, dass seine Familie sterben musste, wenn ihm nicht plötzlich eine rettende Idee kam. Er wusste, dass er nicht in der Stadt bleiben konnte, also flüchtete er mit meiner Oma und meinem Vater in den Wald. Er überzeugte Marias Großeltern und noch einige andere, mit ihm zu gehen. Sie bauten die Blockhütte, schützten sich die ersten drei Jahre mit einer Maske. Sie bauten nicht nur die Blockhütte, sondern auch einige Bretterverschläge, die aber immer wieder erneuert werden mussten. Wir haben sie schließlich abgerissen und durch die Katen ersetzt, weil wir für die Blockhütte allmählich zu viele Menschen wurden. Wir hatten Glück, dass wir von Cups und seinen Leuten nicht vertrieben wurden."

Arthur trank einen Schluck von seinem Wasser. So viel hatte er noch nie an einem Stück geredet.

„Warum sind wir nicht in die Stadt zurückgekehrt? Wer will schon in einer Geisterstadt wohnen, in der man nicht einmal einkaufen kann. Ohne Wasser, ohne Licht, ohne alles. Hier im Wald hatten wir alles, was wir zum Leben brauchten. Wasser vom Ozean und dem Brunnen, Bauholz vom Wald, und außerdem gab uns der Wald alles andere zum Leben auch. Sicherlich mussten wir lernen, wie man Tiere jagt und erlegt, welche Beeren wir essen können, welche Kräuter gegen Krankheiten helfen und so weiter. Die Wohnungen in der Stadt sind auch nicht mehr beheizbar. Sollten wir alles, was uns der Wald geschenkt hatte, mühevoll in die Stadt tragen? Nein, glaube mir, in einer Geisterstadt geht es dir nicht besser als im Wald. Im Gegenteil. Aber jetzt, wo ihr die Höhlen verlassen könnt, bin ich dafür, dass wir die Stadt gemeinsam wieder aufbauen." Er schwieg eine Weile. Dann holte er tief Luft und sagte: „Weißt du eigentlich, dass Georges und mein Großvater mit deinem Großvater befreundet waren?"

„Nein, das weiß ich nicht", erwiderte Oliver Mooth.

„Dein Opa hieß doch Harold? Harold Mooth?"

„Dann ist es doch eine logische Folge, wenn unsere Großväter schon miteinander befreundet waren, dass wir es auch sind."

*****

Einige Tage später gab es ein Fest anlässlich des Aufstandes, der zur Freiheit der Wald- und Höhlenmenschen geführt hatte. Es waren alle Menschen eingeladen, die an diesem Fest teilnehmen wollten. Die Feier fand in der Siedlung der Waldmenschen statt. Das Meer war in unmittelbarer Nähe. Wer baden wollte, tat das und kehrte danach zum Fest zurück.

Eine fröhliche und ausgelassene Stimmung herrschte, denn es fanden sich sogar Musikinstrumente und Menschen, die sie spielen konnten. Die ersten Tänze wurden gewagt. Niemand konnte richtig tanzen. Trotzdem sorgten die Tänze für eine ausgelassene Stimmung. Es wurde viel gelacht. Die Menschen amüsierten sich prächtig. Die Kinder fanden zusammen. Jack, Ian, Jessica und Isabella tobten gemeinsam herum.

Florence Clark ermahnte mehrmals ihre Tochter: „Kind, nun sei doch vernünftig und tobe nicht so umher. Du weißt doch, dass du dich nicht so sehr anstrengen darfst."

Doch das Mädchen stellte sich vor ihre Mutter und sagte: „Mama, wir spielen doch nur. Und solange ich Luft bekomme, kann ich mit Ian und Jessica und Jack spielen!" Sofort war sie wieder verschwunden.

Ein Mann hörte das Gespräch zwischen Mutter und Tochter und fragte: „Warum sind sie so besorgt, Mrs. Clark?"

„Ach, die Isabella hat Asthma und wenn sie so sehr umhertobt, bekommt sie oft Erstickungsanfälle." Florence Clark war zwar froh darüber, dass jemand mit ihr redete und sie nicht länger alleine an ihrem Tisch saß. Aber es musste nicht die Gesundheit ihrer Tochter sein, über die sie mit ihm sprach, denn sie machte sich ernsthafte Sorgen um ihre kleine Isabella. Sie fühlte sich wie eine Ausgestoßene und wusste nicht, dass ihr Gesprächspartner der Arzt war, der den alten Mann behandelte. Aber es war ihr bewusst, dass sie sich das Vertrauen ihrer Freunde zurückerwerben musste, um nicht ständig alleine sein zu müssen.

Der Arzt antwortete: „Mrs. Clark, sie müssen sich keine Sorgen machen. Isabella sieht vollkommen gesund aus. Sie atmet normal. Gönnen sie ihrer Tochter ihren Spaß. Wenn sie Beschwerden hat, wird sie von alleine etwas ruhiger treten. Außerdem befinden wir uns nicht in den Höhlen, wo die Luft schlecht ist. Ihre Tochter war nicht die Einzige, die Atemwegsprobleme hatte. Wenn sie erst einmal eine Wohnung in der Stadt beziehen können, wird Isabella gesund werden."

Florence konnte das kaum glauben. „Woher wissen Sie das alles?"

„Ich bin Arzt, Mrs. Clark."

Jetzt freute sich Florence über die positiven Aussichten für ihre Tochter.

Der Arzt ging und Oliver Mooth kam. Er setzte sich neben sie, goss ihr und sich selbst ein Glas Wein ein und sagte: „Zum Wohl, Florence", und hielt ihr sein Glas zum Anstoßen hin.

Florence war überrascht. Sie wusste nicht, was sie sagen sollte. Oliver bemerkte das und sagte: „Jetzt will ich dir mal etwas sagen, Florence. Wir waren einmal sehr gute Freunde. Cups hat dir übel mitgespielt. Der Saukerl hat dafür leider nur einen Teil seiner verdienten Strafe bekommen.

Wenn ein Mensch solch einen Druck wie du aushalten muss, glaube ich, dass nicht jeder dabei rational denken und handeln kann. Du hast aus Sorge um deine Tochter gehandelt. Es ging um ihr Leben. Wenn solch ein starker Druck auf einem lastet, kommt man manchmal nicht auf das Naheliegende.

Du hast versucht, deinen Fehler wieder gutzumachen. Das erkenne ich an. Freya wurde ermordet. An ihrem Tod bist nicht du schuld, sondern ihr Mörder. Freya ist von uns, außer dir, die einzige Geschädigte. Du hast an ihrem Leid zwar einen Anteil, aber nicht, weil du es wolltest, sondern weil du keinen Ausweg gesehen hast.

Florence ich brauchte etwas Zeit, um das zu verstehen. Du hast für den ganzen Mist genug gebüßt. Bitte, lass uns wieder zusammenarbeiten und Freunde sein. Wir sind Menschen und dürfen Fehler machen. Auch du, Florence."

Florence Clark saß stumm neben Oliver. Sie wusste nicht, was sie sagen sollte. Tränen stiegen ihr in ihre Augen. Sie begann zu weinen. Oliver nahm sie in seine Arme. Sie schluchzte und sagte: „Danke, Oliver, danke, ich freue mich so sehr, dass du mir noch eine Chance gibst.

*****

Der alte Mann hatte Glück, weil er von einem kompeten-
ten Arzt behandelt worden war und die Pflege einer aufop-
ferungsvollen Krankenschwester genießen konnte, die mit
dem Arzt in ständigem Kontakt stand. Von ihnen bekam er
die Medikamente, die er benötigte und ausreichend Pflege
und Nahrung, um wieder auf die Beine zu kommen. Nach
einigen Tagen ging es ihm so gut, dass er das Bett verlassen
konnte. Sogar sein Gedächtnis wurde wieder besser und er
konnte sich an frühere Erlebnisse erinnern. Aber was in den
letzten Tagen geschehen war, zog unhaltbar an seinem
Geist vorüber. Aber auch das änderte sich zusehends zum
Positiven.

Der Tisch in seiner Krankengrotte war gedeckt, an dem er
mit einem weiteren Patienten, einem jungen Mann, Platz
genommen hatte. Sie saßen sich gegenüber.

„Die Brühe ist gut. Sie schmeckt nicht nur, ich merke
auch, dass ich von Tag zu Tag kräftiger werde. Und das
Brot ist so schmackhaft! Wo haben die das nur her?", fragte
der alte Mann.

„Draußen bei den Waldmenschen wächst das Getreide.
Die haben das angebaut und stellen es uns zur Verfügung.
Und die Elite hatte auch alles angebaut, was das Herz be-
gehrt. Davon wurde das Fest ausgerichtet und der Rest soll
aufgeteilt werden", antwortete der junge Mann.

„Also ist es wirklich wahr, dass die Höhlen aufgebrochen
wurden und wir sie verlassen können?"

„Aber ja, es hat einen Aufstand gegeben. Die alte Regierung und deren Freunde und Familien und die Aufseher
sitzen alle im Gefängnis. Jedenfalls die, die sich schuldig

gemacht haben und beim Aufstand nicht ums Leben gekommen sind", antwortete der Jüngling.

„Warst du auch dabei, beim Aufstand?"

„Ja, dabei wurde ich an der Hüfte verwundet. Aber es
geht schon wieder, ich humple noch ein bisschen und brauche einen Stock, aber es wird besser."

„Darf ich auch schon nach draußen gehen?", fragte der
Alte.

In dem Moment kam eine Schwester in den Raum. Sie beantwortete ihm seine Frage. „Sie sind wieder kräftig genug.
Sie können morgen sogar wieder in ihre Grotte zurückkehren."

„Aber ich habe doch gar keine Grotte, hatte ich doch noch
nie", antwortete er überrascht. Dann senkte er den Kopf
und erzählte leise, als wenn ihm das, was er berichtete,
peinlich sei. „Nachts hatte ich mich in einer dunklen Ecke
versteckt und am Tage arbeitete ich solange, wie ich es
konnte. Als ich nicht mehr arbeiten konnte, bekam ich keine Lebensmittelmarken mehr. Deshalb musste ich betteln
und dafür wurde ich eingesperrt."

„Sie Ärmster!", sagten die Schwester und der junge Mann
wie aus einem Munde. Danach sprach die Schwester weiter: „Dann werden Sie sich einfach eine Wohngrotte nehmen. Es sind genug davon frei, weil die Menschen in die
Stadt ziehen. Die Grotte gegenüber können Sie nehmen, da
sind sogar noch Möbel drin. Und dann gehen Sie zur neuen
Verwaltung und lassen sich in der Stadt eine Wohnung
zuweisen. Jeder bekommt eine. Sind genug Wohnungen da,
müssen nur sauber gemacht werden."

„Danke, Schwester, Sie sind sehr lieb zu mir. Ich werde
Ihren Rat befolgen. Sagen Sie, bitte, darf ich heute die Höhle schon für einen Moment verlassen?", fragte der alte

Mann. „Ich möchte mir auch die Welt da draußen ansehen. Ich kann es kaum erwarten", gab er zu.

„Ja, das dürfen Sie."

Eine Stunde später ging der Alte in Begleitung des jungen Mannes zum Ausgang der Höhle. Als sie sich ihm näherten, konnten sie bereits einige Sträucher und den blauen Himmel sehen. Der alte Mann blieb stehen und griff dem Jüngeren an den Arm. Überrascht sah dieser den alten Mann an und fragte: „Ist mit Ihnen alles in Ordnung?"

„Ja, mir geht es gut", sagte der Gefragte, „Es ist nur ..., ich war seit über fünfzig Jahren nicht mehr da draußen."

Der junge Mann konnte sich das nicht vorstellen, was der Alte fühlte. Seine Stimme klang sehr warm. „Haben Sie Angst davor?"

„Nein, ich freue mich drauf! Komm, lass uns weitergehen!" Sicher und schnell schritt der alte Mann jetzt aus. Erst einige Meter, nachdem sie die Höhlen verlassen hatten, blieb er stehen. Er griff sich mit der rechten Hand an die Brust und drehte langsam seinen Kopf in alle Richtungen. Ein Lächeln lag in seinem Gesicht. Seine Augen strahlten förmlich. Wie bei einem Kind, das für etwas belohnt wird. Dann sagte er: „Da müssen erst über fünfzig Jahre vergehen, damit ich im Alter von achtzig Jahren noch einmal in meinem Leben den blauen Himmel und die Sonne sehen darf. So ein schönes sattes Blau. Und wie angenehm warm es in der Sonne ist." Dann zeigte er mit ausgestrecktem Arm auf einige Bäume, die am Waldrand standen. „Was sind das für Bäume dort? Ich kann sie nicht mehr richtig erkennen. Für meine Augen sind sie zu weit entfernt."

„Das sind Palmen", erwiderte der Jüngere.

„Komm, Junge, lass uns irgendwo hinsetzen, ich will alles in Ruhe ansehen."

„Dann kommen Sie, dort vorne liegen ein paar größere Steine. Ich glaube, dort können wir uns setzen", meinte der Jüngling. Ihm schien es, als wenn der alte Mann sich selbst wiederbelebte. Auf jeden Fall wurde er agiler.

Tatsächlich fühlte sich der Alte viel besser als noch am Morgen. Sein Gesicht war entspannt und er lächelte unentwegt. Die Freude darüber, die Natur doch noch erleben zu dürfen, und die angenehme Wärme der Sonne brachten das Leben in jede Zelle seines Körpers zurück. Er sah auf das Meer hinaus. Immer wieder blickte er zu den Sträuchern und Bäumen hin, immer wieder sah er hoch in den Himmel, als wolle er prüfen, ob die Sonne dort noch ihre Bahn zog. Und immer wieder sah er zum jungen Mann hinüber. Aber er sprach kein einziges Wort.

Der junge Rebell, den Florence Clark vom Schlachtfeld in Sicherheit gebracht hatte, saß neben ihm und genoss es, den Alten so glücklich zu sehen. Das war es ihm wert, schon eine geschlagene Stunde mit ihm auf den Steinen zu sitzen, ohne mit ihm ein einziges Wort zu wechseln. Sie verstanden sich auch so, ohne Worte. Dann spürte er die Hand des Älteren auf seinem Arm.

„Danke, mein Junge, vielen Dank dafür, dass Sie mich alten Mann begleiten." Er sah dem Jüngeren direkt ins Gesicht. Er lächelte ihn glücklich an. Aber aus seinen Augen stahlen sich zwei Tränen.

ENDE

Danksagung

Die vorliegende Geschichte spielt in naher Zukunft. Sie ist frei erfunden. Ähnlichkeiten mit tatsächlichen Ereignissen oder Personen sind nicht beabsichtigt und rein zufällig.

Hier verarbeite ich ein aktuelles Thema in einer fiktiven Geschichte. Es geht mir nicht darum, die aktuelle Situation der Welt zu kritisieren, anzugreifen oder zu verteidigen. Aber vielleicht kann ich mit dieser Geschichte dazu beitragen, dass die Menschen erkennen, dass sie allein nichts bewirken können. Nur in der Gemeinschaft gelingt es uns, schwerwiegende Umweltprobleme zu meistern und dabei unsere sozialen Werte zu erhalten.

Außerdem erscheint es mir wichtig, darauf hinzuweisen, wie unfähig Regierungen und wie egoistisch Menschen handeln können, wenn sie sich besonderen Situationen gegenübersehen. Verschwörungstheoretikern erteile ich aber eine klare Absage!

Mein Dank gilt meinen Testlesern Ute Maschmann, Sabine und Wolfgang Ernst, Sandra Bräuniger, Ela Bluhm und Hauke Peters für ihre konstruktiven Kritiken und ihren wertvollen Hinweisen, die mir sehr geholfen haben, diesen Roman zu vollenden.

Lutterbek, 30.06.2021   Michael Rusch